GOBOOKS & SITAK GROUP©

致青春 025

你好，
我的一見鐘情

（上）

夜蔓　著

高寶書版集團

目錄
CONTENTS

第一章　夢想成真

六月，晉城進入夏季後，室外陽光火辣，天氣悶熱，壓得人喘不過氣。這一天對姜曉來說，是她一輩子都難忘的日子。

姜曉一個人坐在四樓大廳的椅子上，周圍人聲嘈雜，很多來檢查的年輕媽媽，全身透著母愛。如今，她也是準媽媽隊伍中的一員了。她拿著檢查單，前前後後看了八遍。「好朋友」推遲了一個星期，起初她沒放心上，半個月後，她才恍然想起了什麼。

是真的懷孕了，不是腸胃炎。她整個人都傻了，這次她闖了一個大禍。

姜曉慘白著一張臉，緊緊捏著那張紙。怎麼辦呢？這個孩子來得太意外，上週她的畢業典禮剛結束，她還沒有從學校搬出來。她的眼眸裡慢慢蓄滿了淚水，眼淚一滴一滴往下掉。

一旁的阿姨遞了一張衛生紙給她，「小姑娘，哭什麼呢？不管多大的事都能解決啊。」

醫院本就是人生百態的地方，有冷漠就有善意。阿姨的話戳到她的心底深處，姜曉吸著鼻子，她再也無法隱藏，眼淚簌簌而下，越來越多。姜曉不愛哭，因為哭了，也不會有人在乎。只是懷孕畢竟是大事，她就算再獨立，一時之間心裡也亂了。

那阿姨嘆口氣，「有什麼問題，和妳家人好好談談吧。」

家人？她哪來的家人啊。

姜曉拿過衛生紙，擦擦眼淚，「阿姨，謝謝您，我沒事。」她今天只請了半天的假，還得回去上班呢。

姜曉把體檢單折成小小一塊，放在包包的暗格裡。看著周圍一個個來產檢的準媽媽們，她悄悄地摸了摸肚子，不敢相信平坦的小肚子裡現在已經有個小胚胎了。

人在最慌亂的時候，想到的是他們最相信的人。她拿出手機，打了通電話給遠在北方的好友林蕪。林蕪是她的高中同桌，現在在B大醫學部念大三。

電話很快就接通，『姜曉——』

「林蕪，我懷孕了。」姜曉壓著聲音，語氣裡滿是不安。

林蕪短暫地沉默後，問道：『……周修林知道嗎？』

「我不知道該怎麼辦。」

『姜曉，找周修林談談，他畢竟是孩子的父親，這件事他要負一半的責任。』

「可是那是意外，如果……」

『妳不打算留下這個孩子？』

「沒有。」

『別怕，去找周修林，和他說清楚，你們再商量孩子的事。』

姜曉聽到那邊有人在和林蕪說話，「我知道了，妳去忙吧。」

林蕪有片刻的猶豫，呼了一口氣，『姜曉，無論什麼事總能解決的。不要怕，他是妳喜歡的人，妳要相信他。』

姜曉明白這個道理，作為「小生命」的負責人，周修林肯定要負一半責任。可問題是，她該怎麼和周修林開口。再說，周修林也不是她想見就能見到的。

姜曉的心情亂得很，即使林蕪一再強調讓她去和周修林說清楚，她還是沒有那個勇氣。她和誰都能稀鬆平常地聊天談笑，除了周修林。

周修林不是別人，是她從十六歲開始喜歡的人啊。周修林是華夏影視老闆，而她只是公司的實習員工，一個小小的助理。

五月的那天晚上。周修林醉酒，她送他回飯店。後面發生的事，她不敢想。像是一場夢，可是她清楚地知道那不是夢。

兩個喝醉酒的男女，自然而然地在一起。天未亮，她便離開了。她不知道接下來該怎麼面對周修林。或者是她膽小，她害怕，害怕面對不好的一面。幸好第二天，她接到工作去外地出差，在那以後，她和他都沒有再見過。

現在想想，也許周修林根本不在乎那天晚上的意外。公司美女如雲，有幾位一線女星，也許周修林根本不會在意她。

姜曉在萬分糾結中回到公司，眼看前面的電梯就要關上，連忙喊了一聲，「等一下！」電梯又慢慢打開，她衝進去，微仰著臉，嘴角掛著笑意，「謝……」最後一個字卡住了。

電梯裡只有一個人，身姿挺拔，穿著合身的西裝，打著領結，筆直地站在那裡，氣場震得她渾身發冷。

姜曉愣在那裡，目光移不開，她只好硬著頭皮喊了一聲：「周總。」

周修林看著她的眼睛，眼眸清澈溫和，有種古典美，倒顯得格外漂亮，「回來了？」

姜曉琢磨著，他這句話是什麼意思？難道他知道自己去出差了？她輕輕嗯了一聲，此刻她有千言萬語堵在喉嚨。

他問道：「幾樓？」

姜曉迷糊道：「什麼？」隨即她反應過來，連忙抬手，按下了十七樓。

「謝謝您。」她努力強撐鎮定，一言一行好像她和他是陌生人一樣。

周修林眸光一動。

這段期間，這部電梯很神奇的都沒有一個人上來，氣氛靜謐又泛著幾分尷尬。姜曉緊張得後背都冒出了一層汗，一顆心都在怦通怦通地劇烈跳動，她甚至不敢看他。

電梯很快就到了十七樓。姜曉低著頭說了一句：「周總，我先走了。」很禮貌的語氣。見他沒反應，她暗暗抿了一下唇角，就知道他怎麼可能在意一個小助理呢。

「下班後，來我辦公室一趟。」

姜曉猛地抬頭，眸光對上了周修林那雙眸子，平靜如水，隨著電梯門慢慢關上，他也收回了目光。

她定在原地，久久未動。

♀♂

姜曉是讀J大媒體系，大三開始實習，在朋友的介紹下來到華夏，開始當公司的小明星實習助理，簡言之就是打雜。半年前，一次偶然的機會，趙欣然要她來身邊當助理，她的職位算是提升了一節。趙欣然是公司剛簽下的新人，因為主演網路劇，小紅了一把。

姜曉跟了趙欣然三個月，磨合得還不錯，七月她也即將轉正。趙欣然坐在房間裡，翻著手中的劇本，一邊圈圈畫畫，因為是新人剛剛起步，她對工作格外認真。

姜曉把咖啡放到她手邊，「欣然姊，妳的咖啡。」

趙欣然抬了抬眼皮，「妳的身體怎麼樣？」

姜曉冷不然地嚇了一跳，「挺好的。」

趙欣然打量著她，足足幾秒，不說話就直直地看著她，「姜曉，妳為什麼不當藝人？」以姜曉的外在條件，絕對可以出道，只是她反而在當打雜的小助理。

姜曉笑了笑，「我的個性不適合。」

「哪有什麼適不適合，妳以為這個圈子的人都是天生適合的嗎？妳要是想，我可以幫妳推薦。」

姜曉搖搖頭，語氣堅定，「欣然姊，謝謝妳，但我志不在此。我這輩子都不會當明星。」

趙欣然皺了一下眉，話鋒一轉，「妳和周總認識？就是我們周總。」

姜曉愕然，連連擺手，「不，我不認識他。」

趙欣然闔上劇本，「好了，妳不舒服就早點回去吧。妳不是要搬家嗎？這兩天我沒有別的事，讓妳放兩天假。」

姜曉想到這個又頭疼，大四畢業離校，對剛剛畢業的學生來說，晉城的房價不便宜，單憑自己的收入想留在這裡其實不容易。好在這幾年她兼職存了一些錢，可以抵三個月的房租。可是她哪能回去，大老闆不是要見她嗎？

姜曉站在電梯門口，不知道該不該進去。見了面又要說什麼呢？周修林會不會像電視劇裡演的那樣，給她一筆錢，當作那晚什麼都沒有發生過。如果他真的給她錢的話，她要認真考慮一下。

她沉思了半個小時，最後還是硬著頭皮去了二十八樓。

她還是第一次上來，樓層裡有些過於安靜。總算看到了周修林的助理蔣特助，她認識他。

蔣特助看向她，皺皺眉，「妳是哪層樓的？怎麼跑這裡來了？」

姜曉連忙解釋，「我是來找周總的。」

「找周總？有預約嗎？妳是哪家公司的？」

「周總要我過來找他。」

蔣特助像是想到了什麼，「姜曉？」

「對！我是。您知道我？」

蔣特助笑了笑，「周總正在開會，妳先到他辦公室坐一會兒。」

「不不，我就在外面等吧。」

蔣特助打開門，「進來吧，裡面沒人。」

姜曉被迫進去。

蔣特助看了看時間，「我要去接人，妳坐一會兒。」

姜曉手足無措地進了辦公室。辦公室寬敞明亮，裝修簡潔，以黑白風為主。她走到一旁的書櫃，上面擺放著整整齊齊的書，從經濟學到媒體影視，不過吸引她注意的是那幾張照片。

姜曉情不自禁地注視著那張全家福。照片應該是近期拍的，周父、周母站在中間，周修林和他的妹妹站在兩旁。周母是個美人，周修林的容貌像母親多一些，而他的妹妹周一妍比較像父親。

這麼一看，周修林明顯比周一妍好看，有這樣的哥哥，不知道周一妍會不會吃醋？

姜曉踮起腳尖想靠近一點看個清楚，卻聽到身後的門開了，有人走進來。她緊張不已，膝蓋咚的一聲撞到書櫃上。在安靜的辦公室，這一聲聲響倒是有些突兀，周修林尋聲望過來。

姜曉連忙轉身，僵硬地站在那裡，一臉慌張，「周總——」

周修林回頭和身後的那幾個人說：「就按照剛剛開會要求的去辦。你們先去忙吧。」

他關上了門，一步一步走到辦公桌前。

姜曉緊握著拳頭，解釋道：「我剛剛在門外遇到蔣特助……」

周修林應了一聲，「在看照片？」

姜曉窘迫地點頭，「不好意思，我不是故意要看的。」

「照片放著，進來的人都會看到。」他頓了頓，「有什麼想說的？」

姜曉咬咬牙，「你們一家人都很漂亮。」

周修林扯了一抹笑，「謝謝誇獎。」

姜曉沉默了，她也不知道該說什麼，緊張、羞澀，還有心中有鬼，更讓她不敢輕易開口。

其實要是熟悉了，誰都知道她是個很可愛的女孩子。

周修林抿了抿唇角，「姜曉，我們談談。」他稍稍一頓，「關於那一晚。」

第二章　我們結婚吧

姜曉定在原地，舌頭好像打結不會說話了。

周修林邁開步伐，空氣中好像有一陣微風徐徐吹過。他走到沙發邊，緩緩坐下，不急不緩地道：「妳過來。」他朝她露齒一笑，笑容溫和。

姜曉大腦一片空白，像是受到蠱惑一般，徑直走過去。只是在離他兩步之遠的距離停下，她看著自己的腳尖。早上去醫院，她穿了前陣子剛買的小白鞋，一直以來她都習慣穿這雙鞋，工作方便。現在小白鞋被踩了好幾個黑色的印記。實習生的工資並不高，鞋子花了她這個月四分之一的工資，幸好下個月她要轉正了。她用餘光悄悄看向他，他腳上那雙黑色的皮鞋乾乾淨淨的，和他給人的感覺一樣。

周修林微微擰了一下唇角，「妳在緊張？」

姜曉暗暗吸了一口氣，搖搖頭。

「那妳怕我？」

姜曉還是搖搖頭。

周修林沉默了一刻，「坐下說話。」他的語氣還是一貫的不輕不淡。

姜曉用力掐了一下掌心，終於鼓足勇氣看著他的眼睛：「您要談什麼？」

她一開口，聲音微微沙啞，尾音還帶著一分顫抖。她這不是怕他是什麼？周修林眉心微微一動，拍拍沙發，意思很明顯，姜曉乖乖地坐下來。

他清清嗓子，終於開口，「那天晚上我喝醉了。」

姜曉窘迫得雙頰熱滾滾的，她下意識地咽了咽喉嚨，「我——」

「雖然我喝醉了，但是我還是知道發生了什麼事。早上醒來時，妳走了。」這個劇本完全超出他的控制範圍了。

姜曉：「……那是意外。」

周修林的臉色有幾分凜然，「那晚事發突然，我沒有做好防護措施。」

姜曉咬咬牙，下意識地回了一句，「我吃藥了。」

周修林短暫地一愣，「姜曉，難道妳不準備找我——談談嗎？」

「談什麼？」

周修林被她問得一愣，他看著那雙眸子，淺淺的，像貓眼石一般單純。此刻，她明明那麼緊張不安，偏偏裝得那麼平靜。

「周總，那天晚上是個意外，我——」她有些急切，「我並沒有想和你要什麼。」

「如果我願意給呢？」

「……你要給我錢？」

他笑笑不語。姜曉一臉鬱結，甚至在壓抑著怒意。她雖然不善與人爭辯，可也是有脾氣的。他把她當成什麼人了。

「姜曉，我今年二十八歲，單身，工作情況妳應該知道。」

姜曉狐疑地眨眨眼。

「我的家庭還算簡單，有一個比我小六歲的妹妹，她在國外讀大學，父母陪著她，最近他們會回國。」

姜曉腹誹，周家那樣算簡單，那這個世界就沒有複雜了。

「妳還想知道什麼？」

姜曉警惕：「我要知道什麼？」

周修林稍稍一頓，「我們可以以男女朋友的身分交往。」

一句話掀起千層浪。姜曉猛地站起來，「你在開什麼玩笑？」

周修林揚了揚眉眼，「妳今年二十二歲，即將大學畢業，妳我之間相差六歲，我覺得這應該不是問題。」

姜曉指著自己，「你知道我是誰嗎？」

周修林頷首，「妳叫姜曉，姜子牙的姜，拂曉的曉，二十二歲，J大媒體系專業。高中畢業於晉城一中。」說起來，還是他的小學妹。

「你調查我？」

周修林沒有解釋，「妳覺得那晚的事，要就那樣算了？」

姜曉大腦飛快地轉動，「周總，你到底想做什麼？」

「我需要一個女朋友。下個月，我父母會從國外回來。」

姜曉算是明白了，「你讓我假扮你的女朋友？」

周修林沒有回應她，嘴角淺淺一動。

姜曉的臉色越來越白，只直視著他。辦公室的窗簾沒有全開，幾束光線打進來，逆著光，她看不清他的面容，只有那雙眸子，沉靜卻熠熠生輝，像晉城深夜亮起的那座燈塔。

「不行，我不能。那天晚上是意外，算了……」她撇開眼強忍住他提出的誘惑。

窗外細碎的光點灑滿半室空間，光澤像幻影一樣。

做他的女朋友——雖然她很想很想。

這時，門外傳來兩下敲門聲。

「請進——」

一位中年女士推開門，「周總，影姊來了。」

周修林抬起手看了看時間，「幫她泡杯咖啡，和她說我一會兒過去。」

「好的。」

辦公室又恢復了安寧。華夏公司裡能稱呼為「影姊」的，只有一姊程影了。程影和周修林關係匪淺，網路上猜測程影的男友其實就是周修林。程影能有如今的成就，少不了周家。

周修林低沉溫和的聲音再次響起，「姜曉——」

姜曉恍惚地想到什麼，垂下眼眸開口道：「對不起，我不想。」

周修林看著她那張臉，耐心地問道，「為什麼？」

姜曉心裡失落空洞，這種事雖然是女方吃虧，但是她不想勉強。「你比我大太多。」

六歲……太多……

饒是得過最佳辯手的周修林，遇到姜曉也是無話可說了。他微微嘆了一口氣，「那麼妳想要什麼？」

姜曉緊握著手，搖搖頭，一臉真摯，「我現在只想好好工作。」

好好工作，這個理由真是好。他這個老闆總不能打擊她的工作上進心吧。

「如果有事，可以打我的手機。」他的聲音依舊平穩，同時遞出一張卡片，上面寫著他的私人號碼。

姜曉接過來，捏著手中，她掃了一眼卡片，上面寫著：

周修林

1**********

手寫的鋼筆字，字跡工整，倒不像是名片。姜曉把卡片裝到包包裡。周修林的黑眸凝視著她，見她一臉堅決，突然失笑。原來自己在她眼底那麼沒魅力。

「姜曉，我們可以從朋友做起。」

姜曉「喔」了一聲。

♀♂

姜曉離開他的辦公室，剛出來就雙腿發軟，倚在牆上勉強撐住，沒有倒下。

她剛剛拒絕了周修林，她竟然拒絕周修林了，生生地放棄了一大片森林。可是兩人談完，她還是沒有說出重點。比如，肚子裡這顆小種子該怎麼辦？

傍晚，姜曉回到學校，在食堂簡單地吃了晚飯後晃回宿舍。他們宿舍老大和老四都已經回老家了，老二在本校讀研究所還沒有走。

「咦，姜曉妳回來了！系裡發了通知，我們最晚在這個週末就得搬走，妳找到住的地方了嗎？」

「找到了，我週末搬。」

「妳住哪裡？」

「二號線地鐵附近。」

「妳怎麼了？中暑了？」

姜曉拍拍臉，「熱的。」她從包包裡拿出一張簽名照，「喏，妳偶像的。」

「啊，謝謝啊。」黃婭激動地抱著她親了一口，「我家鐘一碩就是帥。妳在片場有沒有和他接觸過？」

「他請我們吃冰，人挺好。」姜曉沒說，一個月下來，他和女一也挺親昵的。

「當明星助理也挺好的，可以見到自己喜歡的大明星。」

姜曉笑笑。

「對了，曉曉，李莉七月初要結婚，寄了喜帖給我們幾個。」

「結婚？」他們才剛畢業啊。

「李莉懷孕三個月了。」

姜曉張著嘴巴，「也太快了。」

「她和她男朋友都四年了，結婚也是早晚的事。」

「我的意思是李莉怎麼懷孕了？」

黃婭捧腹大笑，「妳傻啊！她和她男朋友不是早就住在一起了嗎？只不過李莉也真會藏，整整瞞了我們三個月啊。她結婚，我們可要好好鬧一鬧。」

姜曉心虛地應了一聲，趕緊去收拾行李了。

♀♂

週五晚上，周修林參加晚宴，蔣特助也提前邀請了趙欣然出席。

趙欣然最近人氣上漲，幾個導演、製片人都向她提出邀請。她謙遜認真的態度也讓圈內人留下了很好的印象。

不遠處，周修林和星美的少東家莫以恒站在一起。莫以恒長得俊美，性格和周修林完全不一樣，一整晚不知道向在場的女星們拋出了多少媚眼。

「修林，你最近好像很喜歡這位，走到哪裡帶到哪裡。」莫以恒指了指遠處的趙欣然。

周修林手裡拿著高腳杯，「你想太多了。」

莫以恒戲謔地瞅著他，「聽說，那天晚上你沒回家？」

「你知道的真多。」

莫以恒突然咦了一聲，「你手上是什麼東西？被咬了？傷口看起來挺久的啊。怎麼回事？狗咬的？」

周修林冷冷地看了他一眼，輕輕側了側身。

「別用你那雙桃花眼看我。幹嘛？不會是你心上人咬的吧？我說你的口味也真重。」

周修林隨手放下杯子，「我回去了。」

「喂，別走啊。難得聚在一起，晚上續攤。」莫以恒搭著他的肩。

周修林拿下他的手臂，「沒興趣。」

「呿！」

周修林走到飯店大廳，沒想到就看到坐在沙發一角的姜曉。她旁邊放著深色的袋子，鼓鼓的。

姜曉打著盹，這兩天她總覺得睏得不行，晚上老是作夢。不是夢到周修林，就是夢到一個光著屁股的嬰兒，甚至有一天晚上，她還夢到有個小寶寶叫她媽媽。後來她被夢驚醒，一夜沒睡。她悄悄上網查過，酒後好像對懷孕並不好，她更怕了。

姜曉睡得不深，察覺到一道目光在看著她時，她瞇起眼睛，迷糊地說了一句：「是你啊！」

周修林居高臨下地站在她的面前，似笑非笑，「是我。」

姜曉大概怔愣了五六秒，才反應過來自己剛剛隨意的口氣。她連忙站起身，禮貌而規矩地喊了一聲，「周總，晚安。」

周修林瞇了一下眼，「來找人？」

姜曉看到他，雖然覺得有些意外，不過她也明白，趙欣然現在是公司力捧的新星，以後只會越來越頻繁地參加這種活動，和周修林的接觸也只會越來越多。「欣然今晚要飛B市，充電器和藥放在家裡了。」

周修林看著她臉色略顯疲憊，問道：「為什麼要跑這一趟？不和她一起去？」

姜曉搖搖頭，眼神閃爍，「我請了半個月的假，要回老家處理一些事。」

周修林看過她的資料，姜曉老家在晉城北邊的一個小鎮，母親早亡，父親是一位畫家，常年在外。她國中考進晉城一中，高一在姑姑家住了一年，後來姑姑一家去了加拿大定居，她便住校。

「我叫蔣勤去叫她。」

「不要。」姜曉趕緊喊道，臉色糾結。

周修林望著她，明知故問地道，「怎麼了？」

姜曉嘴角微動，要是真的讓蔣特助把趙欣然叫出來，她這個助理估計也不好再做下去了。可是，有些話她對周修林還是難以啟齒。「周總，就不麻煩您了。」

「我不覺得這麻煩，只是一通電話。」

姜曉沉默不語，卻皺起了眉頭。他難道會不知道她的心思？周修林一本正經的模樣讓她氣得牙癢癢。

「周總，能不能當作我們不認識，就像以前一樣？」姜曉向來習慣有話直說，她越說越手足無措。這些日子，她很彷徨。

她將那夜的事告訴林蕪，林蕪只說了兩個字：瘋子。

為愛而瘋。

她知道林蕪不是真的想罵她，而是心疼她。乖巧執著的人發起瘋來，總是讓人意想不到。

從十六歲至今，周修林是她整個少女時代的夢，她在日記本最隱蔽的地方寫過的名字。她一直以為他是這一輩子愛而不得的人，卻沒想過自己有機會這麼靠近他。

她因此衝動了一次，卻將人生的計畫弄得一團亂。其實，她一點不瞭解周修林。她只知道他家有錢，他本人有顏，功課好，運動也好。一路走來，他總是在人群中最閃耀的地方。

也許，她喜歡他，最初的開始就是衝著他的好皮囊。高中班導常說，一定要有夢想。她當時的夢想就是——嫁給周修林。少女懷春，總會不切實際。她依靠著這個不切實際的夢，努力考上了大學，後來又轉系。

可是，夢想畢竟是夢想啊。

姜曉煩躁，「周總，我不打擾您了。」

話音剛落，前方傳來另一個聲音。

「修林，你怎麼還沒走？」莫以恒走過來，驚訝地發現周修林在和一個陌生女人說話。

周修林回頭掃了他一眼，「你先走，我還有點事。」

莫以恒怎麼會走，認識周修林這麼久，他可是第一次看到周修林和一個女孩子說了這麼久的話，當然周一妍除外。他熱情地和姜曉打著招呼，「嗨，妳好，莫以恒。」

姜曉一臉公事公辦，表情恰到好處，「你好，莫先生，我是趙欣然的助理。」

「趙欣然——」莫以恒微愣，「好吧，我還以為妳是修林剛簽的新人呢。」

姜曉扯了一抹笑，「請多多關照。」

莫以恒也笑著，「那是當然。我剛剛和趙小姐還加了微信，你們周總好眼光，總是能挖到有潛力的新人。」他向來有女人緣，很會和女士聊天，什麼人和他在一起都沒有壓力。當然，莫以恒也是有審美標準的，能和他說話的，都是大美女。

周修林不動聲色地站在一旁，他饒有興趣地打量著姜曉，她現在倒是十足的助理身分，懂得為藝人爭取機會。華夏有這樣的助理，是簽約明星的福氣，也是他的福氣。

莫以恒被一通電話叫走了，離開時他給了姜曉一張名片。姜曉欣然收下，帶著幾分不好意思說道：「莫先生，抱歉，我還沒有名片。」

莫以恒促狹地看著周修林，「周總，我建議華夏應該主動幫員工印名片。」

周修林臉上一直沒有什麼表情，「你的意見我會考慮。」

等莫以恒離開，周修林問姜曉，「助理都像妳這樣？」

姜曉明白他的意思，「小助理也是有人生目標的。」

「比如？」

姜曉眉眼清亮，有些猶豫，還是實話實說，「我要做一名王牌經紀人。」眾所周知，明星風光的背後，經紀人必不可缺，優秀的經紀人對明星的發展也有至關重要的作用。華夏影視現在最厲害的經紀人張瑜，一手將程影推到現在的地位。程影二十七歲就能摘得數個影后桂冠，不得不說這些都少不了張瑜的能力和人脈，畢竟合作需要她去牽線。

周修林不禁一笑。二十二歲的年紀，剛入社會，滿懷夢想，充滿幹勁。「這條路不容易。」

「我知道。」她忽然一笑，露出了右邊的一顆小虎牙，甚是可愛。「我給自己三年時間。」

「看來妳不準備長期待在華夏了。」

「不不不——」雖然這是事實，您也不需要這麼直接地說出來啊。在他們這個圈子裡，跳槽早已司空見慣。

周修林凝視著她，眉眼浮著笑意。

姜曉乾咳一聲，「周總，我不是那種人。」

「哪種人？」

「忘恩負義啊，我是在華夏成長的，不到萬不得已，我不會走人的。」

「那我可不能讓這個『萬不得已』出現。」他不想打擊她，以她的條件，三年怕是完成不了這個目標。

姜曉有些錯愕，不過也沒有深想。這樣的一言不語，氣氛輕鬆，讓她的緊張漸漸消失，心底莫名地感到心安平和。

如果沒有那一晚，他們或許也不可能有交集。或許這樣也不錯，能和自己喜歡的人淺淺細語，也不失為一件悅事。無欲無求，另有一種安排。

姜曉看了看時間，已經等半個小時了。周修林不主動走，她有些為難，總不能趕他走吧。她晚飯還沒有吃就從宿舍跑到趙欣然的公寓，又從公寓到飯店，來回折騰了兩個小時，整個人又餓又睏。

服務生為隔壁桌的人端上了兩杯咖啡，平時醇香的咖啡味，現在她聞到就覺得胃裡一陣翻湧。儘管她竭力忍著，可還是沒忍住那種噁心感。

姜曉突然捂住嘴巴，一臉驚愕。「周總，不好意思，我暈車，先去一下洗手間。」

「姜曉——」

周修林站在原地，目光沉寂如深海。久久不見姜曉從洗手間出來，周修林轉身走出大廳。

司機已經在外面等他很久了，「先生。」

「去華夏飯店。」他坐在後座，閉上眼睛，大腦浮現出剛剛在飯店的那一幕。

姜曉的身高有一百六十五公分，因為骨架小的關係，其實她屬於偏瘦型的。她的衣服總是有些寬鬆，也不知道是衣服買大了，還是就是那種款式。周修林想到一年前，他去片場探程影的班，當時她也在片場。盛夏天氣爆熱，氣溫四十一二度，是拍古裝劇所以演員穿得多，髮型複雜，特別難受。小助理們自然也十分辛苦，撐傘、搧風、端茶遞水。姜曉一直默默撐著傘，從周修林過去到離開，她都在那裡一手幫當時她跟的演員撐傘，一手搧著風。

那天她穿著一件白色棉麻復古式的連身裙，裙子蓋到了小腿肚。那時候的她有著瀏海，留著及腰的長髮，頭髮很軟，整齊地披散著。她站了很久，絲毫看不出一點不耐。神色淡淡的，皮膚在陽光晶瑩透白，眉間透著恬靜與堅韌，讓人莫名地想要多看幾眼。

因為他多看了一眼，程影順勢看過去。「那女孩來一週了，很能忍。」

「很少聽妳誇人。妳想搶過來？」

「這倒沒有。她還是學生，不過，以後肯定會有很好的發展。」

周修林笑了一聲，收回視線，上了車，離開影視城。

一年後，他沒想到再次遇到她，她已經成了趙欣然的助理，而趙欣然是公司即將力推的新人。現在周修林不得不承認，他猜不透姜曉的想法。

許久，他拿出手機，沉聲說道：「查一下姜曉的近況。」

姜曉以飛快地速度跑進了洗手間。等她吐完，整個人無力地撐在洗手檯上。她拿出手機飛快地搜尋——懷孕多久會有反應。網上寫得清清楚楚，她越看越擔心。

這是她第一次出現懷孕反應，難道是看到周修林，心理受到刺激而提前產生反應？

這小種子和他爸有心靈感應了？這麼快就迫不及待地開始互動了？

姜曉用冷水拍拍臉，看著鏡中的自己，她輕嘆一口氣。她一直覺得，作為父母，如果決定生孩子，那一定要對孩子負責。如果不能給他一個完整的家庭，那就不要選擇生下來。

她想，她不能再拖了，最晚後天。

♀♂

白天的喧囂在夜色中漸漸沉寂下來。

周修林拿著手機站在窗邊，背影翩翩，沉著臉聽著對方的彙報。

『姜小姐從飯店出來後，坐車回學校了。她去學校附近的一家麵館吃了一碗麵。』對方強調了一下，『一碗麵吃得很乾淨。』

周修林驀地一笑，「繼續跟著她，不要讓她發現。」

晚上那一幕可能是他太緊張了，竟然萌生了那個想法。如果姜曉恰好有了孩子……

他呼出一口氣，心裡竟然有幾分期待。只是看姜曉現在對他的態度，怕是不想和他扯上關係。他什麼時候這麼讓人排斥了？

周修林看著窗外五光十色的霓虹燈閃爍著，他慢慢垂下眼簾，又想起了那天晚上。

那晚，公司舉辦小型聚會，幾位股東和華夏的幾位當紅演員都來了。散場後，大家各自回去。不知道姜曉是怎麼到頂樓的，她一直低著頭在地毯上找什麼，神色專注又焦急，以至於根本沒有發現他站在那裡看了她好久。

他手裡捏著卡，突然開口說道：「卡壞了。」

姜曉抬眼看著他的時候有一瞬的驚訝，那雙眸子越來越深。她猶豫地從他手中接過房卡，試了一下，門開了。她側首，「周先生，卡沒壞。」她輕輕嘀咕了一句，「看來是你醉了。」

周修林扯了一抹笑，「謝謝。」

姜曉眨眨眼，為他推開門。周修林看著她瘦弱的身子撐著門，索性裝醉。她好心地扶著他進去，讓他躺在床上。

她半蹲在床邊，「周先生，周總──」

房間裡一片安靜。她又按了幾下燈，只留下一盞壁燈，室內的光線瞬間暗了幾分。她拿來一瓶礦泉水，擰開後擺在床頭。

他閉著眼，房間的動靜他聽得真切。耳邊是她淺淺的呼吸聲，他剛要開口時，突然間嘴唇上傳來軟軟的觸感。

她在偷親他，只是短暫的一下就離開了。

他聽到她嘟囔了一句，「涼涼的，沒味道啊。」他差點破功而笑，伸手拉她的那一剎那，她驚訝地叫了一聲。

他深吻著她，一切就那樣發生了。她可能以為他醉了，叫了一聲他的名字。

「周修林——」原來她是知道他的。

她輕輕說道：「我叫姜曉，姜子牙的姜，拂曉的曉。」

不知道是不是他的聽覺出了錯，他隱隱聽到她說了一句，「好久不見。」

只是情動，讓他無暇思考。他情不自禁地撫摸著她的頭髮，姜曉的頭髮剪短了一半。髮絲掃過他的鼻尖，淡淡的清香，味道很好聞，讓他忍不住把她抱得更緊。

第二天早上，他睜開眼，她已經不見了。掀開被子下床時，右手隱隱作痛——是她咬的。肉都咬破了，不過他記住了她那顆小虎牙。

等他回到公司想找她時，卻發現她已經去外地了。蔣勤說，要去一個月。

周修林自然沒有想到，一個月後再見面，姜曉就像什麼事也沒有發生一樣，平靜得很。跟他說話時語調平緩，聽不出絲毫心虛。只是周修林發現，那都是她偽裝的，兩人交鋒久了，她就開始露餡了。而她一緊張，眼睛就會不自覺地睜大。

他的手機再次響起來。

『哥，猜猜我在哪裡？』周一妍清脆的聲音傳過來。

「到香港轉機了？」周修林說道。

『唉，什麼都瞞不過你。』周一妍嘆了口氣。『我和爸媽買了些禮物，後天下午的飛機。你有時間來接我們嗎？』

「後天有個會議，我讓司機去接你們。」

周一妍哼了一聲，『哥——』

周修林笑，「知道了。」

『哥，你真好。那就後天見了。』

「注意安全。」

『哥，後天你要是帶什麼人來接我們，我想爸媽會很高興的。』周一妍在國外讀書，也常常關注國內的娛樂新聞。她哥和程影多次一起上頭條，想來他們之間應該有什麼。

「小丫頭——」

『我二十二了，別把我當小孩子了。』

周修林微愣，姜曉也二十二了，不過姜曉和一妍的性格完全不同。兩人的生活環境不同，性格自然不一樣。

周一妍見周修林沒再說話，『哥，我不打擾你休息了，晚安。』

「晚安。」

♀♂

第二天中午，姜曉和黃婭、李莉三人約好一起吃午飯。吃飯的時候，考慮到李莉懷孕，三人都點清淡的食物。

李莉不好意思，「不用管我，點妳們喜歡吃的。姜曉，妳不是愛吃辣嗎？再點一盤馬鈴薯燉牛腩吧。」

姜曉連忙開口：「不用了，我最近在養生，吃點清淡的。」

黃婭笑著，「是啊，我作證。」

李莉點頭，「姜曉，妳們工作忙，平時確實要注意飲食。」

「在劇組沒辦法，除了便當還是便當。」

「對了，還有一件事，我現在缺一個伴娘，妳們誰能當我的伴娘？」

黃婭指了指姜曉。

「我不行。」姜曉搖頭。

李莉和黃婭都看著她。

姜曉硬著頭皮，「我不適合，我家的情況……結婚有很多講究的。」

伴娘，要找有福氣的，她不適合。

「妳胡說什麼呢。」李莉一臉正色，「姜曉，我們同學四年，妳是什麼樣的人我還不知道嗎？妳以後肯定會大富大貴。」

黃婭開口，「那我當吧，我還沒有當過呢。」

姜曉舔了舔嘴角，笑了笑。

一頓飯，三個人聊得火熱。李莉都在講述她孕期的事，姜曉聽得認真，時不時提問。

黃婭打趣道，「姜曉，妳怎麼突然對小寶寶這麼感興趣啊？妳也想生孩子了？」

姜曉手一顫，差點把杯子裡的果汁撒出來。「只是覺得很神奇，怎麼肚子裡突然就有孩子了。」

「那妳快點結婚吧，就不用羨慕李莉了。」

姜曉臉色一僵，「我現在要拚事業呢。」

李莉微微輕嘆，「真羨慕妳們，從此以後，我就是黃臉婆了。」

姜曉和黃婭同時噓聲鄙視她。兩人吐槽她，「一手畢業證書，一手結婚證書，六個月後又將迎來自己的寶寶，是人生贏家好不好？」

李莉淺笑著，「那是妳們沒看到我前兩天的反應，總之，懷孕挺不容易的。不過小傢伙在我肚子裡，我總覺得他是有感覺的。」

黃婭覺得不可思議，「這麼小就有感覺了？」

李莉點頭，「等妳們將來懷孕就知道了，生命的奇妙吧。」

看到李莉一臉幸福的模樣，姜曉心底越不安。這頓飯絲毫沒有打消她的念頭，她不能生下這個孩子。

隔天清早，姜曉獨自來到醫院。她戴著口罩、帽子，一個人異常平靜地排隊掛號。這麼多年，她早已習慣不依靠任何人，只是實在不習慣別人用憐憫的眼神看她。姜曉不覺得自己有多可憐，這是她得到一樣東西而付出的代價。

姜曉是個實際的人，她不會作夢。這一兩年，她也見過、聽過不少女星利用孩子上位的故事。周修林這些年有沒有遇過這種事呢？她不知道自己以後會不會後悔，只是心底還是有點痛，像被馬蜂紮了，疼痛一點一點地侵蝕著她。

手術排在下午，簽字時，她的心底說不出是什麼感覺，很空。寫下自己名字的那一剎那，只有她自己知道下了多大的決心，就好像把心心念念才買到的氣球戳破了。

她摸摸肚子，心裡念道：小豆芽，對不起。

周修林今天要去機場，車子在高速公路上時，他的手機響起來。他看了一眼來電顯示，眉心突然皺了一下。

『周總，姜小姐去醫院了。』

周修林臉色倏地一變，「她怎麼了？」

『姜小姐預約了流產手術。』

周修林向來冷靜，情緒不外露，現在卻臉色緊繃。他掛了電話，立刻打給蔣勤。

他一字一句地清晰地吩咐道：「你現在立刻把姜曉叫回公司，不管用什麼辦法。」

蔣勤第一次聽到周修林這麼緊張急迫的語氣。『好，周總。』

「在她面前不要提到我，把她安撫好，我大概兩個小時後回來。」

『我明白。』蔣勤嚇了一跳，周總今天不是去接妹妹嗎？不知道姜曉到底做了什麼，讓周總這麼大動干戈，難道姜曉偷了公司機密？

掛了電話，周修林對司機說道：「回公司。」

司機詫異，「不去接先生和太太了？」再看到周修林嚇人的眼神後，他說了一聲，「我從隧道繞回去，很快。」

周修林冷著臉，眉頭緊鎖，一言不發。自從他成立華夏影視，似乎沒有遇過像今天這麼棘手的事。他抬手揉了揉眉心，姜曉真是……

他慢慢平靜下來，又打了一通電話給蔣勤，「好好和她說，不要嚇到她。」

蔣勤倒是被嚇到了，額角冒著虛汗。誰能告訴他，到底發生什麼事了？

第三章　恭喜，周太太

姜曉驗完血後，醫生找她在術前談談。

「妳知道妳的血型嗎？」

姜曉點點頭。

主刀醫生姓江，五十歲左右，人非常和藹，她溫和地說道，「流產手術對妳以後要再懷孕的影響很大，若是妳以後再懷孕，可能會引發胎兒溶血。」

姜曉垂著臉，大腦像被什麼敲了一下，漆黑的眸子望著醫生，「很危險嗎？」

醫生點點頭，「妳以後甚至會無法懷孕。」

姜曉臉色一白，她確實不知道原來這麼嚴重。

「妳還這麼年輕。我的建議，妳再考慮一下。」

「江主任，我……我再想想。」

「去吧。」

姜曉一個人走到走廊窗邊。她知道自己是rh陰性O型血，上小學時體檢查出來的。父親不是這個血型，所以她是遺傳自她的媽媽。

窗外的銀杏樹上有一個醒目的鳥窩。幾隻小鳥剛剛破殼，嘰嘰喳喳地叫著，鳥媽媽在枝頭警惕地守護著。媽媽都會守護自己的孩子嗎？姜曉陷入了迷茫中。

手機鈴聲響起，打斷了她的思考，她看到一串號碼，直覺是廣告推銷，想都沒想就直接掛斷了。

蔣勤拿著手機，急道：「怎麼不接電話？」他繼續打過去。

姜曉一看又是剛剛那個號碼，勉強接了，「喂。」

『姜曉，我是蔣勤。』

姜曉微微驚訝，「蔣助理，找我有什麼事？」

蔣勤呼了一口氣，『有一件很重要的事，妳現在方便嗎？我們見面談。』

「我休假了。」

『趙欣然和莫總被人偷拍了。她現在正是上升期，莫總是圈子裡有名的花花公子，照片要是公開，對她之後發展的影響會很大。我們正在想辦法，妳要是方便就趕緊回來一趟。』蔣勤絞盡腦汁，覺得這個理由非常合理。

果然，姜曉答應了。「我現在就回公司，過去大概一個小時。」

『那等妳過來，我們再商量。』

「謝謝你，蔣助理。」

蔣勤心裡感嘆，是我該謝謝妳才是。

姜曉沒有多想，去了江主任的辦公室，「對不起，江主任，我今天有事，不做手術了。」有時候工作也可以暫時起到麻痹自我的作用，她自欺欺人地又採取了拖延。

江主任卻笑著點點頭，「去吧。人生的路還那麼長，做每一個決定前好好想一想。」她女兒就比姜曉大兩歲，所以看到這些年輕的姑娘，她總會想到自己的女兒。

姜曉感激地朝她彎下腰。她沒有母親，可是每每在她困頓的時候，總會聽到這麼讓人溫暖的話語。姜曉忽然鬆了一口氣，回公司的路上，她一直在想肚子裡的小豆芽。

要與不要，就在一念之間。

等她到了公司，發現蔣勤在一樓大廳走來走去，似乎很焦急。姜曉心想，看來公司真的很重視趙欣然。

「蔣助理！」

「姜曉，太好了，妳終於來了。」

「不好意思，路上有點塞車。」

「沒事，沒事，還早呢。」

「嗯？」

「我們先上去。對了，妳請假是有什麼重要的事嗎？」

姜曉嗯了一聲，「是有一點私人的事。」

兩人進了電梯，蔣勤見她不肯多說，也岔開了話題。「照片的事，我剛剛請公關部的人去安撫了，先壓下來再說，不過八卦週刊還沒有回覆。」

姜曉眉心一蹙，「是要花錢嗎？」

蔣勤笑笑，「嗯……錢的事妳就別管了，幫我想想好的對策。還有，以後有機會勸勸趙欣然，路還很長。」

姜曉了然。

蔣勤直接帶她往周修林的辦公室走，走到門口時，她停下腳步來，「蔣助理。」她不解地看著他。

蔣勤看了看時間，周總說他兩個小時後回來，還有半個小時。他輕輕呼了一口氣，「進去坐。」

姜曉皺起了眉，「周總也要管欣然的緋聞？」

蔣勤不禁失笑，「姜曉，和妳說實話，是周總要見妳。」

姜曉大腦飛快地運轉，「蔣助理！」

蔣勤笑了笑。

「周總找我有什麼事？」她現在可不想見周修林，心裡正煩呢。

「這個我不清楚，妳等等可以當面問他。」

「那我回去了。」她轉身要走。

「可能是程影想要妳過去當她的助理。」蔣勤也不得不佩服自己睜眼說瞎話的能力。

「影姊？」姜曉驚訝。

兩人在門口僵持了片刻。十分鐘後，周修林終於回來了。他行色匆匆，一看到姜曉，目光就焦灼在她的身上。他還是一身黑色西裝，襯衫最上面的兩顆釦子解開了，依舊身姿筆挺，姜曉被他深沉的眼神嚇了一跳。

「周總。」她禮貌地喊了一聲。

周修林回道：「進來說。」

姜曉咬了一下唇角，鼓足勇氣跟他走進去。

周修林走到辦公桌前，呼吸慢慢平穩下來。他將西裝外套脫下來，隨意放在沙發上。這一路上，他都在想見到姜曉後，他要怎麼開口。他暗暗告訴自己要好好和她談一談，可是真的見到她，卻發現她一臉平靜，那麼大的事，她卻始終不肯告訴他。

周修林的臉色更冷了，一時沒開口。

姜曉心想，他等等若說要把她調到程影那裡，她就嚴詞拒絕。他要是不同意，她就辭職。

不一會兒，蔣特助再次敲門進來，「周總，您要的東西。」

「放桌上吧。」周修林的聲音依舊低沉。「蔣勤，今天沒事了，你先下班吧。」

蔣特助微笑著離開。周修林拿起那份報告，其實就兩張紙而已，他前前後後看了五分鐘。向來隱忍的他，再看到她的手術同意書後握緊了拳頭，手背上爆出青筋，姜曉滿心疑惑。

許久後，他才抬起頭，「姜曉，妳有什麼想法？」

姜曉怔怔地看著他，一雙眼睛霧濛濛的。這麼多天，她像鴕鳥一樣逃避著。

周修林抬手揉了揉眼睛，目光清澈明亮，「姜曉，那就結婚吧。」

姜曉皺起了眉，一臉疑惑，心中大震，「……可是你不喜歡我，為什麼要結婚呢？」

周修林望著她，話語緩慢，「妳不想要孩子？」

姜曉克制著自己的震驚，他是怎麼知道的？她低下頭，沒有回答他這個問題。

周修林耐心地等著，卻始終沒有等到她的回答。他沉吟，「我也是孩子的爸爸，妳應該告訴我的。」他一步一步走到她面前，「妳二十二歲了，成年人要對自己的行為負責，知道嗎？」

她分辨不出他話中之意。

姜曉抬起頭正視他，張了張嘴巴，話語卡在喉嚨。「是的，我要對自己的行為負責任。」

周修林擰起眉眼，再次問道：「妳真的不想要這個孩子？」

姜曉大腦混亂，其實她也不知道現在到底該如何了。

周修林看著她迷茫的眼神，臉色變了又變，語氣中夾雜著一絲嘆息，「我尊重妳的選擇。如果妳不想要，我陪妳一起去醫院，畢竟我要負一半責任。」

姜曉眨眨眼，僵硬地回道：「好。」

「妳打算什麼時候？」

「越快越好。」手術結束後，她得工作。

周修林恍惚了一瞬才定了定神，「我來安排，明天如何？」

姜曉垂下頭，不再看他，心底莫名有幾分彷徨。「可以。」

周修林看了看她消瘦的臉，「走吧，我送妳回去。」

姜曉沒有再拒絕。

♀♂

他開著車，姜曉坐在副駕駛座上。車上乾乾淨淨的，沒有一絲雜物。

「妳住在學校？」

「嗯，原本打算這週六搬家。」

「搬到哪裡？」

「學天路。」

「一中附近？」

「是的。」

「我記得一中東門那裡有家鍋貼店生意很好，學生總愛去排隊，現在還開著嗎？」

「還開著。我上次還去吃過，不過老闆換成他兒子了。」

周修林笑了一下，「很多年沒去了。味道怎麼樣？」

姜曉回道：「還不錯。」

「我妹妹也是一中的學生。」周修林突然話鋒一轉，「她和妳同年。」

姜曉心頭一緊，遲疑了一下才說道：「那真巧。」

周修林轉頭看了她一眼，嘴角有一抹一恍而逝的笑意。

半個小時後，姜曉看著窗外的景物，「周總，這不是回J大的路。」

周修林唔了一聲，「抱歉，我對晉城南邊這一帶的路況不太熟悉，妳來帶路吧。」

姜曉的驚訝不是一點半點，他竟然不知道路。

「平常習慣坐車，在車上可以看看文件。」他解釋道。

姜曉拿出手機，打開導航，調好路線後她轉過頭，黑眸裡藏著一絲笑意。又過了半個小時，終於到了J大。周修林下車，好像有送她進去的意思。

姜曉猶豫了一下，「周總，我自己進去就好了，不用送我了。」

正值晚飯時間，有不少學生都到校外的餐館覓食，男男女女，一派自由。

他問：「餓不餓？」

姜曉皺起了眉，「不餓。」

周修林笑了一下，「那就陪我去吃。」他抓起了她的手腕。

姜曉叫喚了兩聲，「周總，周總！」

最後，他拉著她去了一家水餃店。一盤熱氣騰騰的三鮮水餃放在兩人中間。周修林坐著，與這裡的環境顯然格格不入。

「要不要醋？」

姜曉點了一下頭，他已經幫她倒了一小碟醋，酸酸的味道很誘人，讓她食欲大開。她吃了三顆水餃，他卻沒有動。她吞咽下口中的食物，望著他，也不說話。

周修林笑笑，「妳吃吧，我不餓。」

姜曉不再想剛才明明是他要來吃的，她又幫自己添了一點醋，沾著餃子吃。

周修林扯了扯嘴角，「突然想到一件事。」

「什麼？」她疑惑地說道。

他深深地看著她，隔了好幾十秒才開口，話語沉沉，「酸兒辣女。」

姜曉傻了：「……這是不科學的。」

那天晚上，姜曉一直失眠到凌晨。她的手一直放在小腹上，為什麼小豆芽要在她的肚子裡發芽呢？而且偏偏是在這個時候。

她嘀咕一聲，「如果你能晚點來報到就好了。」閉上眼睛，腦海裡全是周修林的那張臉，心裡五味雜陳。

白天，他是在向自己求婚吧？雖然有點勉強，不過她還是挺開心的。他不愛她，至少說明他是個有責任心的男人。高中時，她和林蕪還開過玩笑，以後誰先結婚，另一個人要當伴娘。林蕪還要讀研究所，之後還要讀博士。她自己現在又是這個情況，不知道要猴年馬月才會結婚。

姜曉在床上輾轉反側，凌晨時分才漸漸入睡。

♀♂

周修林從J大離開後才回到家，周父周母早已等候多時。

周母今年五十多歲，氣質優雅，看起來比實際年齡年輕十幾歲。「修林，發生了什麼事？下午那麼著急。」

周修林微微一笑，「放心，我能處理好。」

周母見他神色帶著些微疲倦，心裡滿是心疼。周父卻不以為然，他像周修林這麼大的時候，面對的事比他更多。周家的男孩子從小就經歷各種訓練，心理承受能力比一般人強很多。尤其是周修林，從小到大就沒讓他們操過心，什麼都能做到最好。他從哈佛研究所畢業後回到國內，開始創業。雖然周家提供不少方便給他，但是他現在的成績也是可圈可點。他一手創辦了華夏影視，短短的一兩年時間，公司已經出了幾部高品質作品，圈裡圈外對華夏影視都頗有關注。

周修林左右看看，「一妍呢？」

周母笑道：「生你的氣，在樓上呢。」

周修林道：「我上去看看。」

他來到二樓，敲敲周一妍的房門，裡面沒反應。「一妍，我進來了。」

推開門，周一妍坐在沙發上，懶洋洋地看了他一眼，沒有往日的熱情。

他問：「這趟行程還順利嗎？」

周一妍抿了抿嘴角，沒忍住，「哥，你為什麼突然放我們鴿子？到底有什麼重要的事比見我們一家人還重要啊？」

周修林抬手理了理她的頭髮，「很重要的事，以至於我現在還在考慮明天該怎麼做。」

周一妍沒想到哥哥也會有為難的事，「你別總是一個人獨當一面，公司又不是只有你一個人。那些經理拿著高薪，要讓他們去辦事。」

周修林笑了笑，「看來妳這幾年收穫不少。」

周一妍起身，穿上拖鞋站在他面前，她身影高挑，又有一張漂亮的臉蛋，一直都是大家目光的焦點。「哥，我準備進軍演藝圈。」

周修林斂了斂神色，「一妍，妳不適合這個圈子。」

周一妍挽著他的手，「哥，你怎麼就這麼不相信我呢？我已經和爸爸媽媽說好了，我不靠家裡也會闖出一番成績的。」

周修林的眉頭擰了一下。

周一妍知道她大哥的脾氣，像兒時一樣撒著嬌，「哥，你就答應吧。」

周修林看著自己的妹妹，不禁想到了姜曉。一妍從小一帆風順，要什麼有什麼，從來不為生活發愁，而姜曉不一樣。她連大學學費都是靠每年的獎學金才有著落。也就是這樣的環境，才造就她那堅硬的性格。

對於周一妍要去演藝圈發展，周修林沒有再反對，但是他自始至終都沒有贊成。

周一妍見他不說話，轉移了話題，「不過我要先休息一兩週。這兩天我們高中同學要聚一聚。」

「你們高中同學還有聯繫？」

「平時沒怎麼聯繫，不過大家知道我回來，打算辦一個同學聚會。正好我們都是今年大學畢業，有些人也回晉城工作了。」

周修林若有所思地點點頭，「妳剛回來，今晚早點休息。」

周一妍笑著，「遵命。」因為是女孩，妹妹又比哥哥小了六歲，家裡所有人都寵著她。有周修林這樣的哥哥也是她的驕傲。從小，她的同學玩伴都羨慕她，有個像王子一般的哥哥。

半夜，周一妍還在和以前的同學聊天，樓下車庫突然傳來了聲響。那聲音在靜夜中顯得格外清晰。她拉開窗簾，探身一看，是哥哥的車。這麼晚了，哥哥怎麼還出去？周一妍滿心疑惑，難道是去見女朋友？不然大晚上還出去談工作？是去見程影嗎？改天她要去問問。

♀♂

第二天早上，姜曉迷迷糊糊地醒來，洗臉換衣服。七點多的時候，她收到一條訊息。

『我在樓下。』

姜曉盯著手機看了好幾秒，拿起包包下樓，一走出宿舍就看到他的車。她微微皺起眉，不知道他怎麼進來的。幸好這棟大樓都是以大四畢業生為主，很多人都離校了。

周修林下車，隔著不遠不近的距離，兩人目光相遇，姜曉硬著頭皮說了一個字：「早。」

周修林一個人在車上坐了半宿。他看著她，一身灰色長裙，揹著黑色帆布包，頭髮也披下來，還戴上了黑框眼鏡，大概是為了掩藏自己。不時有人走過，姜曉想快點離開，免得被認識的人看到。可終究還是被人看到了，還是他們班的同學。

「姜曉。」同學看看她，又看看一旁的周修林，臉上滿是驚訝，幸好還能克制住自己。

姜曉皺了皺眉，她在演藝圈也待了一段時間，見識多了，所以她對周修林的美貌自動免疫了。說實話，周修林要是去演藝圈發展肯定能大紅大紫。她能這樣，不代表別人見了周修林不會發花痴。

周修林饒有興趣地看著她，「妳同學？」

姜曉嗯了一聲，「雅楠，早。那個，我還有點事先走了。」

女同學的目光卻直直地看著周修林。

姜曉見周修林沒有要上車的意思，抬手拉過他的右手，催著他，「走啦！」

周修林眸光微微一變，掃過她的手，又看看她的臉，嘴角暗暗一笑。再怎麼裝老練，她也還是個剛畢業的學生，會害羞，會不知所措。他打開副駕駛座的車門，姿勢優雅地請她上車。

姜曉根本不敢回頭看同學的表情，她知道，這下肯定會傳開來。果不其然，沒一會兒她的手機就響了起來。

『天啊！姜曉，妳男朋友好帥！他的車也是！』

姜曉想撞牆，回頭看著他，「你為什麼把車開到我宿舍樓下？」

周修林靜默片刻，「我說我來接大四學生，警衛看了我的證件便放行了。」他的聲音沙啞難辨。「大概以為我是家屬，來接學生回家吧。」

姜曉咬牙切齒。

一路上兩人都沒有說話。經歷了一些事，姜曉竟然習慣了這樣的場景，有些尷尬，又有些緊張。早上的路況出奇得好，不一會兒，他們就到了一家私立醫院。

車子停好後，周修林側首叫了一聲她的名字，「姜曉。」他隱忍著自己的情緒，他尊重她的選擇，但不希望日後兩人後悔。

姜曉嗯了一聲，等待他的下文，可是他什麼也沒有說。「走吧。」

和上次一樣，又是一番檢查。不一樣的是，這次有他陪著。

各項檢查都非常快，一個小時不到的時間，醫生拿著化驗單進來，「周先生，我有些話要和你單獨談一下。」

周修林看了一眼姜曉，「稍等一會兒。」

姜曉很想說，就在這裡談吧，但還是把話壓下去了，「你們談，我出去走走。」

周修林抿了一下唇角，似是思考了一下，「注意安全，我一會兒去找妳。」

她笑笑，他把她當孩子吧。

姜曉一走，醫生直接將實情告訴了周修林，只見周修林的臉色越來越差。許久後，他終於開口，聲音乾澀，「手術取消。」

姜曉漫無目的地走著，大腦依舊很亂，心裡卻出奇平靜，不知不覺間，她走到了婦產科，最後駐足在嬰兒室。剛出生的小嬰兒，一個個都皺巴巴的，睡著了還舉著小拳頭。幾個月後，小豆芽也會這樣。她突然嚇了一跳，心臟莫名加速跳動。那一刻，她很想去摸摸小嬰兒的手。

不知道看了多久，直到身邊多了一個人。她側首，看清了來人。

周修林全身都透著冷氣，「姜曉。」

「周修林，」她打斷了他的話，這是她第一次當著他的面叫他的名字，「我想生下這個孩子。」她的眼睛又黑又亮，表情執拗。

周修林猛然盯著她，眸色瞬間一動。

「我知道醫生和你說了什麼。」她扯了一抹笑，「如果我做了墮胎手術，我以後可能都不能再有孩子了。我知道。」

周修林聽了她這番話，臉色又黑了。

「我現在想生下這個孩子。我知道以後我會面對什麼，可能會有很多困難，我可能也不會是個好媽媽。人生有太多不確定，可是現在我確定，我想要這個孩子。」

周修林的喉嚨上下滾動，聲音微緊，「我是孩子的父親。」

姜曉呼了一口氣，低頭看著自己的肚子，輕輕低語，「我還這麼年輕，就要做媽媽了。」她心底深處原本很不捨吧，醫生的話又讓她鬆動，再看到小寶寶後，她整個人都無法狠下心，不要肚子裡的這個小豆芽。

周修林拉住她的手，臉色終於緩了幾分，就像冰水融化了，他的眉宇之間淨是溫柔，「孩子就在這裡生吧。」

「還有八個月呢。」姜曉撇嘴回道。她自動忽略了一些事，比如，昨天他說的——結婚。

「先回去吧。」

姜曉咬咬牙，「周總。」

周修林眉心一蹙，似有不悅。

「我有些話想和你說。」她沉不住氣，覺得有些事要說清楚。

周修林瞅著她，「換個地方說。」

♀♂

結果他口中的「換個地方」就是他的住處。姜曉一進來便是撲面而來的男性氣息。她站在門口，步履艱難。

「我這裡只有礦泉水。」他擰了一瓶遞給她，「坐吧，妳想和我說什麼？」

姜曉咬了咬唇角，坐在一旁的沙發上，背脊挺直，緊握著礦泉水瓶。論談判，她可不是周修林的對手。她沉默著，也不知道該如何開口。

周修林見她一臉鬱結，慢慢開口，「我覺得孩子應該在一個完整的家庭成長。」

姜曉點頭。是的，她也這麼認為。

他就那麼望著她，一字一字沉聲說道：「姜曉，我們結婚吧。」

姜曉沉默片刻才說道：「結婚是一件很神聖的事。」

周修林期待著她的話，她卻問道：「你為什麼這麼想要這個孩子？」

周修林望著她，「那妳為什麼在最後放棄了妳原先的決定？」

姜曉臉色微微發沉，「你說，有沒有人會因為自己的稀有血型，怕以後不能再有孩子，而選擇生下自己第一個孩子？」她的表情前所未有的認真，又執拗地想要一個答案。

周修林不知道該怎麼回答她的這個問題，姜曉是以她的提問，模糊了他剛剛的問題。他勾了勾嘴角，「好了，我帶妳去看看房間。」

「我沒說要住你這裡。」

「我過兩天叫人去搬妳的東西。」

「我自己可以搬。」

「如果妳不想讓別人知道我們的關係，我們可以只辦手續，不對外公開。」

「我沒說要和你結婚。」

她似是習慣了和他唱反調。

周修林也不生氣，「妳想繼續當經紀人，等孩子出生後，可以繼續去公司上班。」

姜曉想不出反對的理由了。

♀♂

搬到周修林的住處，姜曉其實很忐忑。在陌生的環境下，她顯得有些局促不安，不過她隨遇而安的性格，讓她漸漸放下心防。還能怎麼辦？路是自己選的，跪著也要走下去。

周修林把主臥讓給她，他把東西搬到隔壁房間。姜曉看著他手裡拿著幾件襯衫，「這樣會不會很麻煩？我還是住隔壁吧。」

周修林挑眉，「妳要是覺得過意不去，就過來幫我拿幾件衣服。」

幾次交鋒的經驗告訴她，周修林決定的事不會輕易改變，她索性過來幫他。「你還要拿什麼啊？」她看著衣櫥，滿滿的衣服，整整齊齊地掛著。「你怎麼這麼多衣服啊？」

周修林笑了笑，「幫我拿幾條領帶，襪子在中間的抽屜。」

姜曉拿了幾條，隨手又打開中間一個抽屜。結果入眼的是整齊的男士內褲，她連忙關上，臉熱熱的。

周修林撇開眼，「那個我自己拿。」

姜曉腹誹，她又不打算幫他拿。

隔壁房間比主臥小了一點，沒有其他差別。黑白色為主的裝潢，線條明朗，就有些冷硬。

周修林將衣物簡單地掛好，回頭見到姜曉站在門口，他揚了揚嘴角，「要進來參觀一下嗎？」

姜曉搖搖頭，「你平時常回來住嗎？」

周修林想說不常，話到嘴邊又改了。「以後會經常回來的。」

姜曉想了想，「其實你不用管我。」

不管她？讓她一個人生下孩子？做個單親媽媽？

「姜小姐，恕我直言，現在養孩子從懷孕到孩子上學，需要一筆很大的費用。妳好像沒有錢。」

姜曉撇嘴，「我可以工作啊。」

「妳的月薪含稅才五千多人民幣。」

姜曉嘴唇抽動：「……我才剛畢業，我的薪資以後會漲的。」

他笑笑，「妳準備到生孩子那天都還在工作嗎？」

姜曉知道這個不切實際，不禁嘆了一口氣。

周修林不想再打擊她。「晚飯想吃什麼？」

姜曉興致不高，「我不餓。」

「那就出去吃吧。」周修林現在摸清了她的脾氣，有時候他只要做好決定，姜曉也只是嘴硬而已。

晚上，他帶她去了一家私人家常菜館，用餐的人不多，環境很清靜。兩人坐在大廳一角，姜曉打量著四周，「為什麼我們不去包廂？」

周修林幫她倒了一杯水，「裡面太悶了。」

「可是，坐在這裡要是被別人看到怎麼辦？萬一有記者呢？」姜曉提醒道。

周修林慢悠悠地喝了一口水，她擔心的事還真不少。「沒人認識妳。」

姜曉低下頭，不再說話，臉色有點複雜。其實他們之間還有很多事，兩個人現在這個狀況，明明隔著一座山的阻隔，他怎麼能那麼淡然處之。

周修林看著她，「放心。」

晚上的菜很合她的胃口，姜曉吃到八分飽，滿足地摸摸小肚子，總覺得自己最近胖了。

周修林見她吃得開心，「喜歡這家的口味？」

姜曉點點頭。

「以後有時間可以過來。」

「還是算了吧。外面的食物添加劑太多，油也可能不乾淨。我有孩子呢。」

她一本正經的樣子讓周修林隱忍著笑意，算她還有這個自覺。「那妳是想在家自己做？」

姜曉猶豫地點點頭，「是啊。」

「妳會做飯？」

「那有什麼難的，我小學時就會做了。只不過後來一直住校，就很少下廚了。」

周修林若有所思，「姜曉，我們結婚的話，可以不公開。雙方父母一起吃個飯如何？」

姜曉詫異，「這樣以後會不會有麻煩？」見了父母，有些東西就變了，那豈不是要真的結婚。

周修林正色道：「不麻煩。」

姜曉的眉心微微擰起，連聲音都變得無力，「我母親在我很小的時候就去世了，我父親我也聯繫不上他。」上一次見面還是在她大一下學期，父親不知道什麼原因來到晉城，到學校來找到了她，父女倆比陌生人還陌生。

「我來聯繫伯父。」

「不，不用聯繫他了。」父親這麼多年不見她，她何必去打擾他呢。她怕他會對她很失望。

「那妳姑姑呢？要不要邀請她們一家回來？」

姜曉出神地望著他，最終還是搖搖頭。

周修林沉吟片刻，「抽個時間，和我爸媽吃個飯怎麼樣？」

姜曉心裡微緊，「好。」她一直拒絕他，似乎也很不禮貌。

周修林輕輕一笑，「姜曉，妳平時對趙欣然也會拒絕她的要求嗎？」

那怎麼可能。她要是拒絕趙欣然，第二天就可以滾蛋了。

周修林輕飄飄地說了一句，「我應該把妳調到我身邊當助理，或許那樣，妳會聽話一點。」

姜曉：「……」

飯後，周修林陪她又走了二十分鐘，兩人才回家。

到家之後，姜曉在客廳看電視劇，周修林去書房處理工作。兩個小時過去，姜曉瞄了書房好幾眼，周修林都沒有出來。她打了一個哈欠，關了電視回臥室。姜曉躺在大床上，床單被子都是新的，她能聞到洗衣液的馨香。久久之後，她傳了一條訊息給林蕪：

『我要和周修林結婚了，不會公開。不知道以後會怎麼樣，一切等生下孩子再說吧。』

林蕪可能又沒有帶手機，姜曉沒有收到她的回覆。她在床上翻來覆去，總覺得周修林的氣息就在她身邊。

周修林是那種今日事今日畢的人，絕不會把今天的事積壓到第二天。等他處理完工作，已經過了十一點半。從書房出來後路過主臥，他從門縫底下依稀能看到房間裡的微光，抬手輕輕敲了敲幾下門。

姜曉還在玩手機，趙欣然今天發了一條貼文，看來節目錄得還不錯。聽見敲門聲，她說：「有什麼事嗎？」

周修林呼了一口氣，「早點休息。」

「喔，好的。」姜曉看了看時間，十一點四十分。老闆都不輕鬆，加班到深夜。

她登入趙欣然的後援會帳號，轉發點讚，又和底下的粉絲留言互動。當明星助理真的挺不容易的。

這套房子有兩間浴室，一間在主臥，周修林現在就用另一間浴室。等他洗完澡出來，發現姜曉還沒有睡，他輕輕擰了一下眉頭，不過終究忍著不再去提醒她。他和她都需要時間去適應彼此，來日方長。

第二天，姜曉起床時，周修林已經坐在餐桌上，桌上擺著早餐。

「昨晚睡得好嗎？」他問。

姜曉點頭。

「先去洗臉，一會兒吃早餐。」

姜曉站在那裡，「你做的？」

他笑了笑。

新的一天，新的開始。姜曉坐在餐桌前，周修林一直在等她，他慢慢開口，「中午會有阿姨過來做飯。家裡的門鎖密碼是9626。」

姜曉心底感慨萬千，感謝小豆芽，她已經提前進入社會主義生活了。「我想回去上班。」

她猶豫了幾秒，「雖然我工資少，至少也能賺點奶粉錢。」

周修林勾了勾嘴角，「今天是週五，下週一再回去上班吧。」

姜曉唔了一聲，「麻煩你了。」

周修林到了公司，一個上午簽了幾份文件。

蔣助理提醒他，「周總，下週『夢想之夜』，您準備邀請誰去？」夢想之夜是個大型慈善活動，他今年也收到邀請了。照理來說，他應該和華夏一線的簽約明星或者人氣上升的明星一起出席，比如程影、趙欣然。

周修林問道：「我一個人去。」

蔣助理咂舌，「您不和影姊一起？」

周修林抬眉，手裡還握著筆，他揚了揚嘴角，「以後這類活動，不用再幫我安排女伴。還有，我也不想再看到有關我的緋聞。」

蔣助理大驚，周修林鮮少有緋聞，只除了一兩次和其他女星遇見，被爆出來。

「幫趙欣然找一個新的助理。」

「那姜曉呢？」

周修林揉揉眉心，「她——我有別的安排。」

蔣助理點點頭，「好的。我這就去安排。」

♀♂

姜曉下午回去宿舍一趟，把該收的東西統統打包好，棉被這些東西都不需要了。因為之前就做好了搬家的準備，很多東西她早已收拾好。

她從抽屜裡拿出數十本素描本，她三歲時，姜父教她畫畫。很多人都說她有天分，大概是遺傳自父親吧，可惜後來她沒有選擇美術這條路。姜曉翻開最上面的那本，這是她高中時畫的，那時候因為學業繁重，她畫得並不多。打開早已泛黃的紙張，有林蕪、秦珩、孫陽……還有周修林。那張是她第一次見到周修林畫的，原來時間都過了七年。

這時，門外傳來鑰匙的聲音，是黃婭回來了。

「姜曉，妳不是回家了嗎？怎麼又回來了？」

「事情辦完了。」

「妳回來搬家？」

「是啊。」

兩人說了一會兒話，黃婭突然問：「宋雅楠說昨天看到妳和男朋友了？妳什麼時候交了男朋友？」

姜曉嘆了一口氣，「什麼男朋友！是我公司的同事，有點事才過來接我。」

「聽說可帥了，妳加加油，這麼帥的可不要錯過。」

「妳家鐘一碩也很帥啊，我下次見到他，要不要去追他？」

黃婭哈哈直笑，「我發現妳現在越來越會說笑了。其實，找個男朋友也不錯，畢竟妳都工作了，多一個人在身邊，多一個人照應。」

姜曉不敢說，她現在何止是多了一個人啊。「那房子我不租了，我要離開一段時間。」

「又出差啊？這次要去哪裡？又要去見哪個大明星啊？」

姜曉呼了一口氣：「暫時保密。」

她要開始一段未知的人生，不知對與錯，只是憑著感覺往下走。

黃婭擰眉，「那等妳回來，我們有時間再約。噯，我說妳最近皮膚怎麼變得這麼好？水潤潤的，就是有點胖了，胸……好像也大了。」

姜曉汗顏，「大概是最近伙食很好。」

♀♂

周修林當天下午提前回家一趟。周父周母頗有閒情雅致，正在打理院子的花草，見到他這麼早回來，兩人微微一驚。

周修林微微一笑，「爸媽，有件事要和你們說。」

周父手裡拿著澆花的塑膠水管，「你說吧。」

周母剪了幾枝玫瑰，「等等找個花瓶插起來，放在客廳多好看啊。」

周修林慢條斯理地開口：「我準備結婚了。先登記，婚禮延期舉辦。」

周母的手一顫，指尖被玫瑰花紮了一下。「你要和誰結婚？」

周修林一字一頓，「她叫姜曉。」

周母在大腦裡來回搜尋了許久，也沒有想出姜曉到底是誰。可是周修林今天這個態度，她清楚地明白，兒子回來只是通知他們一聲，他已經做好了決定。女明星裡有叫姜曉的嗎？還是他的同學？

「修林，怎麼這麼突然？」周母臉上的笑容淡下去。

周修林從初中開始就開始收到女生的表白信、禮物，他的心思從來沒有放在這上面，除了讀書、運動，他似乎對這些根本不感興趣。人家孩子早戀時，周修林除了和女同學談功課，就沒有多餘的話了。

隨著周修林大學畢業、研究所畢業，周母開始有些擔心，兒子為什麼不找對象？丈夫總是說她瞎操心，但女人在感情上永遠比男人更細心一些。

周母試探地問過幾次，周修林總是輕巧地回應她。沒有遇到適合的，沒有遇到喜歡的。問他喜歡什麼樣的，他說，我暫時也不知道。等將來遇見了，再告訴妳。

周母不愧是陪著周父走過半生的人，她很快收拾好情緒，笑著道：「以前沒有聽你提過？這麼突然，我們什麼都沒有準備。」

周父看看現在的場面，根本不適合談話。「進去再說。」

周父周母換了一身衣服，回到客廳。周修林正在泡茶，這時候他竟然還這麼氣定神閒。周父拍拍妻子的手，「相信妳兒子。」

周母一口氣堵在胸口。

周修林抬首，「爸媽，這是以恒弄來的紅茶，讓你們嘗嘗味道。」

周母哪裡有喝茶的心情，「修林，我們一直期盼著你結婚，可是你這樣也太突然了。」

周修林喝了一口茶，紅茶的味道有點澀。「爸媽，我的計畫是在二十八歲生日前結婚，而現在恰好遇到了適合的人。」

「可是我們一點也不瞭解她。」

「您不相信我的眼光？」

「這——」周母詞窮了，她當然相信他。

「那週末我帶她來見見您。」

周母哭笑不得，「你連結婚都讓我們那麼省心。她多大了？做什麼工作？哪裡人？」

周修林就知道他母親也是一般的女人，對他未來的妻子免不了打探，他一一回答。反觀周父倒是一臉平靜，悠閒地喝著茶。

周母聽完，「和一妍一樣大啊，那豈不是剛大學畢業？」小女孩到底是怎麼俘獲了她兒子呢？她不禁好奇起來，不過她終究沒有再細問。

周修林沒有在家吃晚餐。周母無奈，「兒子終於要結婚了，我怎麼覺得有哪裡不對勁？」

周父笑道：「怎麼了？」

周母皺了皺眉，「你不覺得奇怪嗎？結婚不辦婚禮，他這是要做什麼？」

周父沉思，「可能是考慮到他的個人形象，畢竟修林也算半個演藝圈的人，為了隱私吧。」

周母頭疼，「虧那女孩也能答應嫁給他。有哪個女孩子不期盼一場婚禮的。」

周父攬著她的肩頭，「別想太多了。修林要結婚了，我們該開心才是。」

晚飯時間，周一妍回到家，聽說她哥回來又走了。她不免發了幾句牢騷，「哥哥怎麼這樣啊？連在家吃頓飯的時間都空不下來。」

周父說道：「妳哥哥有了女朋友，自然要陪女朋友了。」

周一妍夾菜的動作停了下來，「爸，你聽誰說的？不會又是緋聞吧？」

周父寵溺地望著女兒，「他週末要帶女朋友來見我們。」

周一妍看看母親，「媽，真的嗎？」她心底有些不相信。

周母勾了勾嘴角，「是啊，妳記得把週末的活動都推了。」

周一妍點點頭，「我哥女朋友是做什麼的啊？」

「J大畢業的，在妳哥公司上班。別的我們也不太清楚，等見了面再說吧。」

J大是省內第一志願，在全國排前十名。能考上J大，至少說明他哥的這位女朋友挺聰明的。周一妍的成績是中上，當年也是在國內上不了好的學校，才會選擇去國外留學。她聽著母親的口氣，似乎並不是很開心。她笑笑，「雖然我哥有女朋友我有點吃醋，不過我倒是很期待見到我未來的嫂子。爸媽，這下你們該放心了吧，說不定明年，你們就有小孫子了。」

周父呵呵一笑，「那我可以提前退休了。」他看向妻子，「妳也把妳手裡的工作整理一下，該交出去就在今年統統交出去，明年我們就在家帶孫子。」

周母睨了他一眼，「你說得倒輕鬆。」

♀♂

晚上，阿姨做好晚飯就走了。姜曉和周修林一起吃晚餐，飯後，姜曉自覺地要去刷碗，周修林卻起身拿起碗筷，一一放在洗碗機裡。

姜曉看著這間設備豪華的廚房，一點煙火味都沒有。「你以前在家也會自己做飯？」

周修林勾著嘴角，「很少。」寥寥無幾。

「那真是暴殄天物了。」

「現在不是物盡其用？」

姜曉無言以對，既然不用，當初為什麼要買這些東西啊？

「妳今天回學校了？」

「去拿了一些東西。」

「妳應該讓我陪妳去的。」

他一去，怕又會引起不必要的誤會。

「就一點東西，我自己可以的。」

周修林瞄了一眼她的肚子，「我只是擔心。」

姜曉摸摸肚子，「我很強壯的，小豆芽在我肚子裡也很聽話。」

「小豆芽？這是妳幫孩子取的……呢稱？」周修林瞇著眼。

「不是呢稱，是小名！我發現懷孕的那天，中午吃了一盤豆芽菜。」她覺得這個名字很可愛啊。「你覺得不好聽？」

周修林沒意見，「妳會在乎我的意見嗎？」

姜曉站在他的身旁，他比她高了大半個頭，說話時，他微微低下頭，呼吸拂過她的耳邊，氣息逼近，她下意識地往後退了一步。

後面是櫥櫃，周修林連忙伸手攬住她的腰，兩人幾乎貼近。近在咫尺的距離，視線相撞。姜曉的眸子直直對上他的眼睛，在他的眼裡，她看到了自己一臉慌亂。寂靜的空間裡，莫名地多了幾分旖旎，連空氣都變得稀薄了。

他定定地看著她澄澈的眸子，輕輕說道：「小心。」將她扶好，他慢慢撤回手。

姜曉只覺得腰間一片火熱，心臟怦通怦通地跳，一種酥麻感流動著。很多情緒湧上來，她無暇掩飾，等站好後，左右看看，「我去洗水果。」

周修林不動聲色，「洗點葡萄。」

「好的，周總。」姜曉嘀咕了一句，「麻煩。」說著，乖乖地從冰箱裡拿出一串葡萄。

♀♂

短暫的相處時間，周修林發現姜曉是十足的手機控，除了吃飯、睡覺，幾乎都要拿手機。當然，姜曉看手機大部分的時間是在工作。此刻，他想和她談談關於週末見家長的事。姜曉正在刷微博，微博熱搜出現的第一個名字吸引了她的注意力。

『晉仲北』

點進去就是晉仲北在晉城機場的一組照片，這組照片顯然不是擺拍。記者抓拍的角度，加上晉仲北俊美的外形，隨隨便便就是一組時尚大片。他是天生的衣架子，穿什麼都好看。加上他還有一副磁性嗓音，不知道迷倒了多少女性粉絲。

她抬起頭，思索片刻，「我聽說，電視劇《盛世天下》會邀請晉仲北出演男一。」

周修林的目光在她臉上停留片刻，問道：「妳是他的粉絲？」

「我剛當小助理的時候見過他。」

周修林嗯了一聲。

「《盛世天下》的影視版權在華夏，程影和晉仲北以前有過合作，這次晉仲北如果答應，這將是兩人第二次合作，粉絲都很期待。」

「妳似乎也很期待。」

「我看過《盛世天下》這本小說，晉仲北很適合男主的角色。」

周修林不置可否，「合約還沒有簽。」

姜曉眨眨眼，「欣然也簽了《盛世天下》，她是特別演出。」

周修林望著她，知道她話還沒有說完。

「欣然對我也挺好的，她拍《盛世天下》我應該繼續跟著她。在我還沒有生產前，我想把這份工作做完。」

周修林意味深長，「姜曉，妳到底是為了什麼當明星助理？追星？」

姜曉：「……當然不是。」

「公司已經在幫趙欣然挑選新的助理了。」

「我才剛轉正，你就要解雇我？」

「妳覺得妳現在的情況能去當助理嗎？」

「根據《勞資法》，用人單位是不能以任何理由辭退孕婦的。」

周修林扶額，「無故辭退可以賠償。」

姜曉：「……周總，我覺得我們需要認真地溝通一下。」

周修林淺笑，「姜小姐，請說。」

姜曉坐直身體，咽了咽喉嚨，「雖然你是小豆芽的爸爸，將來你可以管小豆芽，但是你不能管我，更不能干涉我的選擇。」

周修林不緊不慢地問道：「還有呢？」

「我知道你很有錢，即使我們以後登記結婚了，我還是希望，我可以靠我自己的能力工作賺錢。」

周修林悵然。這個社會太多人因為金錢而隨波逐流，甚至不惜出賣自己。因為他的身分、財富，他也曾受到各種誘惑，不知道該怎麼勸服她。他忽然覺得姜曉有點傻，為什麼不好好抓牢孩子的爸爸？「姜曉，我沒有說不讓妳工作。只是現在，妳的身體根本不適合做這份工作，太辛苦了。」

「等欣然拍完《盛世天下》，我就回來。」她一臉執著，「你放心，我會照顧好自己的。」

周修林抿著嘴角沒有說話，眉心一跳一跳的。「妳可以去，但我會安排人跟著妳。」

姜曉：「……」

周修林呼了一口氣，「我已經和我爸媽說好了，這週末回去吃飯。」

姜曉面色一緊，「你爸媽不反對嗎？」

周修林挑眉，「成年人要對自己的行為負責，尤其是我們，也將是做父母的人了。」他意有所指。

姜曉咬咬唇角，「你家人要是不喜歡我怎麼辦？」

「不會的。」周修林看得出來她在緊張，刻意放柔了聲音。

姜曉扯了扯嘴角，拿眼瞅著他，眸色越發深沉，「那你妹妹呢？她也知道我了？」

第四章　捨不得放開你

晉城說大不大，說小不小，人與人之間總是充滿了神奇的牽絆。你有沒有想過，有一天，你會和年少喜歡的人重逢？

姜曉不知道周修林到底知不知道她和周一妍的同學關係。

橙色的燈光籠罩在兩人身上，一室的安寧。姜曉淺淺望著周修林，扯了一抹溫和的笑意。在他面前，她會緊張，會彷徨，會自卑，會怯懦……但她總是在掩飾著自己，不讓他發現自己的小心思。她總是告訴自己，就當作以前不認識他。

「有件事，我一直沒有告訴你。」她咽了咽喉嚨。

周修林凝視著她。

「我和周一妍是同學。」姜曉抓了抓頭髮。「噯，你別光看著我，你之前真的不知道？」

周修林扯了一抹笑容，「妳沒有告訴我。」

姜曉咂舌，「你不是查過我的資料嗎？」

「資料並不能知道妳所有的過去。」

姜曉睨了他一眼，「我也沒想到會遇到你啊。」更沒想到我和你還有了小豆芽。

「妳和一妍關係如何？我猜關係普通。」

姜曉苦笑，「比一般還差。」

周修林擰了一下眉，「難怪我幾次提到一妍，妳都不說話。還有什麼要交代的嗎？」

姜曉心虛，「沒了。」

周修林勾了勾嘴角，「一妍可能還不知道我的女朋友是妳。」

姜曉嘆了一口氣，「看來明天要有一場沒有硝煙的戰爭了。喂，你現在後悔還來得及。」

他瞇了瞇眼，意味深長地說道：「姜曉，我不會後悔的。」

姜曉斂了斂神色，「那你明天好好和周一妍解釋一下。」雖然她和周一妍關係普通，可她也不希望因為她，害他們兄妹關係失和。

他笑笑。

「那個，周總，我有點睏了，先去睡了。」他沒有回話，她起身往房間走去。

「姜曉。」他突然叫住她的名字。

姜曉轉身，隔著不遠不近的距離，看著他。

周修林嘴角微動，「以後在家叫我的名字，我不想回到家還像在公司一樣。」

姜曉有種錯覺，好像有點看不懂他了。

「喔。」可是她好像有點不習慣。

周修林，修林——

她在心裡默默叫了幾遍，都不習慣。

♀♂

到了週末那天，姜曉依舊是一身寬鬆的娃娃領長裙，她網購的。和西裝筆挺的周修林站在一起，確實像比他小了好幾歲。

姜曉理了理裙子，問他：「應該不會出錯吧？」

周修林看著她，「挺好的。」

姜曉習慣穿長裙，簡單方便。她低下頭，輕說道：「這樣別人也看不出我懷孕了。」

周修林一笑，「才一個多月是看不出來的。」

姜曉摸摸肚子，「其實我覺得我的腰已經變粗了。」

周修林想到昨晚兩人的親密接觸，一個多月，她根本沒胖多少，他抱著的時候還是……很細。

姜曉的表情有些沉，周修林安慰她，「不用緊張，有我在。」

姜曉呼了一口氣，「謝謝。」她是真的感謝他，他的出現，至少給了她很大的勇氣。

車子開進了周家院子。

周修林下車走到另一邊，姜曉也隨之下來。他說：「到了，我們進去吧。」

這時候，裡面有人跑出來。「哥！」

周一妍聲音滿是愉悅，「你們終於來了——」

姜曉停下腳步，四目相視的那一瞬，周一妍的聲音猛然止住了，她的眼底滿是不可置信，眼神瞬間變得冷冰冰，還帶著憤怒。

「姜曉！怎麼是妳！」她惡狠狠地叫了一聲她的名字。

姜曉彎了彎嘴角，「周一妍，好久不見。」高中同學，四年沒見了。

周一妍看看她，又看看周修林，眼底突然一陣委屈。

周修林突然伸手拉過姜曉的手，姜曉指尖一僵，有一瞬間她想掙脫，卻發現自己根本無法掙脫。周父周母看到他們進來，臉上帶著恰到好處的微笑。

周修林介紹道，「爸媽，這是我女朋友，姜曉。」

姜曉禮貌地喊道：「伯父伯母，你們好，我是姜曉。」

周母不著痕跡地打量著她，這女孩挺漂亮的，文文靜靜，氣質不錯。衣著很樸素，不是名牌，以她的觀察根本不是什麼牌子。兒子已經承認了，她這時候再想反對，只會傷害母子間的感情。她溫和一笑，「快坐吧。」

第一次見家長，大概就是父母提問時間，尤其是她這個憑空冒出來的周修林女朋友。不過好在周家父母都是見過大場面的人，他們習慣用眼睛去觀察，並沒有問太多問題。只是關心了一下姜曉的家庭，問問她的工作。知道她在華夏影視，周父周母大概猜到了兩人相遇的過程。

周一妍一直緊握著雙手，冷著臉坐在一旁。周母也察覺到她的沉默，「一妍，姜曉和妳同齡，以後妳們可以常聯繫。姜曉有經驗，妳有什麼事可以問問她。」

周一妍冷笑一下，「媽，我們不光同齡，我們還是同班同學呢。」

「是嗎？」周父和周母一臉驚訝。

周一妍看著姜曉，「哥，姜曉也沒告訴你嗎？」

周修林沉聲回道：「我知道。」

「那你怎麼都沒有告訴我？我回來幾天了，你為什麼不告訴我？」周一妍激動起來。

周母不明所以，拍拍她的手，「怎麼了？」

周一妍笑著，終究還是忍住了。

周母拍拍她的手，「多大的人了，還吃醋啊。妳哥找到女朋友，妳不是挺高興的嗎？」

姜曉看著周一妍，沒想到她對自己這麼有意見。這麼多年了，她還是一如既往地不喜歡自己。她維持著臉上的表情，餘光看向周修林，黑色的雙眸閃爍著細碎的光。周一妍顧忌著自己的大哥，強忍著內心的不悅。

午飯後，周修林帶姜曉去他的臥室休息。姜曉終於卸下了偽裝，真累。

她望著周修林，「你不好奇我和她為什麼關係不好？」

「妳不想說的話也沒關係。」周修林臉色依舊。

姜曉懶懶地坐在床尾，脫了拖鞋，赤腳踩在柔軟的地毯上，露出雪白的雙腳。「我們三年都同班，每個班上都有小團體，我們班也同樣。我和周一妍不是同一個圈子，而且關係也不是很好。」

周修林沒想到她那麼直接。一妍的脾氣他是知道的，驕傲自我。姜曉的脾氣，看似柔軟，實則強硬。

「唔，你知不知道你妹妹高中時喜歡一個男生？」

周修林眉心一擰，語氣僵硬，「是誰？」

姜曉嘻嘻一笑，「你把門關好，我悄悄告訴你。」

周修林抿了一下唇角，轉身去關了門。

姜曉表情微動，「我們班有個男生叫秦珩，成績好，長得帥，籃球打得也很好，那時候很多女孩子都悄悄喜歡他。」

周修林瞇了瞇眼，耐著性子聽她說下去。

「我和秦珩坐在前後，我有不會的題目，都會問他。」

「喔～」周修林揚了揚尾音，「你們這位同學人挺不錯的。」

「是啊。」姜曉想到秦珩眉眼淨是溫柔，「所以有很多女生喜歡他啊。」

「妳和一妍就是這很多女生的一員？」

姜曉差點咬到舌頭，「周總，您的想像力太豐富了。」

「難道不是？」

「當然不是。周一妍喜歡秦珩，秦珩喜歡的人是我——同桌！」

周修林沒想到他們高中還有這樣的故事，不禁搖搖頭。「一中什麼時候校風這麼鬆懈了？你們還有閒情想這些。」

「你高中時不想嗎？怎麼可能，我覺得高中時沒有喜歡過一個人，我們的青春都不完整。」

周修林沉默，他是沒想過。不過聽得出來，她想過。

姜曉臉上滿是流光神采，「我同桌人長得漂亮，成績是我們班第一，人特別好，她私下還會幫我們幾個人補課。她的名字也很好聽，叫林蕪。林蕪是我見過最美的女人了，比程影還漂亮。」

周修林笑著打趣，「比妳還好看？」

「我怎麼能和她比？林蕪她……」因為驚訝，她的話卡住了，她微微張開嘴唇，仔細回味他剛剛的話，他好像在誇她。

周修林見她沉默，話鋒一轉，「有機會倒是要見見她。」

姜曉低低地嗯了一聲，「你竟然不知道你妹妹的事。」

「我那時候在國外讀研究所，何況你們這些小丫頭的這些小心思藏得很深。」

姜曉想了想點點頭，「暗戀不容易，愛而不得更是讓人心酸。」有時候明知道那條路不會有結果，可還是一頭紮進去了。

「妳曾暗戀過誰？」周修林問道。

姜曉張了張嘴巴，隨機勾唇一笑，「……明星算嗎？晉仲北吧。」晉仲北和周修林差不多年紀，姜曉讀高中時，晉仲北因為一部清宮劇裡的阿哥大火，那是他的第一部劇，就讓他直接走上了巔峰，當時班上很多女生都迷他，手機桌布都是他的照片。

周修林似笑非笑，突然抬手覆在她的小腹上。姜曉身子一僵，往後一仰。

「周總，你要做什麼？」

他靠近她，姜曉緊張地話音都變了，「你爸媽在樓下，噯，你不能這樣！」

「怎樣？」

姜曉：「……」

周修林第一次光明正大地靠近小豆芽，隔著薄薄的一層衣裙，他的手竟然有些控制不住地顫抖。「胎教要好好教，知道嗎？」

他慢慢起身走到窗邊，拉上窗簾，「姜曉，妳在小豆芽的胚胎期就幫他上早戀課。」

姜曉：「……」這個罪名很大。

因為懷孕的關係，最近姜曉比較嗜睡，和周修林聊了一會兒，她終究抵擋不住瞌睡蟲漸漸入睡。周修林把臥室的空調溫度調到二十六度，拿來薄毯輕輕幫她蓋上。他又在床尾坐了片刻才下樓。

父母都在客廳，一妍也在，三人臉色各異。

周母問道：「姜曉呢？」

「她睏了，在睡覺。」

周母從兒子的言行看得出來，他是認真的。

周一妍沉不住氣，「哥，你和姜曉怎麼認識的？」

「不是說過了嗎？」

「我不喜歡她。」

周修林抬了抬眼皮，眼神深諳，「一妍，妳也不是十七八歲的孩子了。」

周一妍聽出了他話中深意，她現在都不能說姜曉的不是了。「哥，你不瞭解姜曉。她根本不像你看到那麼單純。她可能不是喜歡你，她是故意接近你的。」

周母打圓場，「一妍，好好說話。」

周一妍氣瘋了，「妳讓我說什麼？我高中同學莫名其妙變成了我的嫂子，我不能接受！」

周修林擰眉沉聲開口，「我們準備下週去登記，不辦婚禮。她家庭特殊，以後有機會兩家人再見面。」

此話一說，連周父都皺起了眉。「修林，這件事會不會太草率了。」

「爸，我認真考慮過了。」

「這像什麼話？那你準備在親戚面前怎麼介紹她？我們周家也是有頭有臉的人，你爺爺奶奶向來重視規矩。即使你們不辦婚禮，雙方父母也該見個面。」

「姜曉母親早就去世了，父親是畫家，一直在外頭。」

周父硬著臉，「結婚怎麼能這麼隨便！」

周一妍冷哼一聲，「姜曉以前也是這樣，前後左右的男生，哪個不對她好。她就有這個本事，現在連我哥也被她迷住了。」

周修林餘光突然掃向她，「一妍，妳的家教去哪裡了！」

周一妍被他凜然的語氣凍得沉默了。

周修林淺淺開口，「爸媽，你們放心好了，姜曉她不是那樣的人。她如果真要我的錢，我給她，反正我不缺錢。」

今天相處下來，周父周母也看得出來姜曉的為人。平心而論，那孩子確實不錯。可是總覺得兒子可以找到更好的女孩子。不過，周修林向來什麼事都有自己的主意。大勢已定，他們再說什麼都無濟於事。

周父擺擺手，「既然你們決定了，我和你媽媽也不再多說什麼了。修林，你從小到大都沒讓我們操過心，但我要告訴你們，婚姻不是兒戲，你們好自為之。」

周修林正色道：「爸，我知道，請你們放心。」他望著他的父親，眼底滿是自信。

周一妍也徹底洩了氣，心裡像被貓抓了一樣難受。她哽咽著，情緒起伏不定，「哥哥——」話也說不出口，「我一直希望你能幸福⋯⋯」

周修林望著她，微微嘆了一口氣，語調溫柔，「好了，我知道，別的話不要再說了。」

周一妍的眼淚嘩嘩地落下來，哭著跑回去自己的房間。

這次回國，於她真是一個天崩地裂的開始。

♀♂

姜曉這一覺足足睡了三個小時，醒來的時候，突然發現周修林睡在一旁的沙發上，襯衫鈕子解開了好幾個，腳還放在地上。沙發狹窄，他睡得肯定不舒服。姜曉輕輕下床，躡手躡腳走過去。她貓著腰，蹲在沙發前。一直以來，她都知道周修林長得好看，劍眉星目，鼻梁高挺，五官棱角分明。公司一堆女生私下都喜歡討論他，大家都好奇周總到底會喜歡什麼樣的女人？

姜曉勾勾嘴角，反正，沒人相信會是她。她抬手想要摸摸他的臉，又怕吵醒他，最後輕輕摸了摸他的頭髮，又怕破壞了他的髮型，摸了一下，連忙撤回手。

他還在睡，薄唇緊抿。姜曉突然想到了那天晚上的吻，他的唇涼涼的。想到此，她的臉一瞬間緋紅一片。

那件事，到底是誰吃虧呢？說不清楚。

周修林動了動麻痹的身子，姜曉立馬起身跑向了洗手間，動作迅速。周修林睜開眼，眼色漸漸恢復清明，抬手摸了摸自己的頭髮。大概她也只敢趁他睡著或者喝醉酒，才敢對他動手動腳。

姜曉是第一次到周家，氣氛不熱不冷，至少禮貌還是有的。儘管她不是周母心中的理想，但周母還是送了她一套見面禮。

那黃燦燦的顏色，沉甸甸的分量，讓姜曉沉默了。

「這是當年修林奶奶給我的，今天我交給妳。」

那不是周家的傳家寶嗎？她怎麼能拿。「伯母，這太貴重了。」

周母放在她手中，「還有一些首飾，下次我一併給妳。」

「不不不，伯母，我不能收。」姜曉惶恐，她和周修林只是名義上暫時登記，以後的事都說不準呢。

周母心裡搖頭，這點東西算什麼。

周修林在她耳邊低語，「這是傳給周家兒媳婦的，妳就當作是先幫小豆芽保管的。」

姜曉：「……啊，你想太遠了。還有，萬一小豆芽是女孩呢？」

周修林回覆道：「那就給她當嫁妝吧。」

姜曉：「……」她看著他嘴角的淺笑，心裡一陣恍惚，暗暗掐了掐手。怕是再這麼下去，她會越來越抵擋不住自己的心。

周修林對她只是責任吧。因為那夜的意外，又因為小豆芽的存在。姜曉怕自己陷得太深，最後受傷的還是自己。

見完周家父母後，姜曉銷假上班。週一，她和周修林一起去公司，不過她提前一站下車，走回公司。周修林擰了一下眉，什麼也沒說。

到了公司，姜曉正好在樓下遇到蔣特助。

蔣勤笑道：「姜曉，這麼快就回來上班了？怎麼不多休息幾天？」

姜曉：「蔣特助，早。」

蔣勤：「妳和周總的事解決了？」

姜曉心裡懷疑，難道蔣特助知道她和周修林的事？她順著他的話續道，「嗯，解決了。」

蔣勤瞅了她一眼，「姜曉，苟富貴，勿相忘。」

姜曉：「蔣特助，您過獎了。」

蔣勤笑著：「周總向來眼光好，他看中的人一定會大紅大紫的。妳放心吧，有華夏在，妳的資源不會差。」

姜曉：「……」

「妳還不知道？」蔣勤笑著，「影姊和周總提議，打算簽下妳，要主推妳。」

姜曉簡直傻了，難怪蔣勤今天對她格外熱情。「蔣特助，沒有這回事，我還是會繼續當欣然的助理。《盛世天下》不是要開拍了嗎？我正準備和欣然一起進組呢。」

蔣勤下巴都要掉了，「也不知道是誰在亂傳消息。」

「就是！說話太不負責了。周總怎麼可能捧我呢？蔣特助，我先去忙了啊。」

蔣勤百思不得其解。

♀♂

幾天後，晉仲北現身華夏，出席《盛世天下》討論會。姜曉得知消息後高興不已。原來晉仲北早就簽了合約，周修林卻不告訴她，真是小氣。那時候趙欣然已經從B市回來，在家休息了一天，也特意趕到公司，想和晉仲北提前熟悉一下。

趙欣然化好妝，「唉，可惜我和他也只有三集戲分。」

姜曉：「以後機會會很多。還有十分鐘，我們先過去吧。」

趙欣然看了看時間，「再等等。」

姜曉明白她的意思，趙欣然這半年人氣上升，再也不是當初那個初出茅廬的小姑娘了。有了名氣就有了底氣，心也飄了起來。

「欣然，影姊今天也會去。」

趙欣然果然聽懂了她的話。今天壓軸登場的不是她！

「唉，我什麼時候才能到她這個位置。」

「會的。」

趙欣然看了她一眼，沉默半晌，「姜曉，我在B市時，公司想幫我換助理，我沒同意，我還是喜歡妳。」年紀小了一點，但是知分寸，也不惹事。

姜曉笑笑，「快走吧。」

幾位主演彙聚一堂，導演和幾位編劇一一闡述了《盛世天下》故事精髓。女主作為和親公主，不遠萬里，嫁給陵國太子，在經歷種種爭鬥與磨難後，兩人一起建構了一個盛世天下。

姜曉站在角落，和公司幾個女孩擠在一起。

「晉仲北怎麼這麼帥！」

「聲音好好聽！」

「我要暈倒了。」

姜曉目不轉睛地看著最中間的人。晉仲北出自演藝世家，父親是國內著名導演晉紳，母親是國內知名影后梁月。十幾年前，梁月拿獎拿到手軟，只是現在鮮少再拍戲了。

他們看得專注，並沒有注意到已經走到她們身後的周修林和蔣勤。

「姜曉，妳有福了，這回又進組了。」

姜曉微微一笑：「還好還好，到時候我應該能要到簽名照，運氣好的話說不定還能和晉仲北要一個擁抱。」

「姜曉，妳過分了啊。」

大家習慣了相互開玩笑。

蔣特助輕輕咳了幾聲，「美女們，妳們在看什麼？」

眾人大驚，連忙閃開。

姜曉一回頭就看到周修林西裝筆挺地站在她面前，「周總。」她未來的先生正盯著她看。

姜曉清清嗓子，「我陪欣然來的。」

周修林不動聲色，「要不要和我一起進去？」

姜曉扯了一抹笑意，「不敢。」

周修林：「想要晉仲北的簽名？」

姜曉眨眨眼，「可以嗎？」

周修林輕飄飄地掃了她一眼，沒說話就直接進去了。姜曉暗想，這個人怎麼這麼喜歡吊人胃口。呿！過幾天進組，她自己也是可以要到晉仲北簽名的。

《盛世天下》第一次交流會結束，劇組開始準備進組事宜。這也意味著，下週姜曉要跟組去H市的影視城。只是周修林沒有再主動和她提過這件事，姜曉現在也是有自覺的人，總不能上演帶球跑的戲碼。趁著晚飯時間，姜曉將話題扯到了這上面，決定好好和周修林談一談。

「周總。」

「周先生～」

「喂，周修林，你說句話啊。」

周修林放下碗筷，坐在位置上看著她，「明天上午，我們先去登記。」

姜曉：「……啊！」

周修林絕不會錯過她現在每一個表情，「明天有事？」

姜曉悶悶地說道：「欣然要我去幫她買些護膚品，不過——晚上也可以去買的。」

周修林的嘴角略略帶了一抹笑意，「要帶戶口名簿，妳的戶口名簿在嗎？」

姜曉點頭，「我的戶口名簿一直都帶在身上。」

「怎麼了？」見她一臉悵然的樣子。

「只是覺得有點快。」姜曉將碎髮別到耳後，「我沒想過我會這麼早結婚，當然也沒有想過自己會這麼年輕就要當媽媽。」

周修林望著她，「人生總會有些意外不在妳的控制範圍之內。」

姜曉勾勾嘴角，彎了一個燦爛的笑容。

周修林挑了挑眉，「笑什麼？」

「突然想到了周一妍，以後她見到我是不是要叫我『嫂子』了？」

「當然。」

「我沒記錯的話，她是十二月生日，我比她小呢。」

「妳呢？」

「我是五月生日。」

「五月？」周修林細細一算，突然有一個想法，他試探地問道，「那天是妳生日？」

她自然聽懂了他口中的「那天」是指什麼。「嗯。」那天也是母親節，很多年輕人都會幫自己的母親買禮物，帶母親出去吃飯，共享天倫。

周修林想了想說道：「明年我陪妳過生日。」

姜曉忽而一笑，「我很少過生日的，不會特別在意生日，吃不吃蛋糕都無所謂。」

周修林心裡有些疑惑。那天晚上，他明顯感覺到姜曉一開始情緒很低落。她主動靠近他，最後的最後並沒有一絲拒絕。

「你呢？你生日什麼時候？」姜曉轉開話題。

周修林瞅著她，似笑非笑，「妳不知道？我記得去年冬天，我收到了趙欣然送的禮物。」他故意拖長了尾音，「禮物很實用。」

姜曉赧然，去年周修林生日，公司的大小明星都送了禮物給他。關於禮物，趙欣然想了很久，最後交給姜曉。姜曉問了宿舍同學，最後買了一個有按摩功用的泡腳盆。

「我也想了很久。像你們這種工作狂，每天泡泡腳對身體好啊。你用過沒？」

周修林看著她期盼的眼神，搖搖頭。

「我就知道。」姜曉嘆了一口氣，「其實你可以試試的，很舒服的。」

周修林唔了一聲，「下次讓蔣勤送到家裡來。」

溫馨的燈光下，兩人坐在餐桌前，面對面聊著天，語調輕快，像一對普通的小情侶。

不再是少年的我們，還能和喜歡的人坐在一起談天說笑，這樣的感覺真好。

♀♂

第二天早上，姜曉先起床。隔壁臥室的門還關著，姜曉去廚房煎雞蛋，熱了牛奶和吐司。正在倒牛奶時，周修林的房門打開了。他還穿著睡衣，釦子鬆開了幾顆，微微露出了結實的胸口。姜曉定在那裡，被眼前的這幕怔住了。

此刻的周修林頭髮鬆散，沒有了平日的嚴肅感。這樣的他好像年輕了幾歲，頗有幾分大學生的朝氣。

「妳今天怎麼這麼早？」他聲音沙啞。

姜曉咽了咽喉嚨，「醒得早。」

「我先去洗漱。」他走進了浴室。

姜曉深深呼了一大口氣，誘惑啊，赤裸裸的誘惑。不一會兒，浴室傳來了嘩嘩的水聲，他在洗澡。

十多分鐘後，周修林洗好出來，又回房間換了一身衣服，頭髮也重新梳好，他邊走邊扣著紐釦。

熹微的陽光從落地窗打進來，光點細碎地灑在客廳，一室溫和。

白襯衫、黑色西裝褲是他一貫的風格。

姜曉靜靜地打量著，眼神慢慢變得茫然。她怔怔地說了一句，「其實你可以去演戲的。」

周修林拉開餐桌椅，他笑了一下，「我去演戲？妳來當我的經紀人？」

姜曉猛地醒過來，「呃，我的意思是，你條件這麼好，不當演員可惜了。」

周修林挑眉，「演藝圈從來不缺外在條件好的人。」他掃了她一眼，翻領白襯衫，藍色牛仔短褲，白色板鞋，她這身搭配也確實……青春。只是和他站在一起，總覺得有點年代感。六歲年齡差啊。

吃過早餐，兩人出發去了民政局。

他們是今天登記的第十二對。相比其他情侶，他們這對明顯親昵不足，喜悅不足，冷靜得像去簽合約一般。簽字的時候，姜曉看著周修林俐落地簽下了自己的名字，一點猶豫都沒有。她握緊了筆，右手緊張地輕顫。

周修林簽好後轉頭看著她，目光繾綣。姜曉快速低下頭，一筆一畫地簽下了自己的名字。

拿到結婚證書，姜曉還覺得有些不真實。她看著結婚證書上兩人靠在一起的照片，還挺好看的。

剛剛攝影師一直喊著靠近一點，靠近一點。

周修林突然抬手攬住她的肩頭，「過來，就這樣。」

畫面定格了，這是他們的第一張合照，也是他們一家三口的第一張合照。

周修林從她手中拿過結婚證書，「我來保管。」

「我們現在去哪裡？你要回公司嗎？」

周修林睨了她一眼，拉住她的手，好像他已經習慣了這樣的動作。「還要去買點東西。」

「什麼？」她問。

「到了就知道了。」

姜曉沒有再問，她的掌心已經冒出了細密的汗，不知道他有沒有發現。

結果周修林帶著她去了一家珠寶店。姜曉恍然大悟，原來是帶她來買婚戒，心裡彷彿有隻小鹿在亂撞。

周修林說：「時間有點緊，先在這裡看看有沒有喜歡的。」

姜曉看著櫃檯上珠光閃閃的首飾，一時間不知道該說什麼。

店裡還有一對情侶在挑戒指，女方挽著男方的手，「老公，這個鑽好看嗎？」

男方：「妳喜歡就好。」

女方：「謝謝你。啾～」

旁若無人的親熱，真是瞎了旁觀者的眼。姜曉看著都尷尬，餘光悄悄看了一眼周修林，他反倒氣定神閒，專注地看著戒指。

周修林：「專心一點。」

姜曉悄悄拉了拉周修林的袖子，說道：「不挑貴的好不好？」戴幾十萬的戒指在手上，她在劇組肯定會被發現的。

周修林應允，希望他們的婚姻暫時不要讓她有任何壓力。最後她挑了一對款式簡單的戒指，價格也是店裡最便宜的。周修林把戒指戴在她的無名指上，她低著頭，長髮遮住了她的側臉，卻掩不住她的動人。

「還不錯，就這對了。」

姜曉下意識地說了一句，「你也要戴嗎？」

周修林輕笑，「不然呢？」

「這樣會不會被人發現？」

周修林抬手，輕撫了一下她的髮絲。「不會的。估計妳戴著，別人會以為是假的。」

姜曉哼了一聲，拿過男戒，禮尚往來，幫他戴在他的無名指上。修長的手指配上再簡單的戒指也是好看。「真是不公平，你戴起來感覺比我好啊。」

周修林一愣，隨意笑了笑。「大概是氣質問題。」

姜曉頓了頓，終於忍不住問道：「你以前有過女朋友嗎？」

周修林盯著她的眼睛，黑眸閃著光，「妳介意嗎？」

「不，我只是好奇？」

「想知道？」

姜曉點點頭，又搖搖頭，「你不說也沒關係的。」其實，她覺得他應該有過女朋友。

周修林扯了一抹笑，「我說沒有，妳相信嗎？」

姜曉咬唇，「我覺得有點不科學。」

周修林正視著她的眼睛，「姜曉，妳是我第一個女朋友。」

姜曉短暫地呆愣了一下後，終於找回了理智，心還在怦通怦通地跳著，「我的榮幸。」不得不說，剛剛他的那句話比任何話都要甜。

周修林玩味道，「恭喜，周太太。」

姜曉深深一笑，「同喜，周先生。」

登記結婚的事，姜曉只跟林蕪說。林蕪依舊很忙，晚上一年大學，她現在依舊和高中一樣拚命。她的聲音滿是喜悅，『恭喜，妳可以入圍本年度的勵志姊了。』

「不過，不能請妳參加婚禮了。」

『暫時替我省了一個大紅包。姜曉，既然妳選擇生下孩子，現在又和周修林結婚，以後再有什麼事，和周修林商量，不要什麼都一人扛。周修林是個有擔當的人，你們要幸福。』

「我知道。周修林對我很好，很照顧我。那妳和秦珩呢？」

『我才大三，畢業還有幾年呢。』

「……秦珩可真不容易啊。」

『我要去圖書館了，照顧好自己。』

「好。」

♀♂

登記結婚之後，兩人的生活並沒有太多的變化。不過周修林出差的頻率明顯比以前少很多，平時和朋友的聚會也少了很多。正常時間下班後，沒有特殊事情，他首先會選擇回家。

兩人過了一週相敬如賓的日子，姜曉終於要出差了。

這一去就是大半個月，姜曉收拾了一個二十四吋的行李箱，一會兒就要出發。

周修林看著她忙碌的身影，有些頭疼。「有什麼事打電話給我。」

姜曉唔了一聲，「你放心好了，我又不是第一次進組。」

周修林咬牙，「小豆芽是第一次進組。」

姜曉無話可說。

周修林說道：「過來。」

姜曉慢慢走過去，仰著頭，「有何貴幹，周先生？」她打趣道，「捨不得我走啊？」這是她最近最大的變化，敢和他開玩笑了。

周修林一怔，臉色微沉，「姜曉，妳真會折磨人。」

姜曉眨眨眼，「離別在即，我可以讓你抱一下小豆芽。」

周修林目光灼灼地盯著她，終於展開雙臂。那是他們第一個正式的擁抱，在兩人都清醒的時候。姜曉的身體都在抖，她閉上眼睛，臉埋在他的胸口，貪戀著他的氣息。

這是真實的。

許久，兩人都沒有說話。

周修林在她頭頂叮囑道：「好好吃飯。」

「我不會餓到小豆芽的。」

「有什麼事找蔣勤。」

「你告訴他了？」

「不然呢？我總要找個可靠的人照顧妳。」

「啊，你的意思是蔣勤這次會在劇組？」

「嗯。」

「他去做什麼？」

「監工，畢竟《盛世天下》華夏投了幾個億。」

姜曉：「……」

門上傳來幾下有節奏的敲門聲，應該是蔣勤來了。

周修林鬆開手臂，「走吧。」

姜曉突然拉住他的手，她抬首看著他的眼神裡閃著幽光，「周修林，你相信一見鍾情嗎？」

門上又響起幾下連續的敲門聲。

姜曉如洩了氣的氣球一般，「我去開門。」

周修林突然有幾分好笑但隱忍住了。蔣勤啊，來得真不是時候。

一開門，果然是蔣勤。

「周總。」蔣勤踏進門，隨後目光又看向姜曉，嘴角帶著禮貌而平靜的笑意，「夫人。」

夫人——姜曉的下巴都要掉了，她一臉震撼，「蔣特助。」

「夫人，有什麼吩咐？」蔣勤禮貌而周道地問道。

姜曉抿了抿嘴角，「還是像以前一樣叫我的名字吧。」

蔣勤十分為難。

一直看戲的周修林掃了他們一眼，尤其是蔣勤，「不是說八點半嗎？」現在才八點九分。

蔣勤笑著：「怕塞車，我提早一點出門了。周總，那我先送夫人過去。」

周修林嗯了一聲。

姜曉：「……」

蔣勤熱情地上前，剛想拎過姜曉的行李箱，周修林早他一步提起箱子。「你先去車上。」

蔣勤後知後覺，他是不是來得太早了，飛快地下樓去了。

姜曉跟在周修林的身旁，這一幕就像丈夫送出差遠行的妻子，依依不捨又心懷擔憂。不知道周修林會不會有這樣的想法，等等會不會給她一個道別吻？

到了樓下，周修林把行李箱放到後車廂，轉身看著姜曉，「上車吧。」

姜曉咂舌，果然不能有什麼期盼。「我走了啊。」她咬咬牙，「你好好照顧自己。」

周修林輕輕應了一聲，還知道關心自己，不錯。

兩人默契地相互點了一下頭，就此告別。

她上了車，坐在後座。車子緩緩開車，猛地一回頭，發現他還在原地，那一刻，姜曉突然覺得心底暖暖的。車裡莫名其妙地放起了一首歌：

我和你吻別在無人的街
讓風痴笑我不能拒絕
我和你吻別在狂亂的夜
我的心等著迎接傷悲

姜曉咬著牙：「蔣特助，能不能換首歌？」
「夫人，您想聽什麼歌？」
姜曉：「……」他真是叫上癮了。
蔣特助換了一首歌。
姜曉彎了彎嘴角，歪著頭看著窗外，陽光正好，天氣晴朗。周先生，半個月後再見吧。
她摸著肚子，不要想我和小豆芽啊！

♀♂

姜曉去影視城之後，周修林又恢復了往日的忙碌。周母收到慈善拍賣會的邀請，打電話給周修林，讓他陪她一起去。

周修林：「我爸呢？怎麼不叫他？」

周母：『他正好也有事。』

周修林：「週五我去接您。」

周母：『你和姜曉最近怎麼樣了？』

兩人登記之後，周修林曾帶姜曉回去一趟，一家人一起吃了一頓飯。周母到底心裡還存著一些芥蒂，對姜曉也只是禮貌上的客氣。幸好，姜曉不太習慣和長輩虛與委蛇，這種客客氣氣，反而讓她更能接受。不過出乎意料的是，姜曉和周父倒是談得來。周父喜歡下象棋，兩人聊天時，周父得知姜曉也會下棋，便邀她下一盤試試，結果這一下便是三局。

姜曉贏了兩局，周父看著棋盤沉思不語。

姜曉尷尬地看著周父，「伯父，您別生氣啊，下次我讓您幾步。」

周父：「……」

等姜曉和周修林離開時，周父直言讓她有時間就回來。

周修林回道：「媽，姜曉去影視城了。」

周母：『去多久啊？』

周修林：「半個月。」

周母尋思著，姜曉難道真的像一妍所說，是為了事業才和周修林在一起？因為姜曉，周一妍氣了好久，周家的氛圍一度很壓抑。好在這幾天，周一妍開始工作，忙碌沖淡了她的失落與氣憤。

周母又和周修林說了幾句才掛電話。她嘆了一口氣，突然有了兒媳婦，其實她也還沒反應過來。

週五晚上，周修林陪母親一同出現在山莊飯店。拍賣會上請來了不少社會名流，一整晚拍賣了不少東西，最後籌到的善款都將捐給西部留守兒童，用來建學校、修路以及幫孩子添置新衣。

周修林看到了陪女朋友前來的莫以恒。莫以恒拍拍女伴的手，女伴嘟嘟嘴就離開了。

莫以恒：「你最近在忙什麼呢？怎麼都不出來？」

周修林涼涼地看了他一眼，「你和趙欣然斷了？」

莫以恒摸摸鼻子：「我們只是好朋友關係，你怎麼關心起這個了？」

周修林的左手一直插在褲子口袋裡，風度翩翩。「離趙欣然遠一點。」

莫以恒一臉驚奇，「別告訴我你真的看上她了，真要是這樣，我肯定不碰她。」

周修林直直地看著他，莫以恒心虛不已。

「你放心好了，我和她沒什麼。你知道嗎？趙欣然身邊那個小助理賊得很，我和趙欣然那兩天進展得好好的，結果那小助理打了一通電話給趙欣然，趙欣然就被洗腦了，然後就不怎麼理我了。」

周修林扯了一抹笑意。明星有時候確實需要這樣的助理，幫他們理清方向，這樣才不至於走錯路。

莫以恒不動聲色地注意著周修林，心裡滿是狐疑。這麼多年都沒見他關注過哪個女人，怎麼偏偏關心起了趙欣然？好吧，他得關心一下兄弟的感情大事。

「我聽說《盛世天下》開拍了，晉仲北最後怎麼同意了？」

「程影和他有些交情，加上給了他百分之十的利潤。」

「好吧，還真不少。趙欣然這兩天和晉仲北有對手戲，她和我說了，晉仲北有演技，人也不錯，聽說在劇組挺受歡迎的，迷倒了一眾小姑娘。早知道，我也去當演員。」

周修林冷冷一笑，「這麼感興趣，抽一天去劇組看看。」

莫以恒倚在沙發上，「不去，那邊熱得很，最近都到四十度了，跑去那邊受這個罪。」

兩人邊走邊說，來到了餐飲區。

莫以恒：「你怎麼突然想去劇組了？」難道真是為了趙欣然？

周修林端起一杯酒。這時，對面一個漂亮的婦人朝他們這邊走來，婦人穿著紫色長裙，長髮用髮夾固定著披散下來，沒有過多的裝飾，卻掩不住她的氣質。

「周總、莫總。」梁月的聲音柔和。

「梁老師您好。」周修林和莫以恒打著招呼。

這些年，梁月足足拿了二十幾個國內外獎項，精湛的演技讓她在國際都享有盛名。圈裡的人都稱呼她為梁老師，熟的人喊她梁姊。

梁月淺笑，「今晚不無聊吧？」慈善晚會是她一手牽線的，作為主人，她自然要關心一下他們。

「梁老師，您費心了。我們還得感謝您，要不是您舉辦這場晚會，我和修林都碰不到。」

梁月抿著嘴角，「莫總還是一樣會說笑，你們來才是我的榮幸。對了，周總，我看了《盛世天下》的劇本，很期待。」

周修林笑道：「我們也很期待，有仲北挑大樑，相信這部劇不會讓觀眾失望的。」

「好的。」

梁月點點頭，「我就不打擾你們了，玩得愉快，以後有機會再聚。」

梁月緩緩離去，莫以恒不禁感慨。「晉仲北這位繼母，確實不錯。」

周修林看著梁月的背影，「嗯。」

「就是啊。網路上說梁老師年紀多大？三十六還是三十吧？」

「你沒事就關心這些？能不能做點事。」

「她要不是嫁給晉仲北的老爸，我們現在見到她，應該喊姊吧。」

莫以恒說的沒錯，可周修林不想再搭理他。當天晚上，這場慈善晚會也上了微博熱搜。

夜色寧靜，姜曉等著趙欣然收工，她坐在一旁的折疊椅上，漫不經心地刷著微博，把關於這場晚會的消息都看了一遍。

做慈善，真是一件好事啊。幫助別人，還能救贖自己。

姜曉收起手機，起身在走廊上來回走了幾圈。她輕輕摸著肚子，邊走邊自言自語。「小豆芽，你聽好了，媽媽今晚為你念的詩叫《洛神賦》。」

「……翩若驚鴻，婉若遊龍。榮曜秋菊，華茂春松。彷佛兮若輕雲之蔽月，飄搖兮若流風之回雪……」姜曉就會這幾句，來來回回念了五六遍。

拍古裝劇有一個好處，就是容易進入環境。姜曉最近每天都為小豆芽念古詩詞洗禮，她大概想把孩子培養成一個才華橫溢的才子。

晉仲北剛拍完今天最後一場戲，出來就看到有人在喋喋不休地念詩。他脫下厚重的衣服，沉聲說道：「過來拿一下衣服。」

姜曉回頭發現是他，隨手接住。「要送到哪裡？」

晉仲北瞇著眼，藉著微薄的光線打量著她，「喔，妳是趙欣然的助理？那放這邊，等我助理等等來收拾。」

姜曉點點頭，把戲服放到一旁。趙欣然還沒有出來，她現在要走倒顯得有些不妥。

月色清幽，蟲鳴有一搭沒一搭地叫著。晉仲北慢慢脫下了裡裡外外的袍子，最後只剩下自己的短袖T恤。他的身材很好，肌肉結實，平時一定經常鍛煉。皮膚不白但也不黑，小麥的蜜色，很健康的氣色。他理了理衣襬，拿著一旁的毛巾擦了擦額角的汗。

「妳畢業了？」許久晉仲北突然問道。

「什麼？」姜曉看到他眼底帶著的打探，心裡咯噔一下。

晉仲北扯了一抹笑，「我記得，三年前，妳來應徵我的助理。」

姜曉臉色一變，「您還記得啊。」三年前，她大一暑假是去應徵助理，結果失敗而返。

「記性還算不錯。」

當時姜曉因為沒被選上助理，哭得特別傷心，正好被晉仲北看到了。他還安慰了她幾句，以後有機會再找她。沒想到後來，她還是進了這個圈子。看樣子，她現在混得還不錯。

姜曉微微一笑，「當年年紀太小不懂事，您不要介意。」

「怎麼樣？現在還要不要來做我的助理？」晉仲北露出別有深意的笑容，彷若隨口而問。

姜曉緊張地看著他，晉仲北笑容依舊，她分辨不出他是真意還是玩笑。晉仲北有一個專業的工作室，還有他的導演父親、影后母親，怎麼可能缺人。開玩笑，這麼強大的背景，招聘的工作人員都是精挑細選的。

三年前，姜曉沒有應徵成功，那是她當時能力不足。但現在的她雖然有了工作經驗，當影帝的助理還不夠格。晉仲北能記得她，說明當年她給他留下的印象太深了。姜曉想起來，是覺得有些丟人。當時她哭得一把鼻涕一把眼淚，晉仲北給了她一條手帕。名牌的，那塊手帕至今還被她收在盒子裡。現在要是她把手帕掛到網路上拍賣，肯定能賣出一個好價錢。

晚風吹在身上，絲毫緩解不了夏日的悶熱與浮躁。

她莞爾一笑，「你們能開多少月薪？」

晉仲北的眼眸閃過一抹錯愕，「雙倍。」

姜曉眉眼微動，「我月薪不到五千。」她嘆了一口氣。回去她一定要和周修林提議，華夏給助理的工資太低了，晉仲北都來高薪挖她了。

晉仲北抬手，指尖撫了撫額角，眸色沉如海，讓人分不清他的情緒。

姜曉舔了舔嘴角，鎮靜非常，「謝謝您還記得我，不過我現在很滿意自己的工作。」

晉仲北的臉色透著幾分倦色，不禁一笑，笑容被月色漸漸隱藏。他點點頭，抬手揉了一下酸澀的眼角，「那很好。」話語簡短而有力。

成長總是在一次次失敗中讓你變得成熟。哭鼻子也沒用，想要的要自己去爭取。姜曉尋味著他的笑意，他並不是在說笑。

她突然釋然了，她再次表示感謝，「我能有個請求嗎？」

「什麼？」他饒有興趣地看著她。

「我最好的朋友很喜歡您，您可以幫我簽一個名嗎？」

晉仲北朗聲一笑，竟然是這個請求。「當然可以。」

姜曉露齒一笑，「那下次我再找您，謝謝您。」

遠處傳來一陣喧鬧聲，看來今晚的戲已經結束。

不一會兒，趙欣然和一眾人姍姍而出。姜曉起身，「晉老師，我先過去了。」

晉仲北看著她的身影消失在月色中，他慢慢起身時，回頭正好看到站在暗處的程影。「什麼時候來的？」

程影不緊不慢地走過來，她穿著白色長裙，裙襬隨風搖曳，帶著波浪，說不盡的嫵媚。「你挑逗人家小姑娘時。」

晉仲北失笑，瞥了她一眼。

「你什麼時候開始一本正經地逗人玩了？」程影和他認識多年，說話從來不顧忌。

「怎麼？怕我挖你們公司的人？」

程影聳聳肩，「就怕你挖不走。」

「是嗎？」晉仲北挑眉，「要是我能挖走呢？」

程影微仰著頭，露出優美的側臉線條，「晉大影帝，不瞞你說，這個小女孩很有個性。你啊，別想了。當初我要過她，可她選擇了趙欣然。」

晉仲北低語，「她剛剛還問我月薪了。」

程影咯咯一笑，「你逗別人，別人就不能逗你。」

月色下，晉仲北和程影結伴而去。

♀♂

姜曉和趙欣然回到飯店，趙欣然這一路比平時沉默。姜曉以為她是累了，和她說了一下明天的安排，準備離去。趙欣然卻叫住她，其實她剛才遠遠看到姜曉和晉仲北在說話。她和晉仲北演了幾場對手戲下來，和他也不敢說太熟。

「妳剛剛在和晉仲北聊天？」

「隨便說了幾句。」

趙欣然又看了她一眼，神色微冷，「姜曉，別怪我沒提醒妳。晉仲北什麼身分，妳可別喜歡他，更別妄想接近他，最後受傷的還是妳自己。」

姜曉吸了一口氣，心裡默默腹誹，她都是孩子的媽了，哪還會勾引別人。她揚了揚手指，「我有男朋友的。」劇組人多，為了避免今後的麻煩，她現在開始對外宣稱自己有男朋友，自然省了很多麻煩。

趙欣然看到她的戒指，很普通，「咦，以前怎麼沒聽妳說過？什麼時候的事？」

「最近剛確定的，不過他出國了。」

「我剛剛說的話，妳別放在心上，我也是為了妳好。我見得比妳多了。」

「我知道。妳也早點休息，妳明天一大早還有戲。」姜曉還不了解趙欣然這個人嗎？心不壞，就是有點急功近利。以後能不能有更好的發展，就看她自己了。

姜曉回到樓下的房間，她「運氣」好，一個人住一間房，蔣勤住她對面。

蔣勤的出現，劇組沒人有所懷疑，導演們深深感覺到華夏對《盛世天下》這部劇的重視，上上下下的人都打起了十二萬分心思。

姜曉一回到房間，就發現桌上擺著優格、水果，一連三天都是如此。姜曉好奇，這一切到底是蔣勤所為，還是周修林囑咐他的呢？

她洗了一顆蘋果。睡前，依舊拿著皮尺量肚子，可能是她晚上吃多了，今晚的肚子竟比平時胖了一公分。

♀♂

第二天，姜曉把水果帶到片場分給大家，她又親自送了一些給程影。

「影姊，嘗一嘗荔枝。」

程影對她印象好，拿了一顆嘗，「趙欣然有妳當助理真是她的福氣。」做事不卑不亢，讓人心裡很舒服，在片場安分守己，這樣的女孩自然很討喜。

姜曉嘻嘻一笑，回頭看到蔣勤。蔣勤臉色似乎有些不對勁，朝著姜曉走過來。

「蔣特助，你要不要吃荔枝啊？」

蔣勤咬牙，「姜曉，妳過來一下，我有話和妳說。」

姜曉隨他來到角落。

蔣勤嘆了一口氣，臉色緊繃，「夫人，您怎麼和晉仲北傳起了緋聞？」

姜曉莫名所以。

「早上我過來，就聽到有人在說你們花前月下。」蔣勤昨晚去了附近一家推拿店，就不在這麼一會兒，就出了這種事。他把手機推出去，「妳看。」

姜曉翻著新聞。『晉仲北夜會神祕女子』的標題醒目，還配了一張模糊的照片，是她的側臉。

「這記者也太沒有職業道德了，純粹胡說八道。」

蔣勤眼角抽搐，「關鍵是還發了出去。」

「反正看不清是我，別人又認不出來。」

「別人認不出妳來，可是周總認得出來。」

姜曉又仔細看了看照片，照片中的她，長髮擋住了大半張臉。「蔣特助，你不覺得我這張照片拍得很像夏嵐（女星名）嗎？」她細細看了幾眼，「我都不知道我側臉這麼像夏嵐，說不定別人以為是夏嵐。」

蔣勤眼角抽了一下，終於明白什麼叫自欺欺人。

姜曉笑著，「蔣特助，你別急，我覺得周總不一定能認得出我。」這三天，他根本就沒有聯繫她啊，一通電話都沒有。

蔣勤怕給孕婦壓力，不敢說，今天早上他就接到周總的電話了。他這三天的工作感覺像白做了，每天他都主動且及時向老闆彙報姜曉的一切，吃了什麼，做了什麼，現在爆出了這則新聞，他可以引咎辭職了。

「夫人，您還是想想怎麼和周總解釋吧。」

姜曉睫毛顫了顫，「蔣特助，還是叫我名字吧。」

蔣勤抬手看了看時間，「我估計周總現在正在過來的路上。」

姜曉：「……他來做什麼？不會真的為了這個緋聞吧？笨蛋都能看出來這是假的。」

蔣勤不敢說，周修林現在大概就是個笨蛋吧。

♀♂

下午是晉仲北和趙欣然的戲，欣然得知晉仲北答應了鄰國公主的婚約，哭著來找他，甚至低聲下氣地求他不要答應這場聯姻。這段拍了兩次，導演都不滿意。

「欣然，妳得演出那種絕望，那種傷心，而不是這樣乾癟癟的哭。」

趙欣然尷尬，「導演，我知道。」

結果又拍了一次，依舊不行。導演喊了一聲：「卡！先休息一下！一會兒再拍。」

趙欣然有些無力，她楚楚可憐地看著晉仲北，「很抱歉。」

晉仲北點頭，「別太緊張，試著把自己帶進角色裡。」

趙欣然嗯了一聲，鬱鬱寡歡地走到一旁的折疊椅上。

天氣又悶又熱，儘管室內已經開了兩台空調，還是擋不住熱意。趙欣然悶悶地躺下，神色黯淡。她是網路劇出身的新人，演技也還在學習階段，讓她和晉仲北這樣的影帝配戲本來心裡就有壓力，現在幾次不過，心裡更難受了。

十分鐘後，導演還沒有喊開始，大家也坐在原地待命，姜曉拿著扇子幫趙欣然搧著風。

這時，外面突然傳來了喧嘩聲。

趙欣然瞇著眼，「怎麼這麼吵？」

姜曉起身，「我去看看。」

到了門口，正好看到周修林和導演、副導演一起走進來，所有人都看著他。他穿著白色襯衫，身上一絲褶皺都沒有。姜曉心想，哎呦，真的來了，彷彿夏日的涼風徐徐吹來。

周修林一眼就在人群中看到了她，傻乎乎地站在那裡，臉色紅潤，頭髮隨意地紮了一個馬尾。

導演問：「周總，怎麼突然過來了？」

周修林：「開機那天原本要過來，因為有事沒辦法來。」

導演和他簡單地說了一下最近三天拍攝的情況，周修林點點頭，「大家辛苦了。」

這時，有人搬了一箱冰走進來。

周修林說道：「打擾大家工作了，天熱，大家注意防暑降溫。」

隨行人員一一把冰分下去，冰到來的瞬間讓大家清涼了不少。

姜曉也拿到了一支巧克力的甜筒，她舔了舔嘴角。周修林的目光突然掃過來，眉心微微一皺，姜曉瞬間懂了，彷若手裡拿的是一顆定時炸彈，她連忙把冰遞給了一旁的女生。

女生詫異，「妳不吃啊？」

姜曉：「我減肥呢。」

女生：「天氣這麼熱，吃一個沒關係。」

姜曉笑著搖搖頭。等她回頭，周修林已經和導演走了——她又想太多了。

這時候蔣勤走過來，悄悄說道：「夫人，周總讓您先回去休息，他晚上來看您。」

姜曉突然噗哧一笑，怎麼有種地下情侶的感覺。她摸了摸肚子，小豆芽，你爸來看你了。

沉默一會兒，她又輕輕說了一句，你爸剛剛走路挺帥的，帶風啊。

第五章 ＊得償所願

晚上周修林請客，正副導演、程影、晉仲北、趙欣然都去了。包廂裡的氣氛並沒有那麼熱烈，還好有程影在。

「周總，你怎麼突然過來了？」程影雖然拿了幾個大獎，不過她對人依舊客氣周道，幫左右的人各倒了一杯茶水。外界傳周修林和趙欣然有點曖昧，所以派了蔣勤過來。下午周修林出現時，也有人說他是來看趙欣然。她和周修林認識五六年了，她可不相信。

周修林笑道：「來這邊開會，正好來看看。」

程影輕笑：「那真是巧了，我可要以茶代酒敬周總一杯，感謝周總厚愛。」

相比程影的長袖善舞，趙欣然顯得沉默許多。畢竟，她能來參加飯局，也只是看在她是華夏簽約明星的份上。和兩大男神在一起，她不由得觀察周修林和晉仲北，他們不論在哪一方面都不相伯仲。晉仲北在圈子裡人氣居高不下，暗戀、明戀他的人不在少數。華夏影視在這兩年發展迅猛，周修林如一匹黑馬突出重圍。二十八歲，事業好，最關鍵的還是單身，因而越來越多女星都想和華夏合作。

晉仲北抬眉看了周修林一眼：「周總，聽我母親說，你今年也要隨他們的團隊去西部。」

「是的。不過現在情況有變，這一次可能不能親自過去了。」周修林和晉仲北很久以前就認識了，只是關係沒有那麼熟稔。這一次，程影力邀晉仲北出演《盛世天下》，他們才有了多次接觸。

程影平時也會參與慈善事業，「要不然，下次我們一起去吧？」

晉仲北微微一笑，「我可以，周總呢？」

周修林應允，「今年怕沒有時間了，明年吧。」

因為這個話題，大家漸漸放開來。晉仲北在這時接了一個電話，他沒有避諱他們。

「查清楚了？明天讓那個人離開劇組，網路上的照片不用刪。」

周修林略微沉吟，「是昨晚的照片？查到是誰偷拍的了？」

晉仲北：「劇組裡的人。」

周修林點點頭。這件事應該是為了晉仲北，而姜曉是莫名成了一個道具而已。

程影轉頭和趙欣然笑說道：「欣然，妳得好好謝謝仲北，洗清了妳家小助理的名譽。」

趙欣然燦爛一笑，「本來就是別人為了博眼球亂發新聞，我助理有男朋友的。」

程影道：「姜曉也大學畢業了，有男朋友不足為奇。」

晉仲北側眼看向趙欣然，似乎在等著她接下來的話。

趙欣然說道：「她男朋友出國留學了，我助理和她男朋友關係好得很。」

程影笑著接道：「現在很多學生大學一畢業，一手畢業證書一手結婚證書，有的還帶著孩子參加畢業典禮，哪像我們談個戀愛都藏著躲著。」這話說到最後，倒有幾分羨慕。

周修林放在桌上的右手微微一動，端起面前的水杯，淡淡地抿了一口水，「現在的小姑娘倒是有想法。」

飯局結束，大家各自散去，周修林回到飯店時已經十點多。車子停在暗處，路燈發出清幽的光線，影影綽綽。周修林坐在後座，清雋的面龐在暗夜中模模糊糊。

蔣特助坐在副駕駛座上，猶豫地提醒道：「周總，夫人通常十一點睡覺。」

周修林突然扯了一下嘴角，她要是能十一點睡，太陽就打西邊出來了。就算關了燈，她肯定也是摸黑玩手機。周修林拎著一個紙袋下車。蔣勤當初安排房間時，也有考慮到周修林會過來探望家屬，所以他和姜曉的房間都在角落，安靜隱蔽。

周修林站在門口，抬手敲了敲門，裡面傳來姜曉的聲音，「誰啊？」

「我！」他沉聲回道。

門緩緩打開，露出了她那張臉，一雙眼睛直直地看著他，眸子清清亮亮的，她微微鞠了一躬，一副乖巧的模樣。「周先生，歡迎光臨。」

周修林皺了皺眉，走進去，順便關上了門。他駐足在床尾，環顧房間。房間原本就不大，他一進來，立馬顯得更加狹小了。

「晚飯吃過了？」他問。

「嗯。」

「吃了什麼？」

姜曉眨眨眼，「蔬菜沙拉，還有水果。」

周修林走到沙發上坐下，目光定在她的身上。「想吃冰？」下午她那副饞樣，他看著都覺得好笑。

「沒有。」她義正言辭。

周修林指了指他帶進來的袋子。

姜曉咧著嘴角，「給我的？什麼啊？宵夜？」

誰讓他下午不讓她吃冰，所有人都有，就她沒有。

打開一看，裡面是兩本書——《準媽媽該知道的事》！

姜曉睨了他一眼，見他捲起了襯衫袖子，大概是從飯局趕過來，臉色微有疲憊。「你要喝點什麼嗎？我這裡只有礦泉水，喔，還有優格。」

「礦泉水。」

她從冰箱裡拿了一瓶礦泉水，擰開遞給他。「你喝酒了？」

他挑眉，扯了一抹笑。「沒有。」

姜曉沒再說什麼。

他又問：「最近怎麼樣？」

「還好。」她頓了頓，「蔣特助沒有告訴你？」

周修林忽然一笑，「他說的和妳親口告訴我不一樣。」

姜曉眉心一動，她坐在床尾，和他面對面，「劇組生活就這樣，除了熱了一點，還不錯。」

周修林瞇了瞇眼，他倒是希望今晚他醉了，「過來。」

姜曉絞著手指，沒動。周修林起身，邁開腿，一步步走到她面前。她坐著，他站著，巨大的身影完完全全籠罩著她。姜曉仰著頭，身體微僵。

「你——」

話音未落，他的手放在她的肩頭，一雙眼凝視著她，「妳的那位留學男朋友是誰？」

姜曉：「……你從哪裡聽來的八卦啊？」

周修林撚起她的一撮頭髮把玩著。這麼近的距離讓姜曉有些彷徨，可是她無路可脫身。

「喂，周先生，你來找我就想和我討論這個八卦？」

「妳想和我討論什麼？還是妳和妳偶像的緋聞？」他涼涼地看著她，手也慢慢下滑，最終握住她的手，細細研磨著她的戒指。

姜曉一時間難以辨別他的深意。

周修林慢慢低下身子，一腿半蹲，與她平視。「姜曉，妳是我周修林的妻子。」

「那是假的，我們是假結婚。」

「妳覺得我需要假結婚？」

姜曉眼神迷茫。

「妳不是挺聰明的嗎？為什麼在這件事上就這麼——遲鈍？」溫熱的氣息浮在耳畔，越來越近的距離透著危險的氣息。

姜曉遲疑著，「你不知道懷孕的女人會變笨嗎？」

周修林嗤嗤一笑，驀地吻上了她的嘴角。知道她會閃躲，他的手禁錮住她的臉頰。

兩人呼吸相撞。

他問：「我有沒有喝酒？」

姜曉紅著臉搖搖頭。

周修林深深地看著她，「這兩天小豆芽有沒有鬧妳？」

說到小豆芽，她放鬆了許多。「你要不要摸摸？我覺得肚子好像大了。」

周修林眉心一顫，目光落在她的肚子上。她穿著寬鬆的睡裙，根本看不出變化。他還是克制著自己，只是抱了抱她。許久後，蔣勤打電話來，提醒他該回去了。

姜曉竊笑，周修林瞪了她一眼，「趙欣然的戲還有多久？」

「欣然不在狀態上，拍攝進度可能會延後幾天。」

周修林沉思一瞬，拿起手機，打了一通電話。「Tina，我明天早上十點回公司，明天上午的會議延後。」

姜曉：「……你不走了？」

「妳好像很想要我走。」

「不是，我不是那個意思。」姜曉可沒趕人，「那你住哪裡？得趕快叫蔣特助幫你訂一間房間。這裡的房間很滿，不知道還沒有房間了。」

周修林扯了一抹笑，「蔣勤也累了一天，算了，今晚將就一下，擠一擠吧。」

擠一擠吧……

姜曉瞬間就要翻桌了，可是她沒有反抗的勇氣。

♀♂

周修林在浴室洗澡，姜曉關了燈，只留了一盞，光影綽綽。她躺在大床的一邊，剩下一大半留給他。她閉著眼，耳邊聽著水聲。不一會兒水流聲停了，又是呼呼的吹風機聲音。

周修林從浴室出來就看到姜曉裹著被子，睡在床沿，估計翻個身都會掉到地上。

他擦了擦身上的水珠，掀起被子，躺在一旁。「燈的開關在哪裡？」

姜曉沒說話。

周修林輕笑一聲，「開關好像在妳那邊。」說著，他剛要探身過去，姜曉趕緊伸出手，啪的一下關了燈。

夜深人靜，兩個人都沒有入睡。姜曉一動也不動，周修林倒是很愜意。

「等妳這次工作結束，回去之後，我們把懷孕的事告訴爸媽。」

「為什麼一開始不告訴他們？」

「我媽的思想太傳統。」他的手在被子裡握住了她的手，「沒事，三個月後要去醫院建卡了。」

「建什麼卡？」

「懷孕生孩子的步驟，到時候我陪妳去。」

姜曉沉默了片刻，「你以後一定會是個好爸爸。」

「這麼相信我？」

她沉默了一瞬，「高中班上同學都知道周一妍有個很厲害的哥哥。當時她很得意，拿著你的照片炫耀。」

「喔，那妳看過我的照片？」

「看過，你穿學士服拍的照片。」她和周一妍關係不好，並沒有機會看到他的照片。而周一妍經常會和關係要好的女生說周修林的事。

「當時對我有什麼想法？」

姜曉悶聲道：「我當時就想著高考。」沉默了片刻，她才說道，「我以前見過你。」

「什麼時候？」他好奇道。

「噯，太睏了，我明天還要上班呢。」怎麼也不肯說了。

周修林知道他問不出答案，拉了拉她的被子，「妳也不嫌悶。往中間睡！」

這是兩個人第二次同床共枕，而且是在清醒狀態下。姜曉小心翼翼地隱藏著自己的緊張，感覺像是夢。喜歡的人在身邊，連空氣都是甜的。她的心怦通怦通跳著，卻裝作一副雲淡風氣的模樣。

一直以來，她都在克制著這份感情，因為這一切都是她的一廂情願。可是，一個男人在酷暑之日跑來看一個女人，甚至還吻她，這說明什麼？姜曉偷偷地想，周修林應該有點喜歡她。

嗯！有點！

姜曉以為自己會睡不著，結果當晚，她睡得超級好，甚至還作了一個夢。夢裡，周修林、她、小豆芽，一家三口去海島度假。小豆芽和她一人拿著一支霜淇淋，周修林坐在一旁眼巴巴地看著。

第二天早上，姜曉先醒了，看了一下時間，才六點五分。周修林還沒有醒，睡顏就是個安靜的美男子，充滿了誘惑。

飯店的窗邊有些透光，陽光從窗外照進來，室內越來越亮。

六點十分，周修林的鬧鐘響了，他很快就關了聲音，起身下床，大床微微震了一下。

周修林看著床上的人還在睡，他輕輕地去了浴室。等他出來的時候，姜曉還是維持剛剛的姿勢，一動也沒動。他扯了一抹笑，稍稍彎下腰。他倒要看看她到底能演到什麼地步，一點一點地靠近她，那兩排濃密的睫毛輕輕顫了顫。

終於她睜開了眼睛，一臉慵懶。「早。」

隔著幾公分的距離，四目相視，他的眼底滿滿全是她。

他說：「早。剛想叫妳，妳就醒了。」

姜曉唔了一聲，「我這就起來了。」就算看多了小鮮肉，零距離面對周修林這張臉，她的心還是怦通怦通跳個不停。

他笑笑，「不著急，我等妳。」低沉溫和的聲音在這安靜的空間裡響起，讓她的耳朵都癢了。

姜曉正拿著衣服準備去浴室，她遲疑地慢了一步，「你不是在趕時間嗎？」

他正在扣襯衫鈕子，「一起吃個早飯。」

姜曉：「……可是我得去陪欣然。」

周修林似笑非笑地望著她，語氣裡聽不出絲毫起伏。「可以，要不然叫趙欣然一起用餐。我想她是不會拒絕的，畢竟我是她的老闆。」

姜曉：「是，老闆。」

最後，還是兩個人一起用餐。

她戴著帽子和大框眼鏡。明星助理當久了，警惕性非常高。周修林睨了一眼她的裝扮，問了一句，「妳怎麼會和晉仲北一起被拍到？」

姜曉聳聳肩，「不知道啊，那晚我們就隨便聊了幾句。」

晉仲北可不是會隨便和別人聊幾句的人。

「妳和他以前認識？」

姜曉搖搖頭，「不，怎麼會，我和他完全是兩個世界的人。」

「晉仲北有些複雜，不要太靠近他。」

姜曉乖巧地點點頭，心裡卻有一個想法。小豆芽啊，你爸是不是在吃醋啊？她狐疑地看著他。

「看我做什麼？」

「沒。你用什麼保養品？怎麼皮膚這麼好？」

周修林哭笑不得，「好了，別耍嘴皮子了。」

吃過早飯，周修林必須回去了，姜曉送他到路口。

正值暑假，影視城每天都有很多遊客。有人看到周修林，舉起手機拍了幾張。

姜曉：「……你被偷拍了！」

周修林不甚在意，「注意安全。」

姜曉：「剛剛我也被偷拍了，我會被曝光的。」

周修林：「人家有拍照的自由。」

姜曉：「周修林，你不怕萬一嗎？萬一我和你的事被曝光了，對你不好吧？」

有什麼不好？難道不比現在的情勢好？

周修林扯了一抹笑意，「我又不是晉仲北，沒有那麼多人在意我的。」

姜曉：「可是萬一我被曝光了呢？」
周修林：「老闆來考察工作，員工送一下老闆，不可以？」
姜曉咬牙：「可以。老闆，慢走不送。」

♀♂

後來證明，果然是姜曉想多了。半個月後，趙欣然戲分殺青，姜曉的工作也算告一段落。

劇組為趙欣然辦了一個小型的歡送會。趙欣然透過這段時間的劇組生活見識了不少，也認識了新的朋友，演技也得到了一定的提升。她在微博上發了一張自己的劇照，一旁是她的兩個助理。照片一放到網上，粉絲就鬧起來。

『我然好美。』

『提前預祝《盛世天下》大賣。』

『哇，助理姊姊也好美！完全可以出道了！』

晚上的活動，程影身體不適沒去，讓人意外的是晉仲北去了。

蔣勤作為華夏影視代表駐紮在劇組多日，和他們關係很好。他經常在片場和導演談戲，大概把自己當成了資深演技派，私底下還親自示範。這下子，大家更覺得蔣勤出現在《盛世天下》劇組十分合情合理。

包廂裡聚集了二十幾個人。趙欣然和眾人一一打完招呼，說了很多話，無非是感謝大家這段時間的照顧，以後常聯繫。晉仲北的出現讓她莫名地有些開心，臉上掩飾不了的激動。

其實姜曉也挺詫異的，晉仲北竟然會來。

大家三三兩兩地聊著天。不知不覺間，晉仲北坐到了姜曉旁邊。

姜曉吃著葡萄，一轉頭看到他，她莞爾一笑，笑起來的眼睛微微一瞇，「晉老師。」別的演員稱呼他為仲北哥，或者叫名字，他們這些助理都習慣稱呼一聲老師。

晉仲北問道：「你們明天走？」

「是啊。欣然下面還有一部戲，回去休息一兩天又得出發。晉老師，真沒想到你會來。」

晉仲北側耳，「我為什麼不會來？」

姜曉嘀咕了一聲，「因為你是超級大神啊。」

晉仲北笑了，「最近大家都瘦了，好像只有妳胖了。」

「是嗎？」

姜曉連忙放下晶瑩的葡萄，捏了捏臉。他被她的動作逗得一樂。

姜曉苦著臉，現在大部分的女孩都是以瘦為美。

「沒胖多少。」

「晉老師，你不用安慰我。」姜曉自己也知道，她最近肯定胖了。

晉仲北笑道：「妳不用上鏡，胖一點沒關係。」

姜曉抿抿嘴角，「對了，我能現在請你簽名嗎？」

晉仲北望著她，「我以為妳不稀罕我的簽名了，這麼久都沒有找我。」

姜曉冤枉，主要是因為上次的偷拍事件，蔣特助老在她耳邊念，要她和晉仲北保持距離。再被拍到，晉仲北的粉絲會撕了她。姜曉倒不擔心這個，她主要擔心如果真的被挖出什麼，到時候就無法收拾了。

她從包包裡拿出筆和本子。粉色的封面，滿滿的少女心。

「需要我寫什麼？」

姜曉想了想，「追求所愛，不困於心。林蕪，加油。」

晉仲北一愣，認認真真地寫了這行字，連簽名都是楷體。「林蕪是妳那位好朋友？」

「嗯。我們是高中同學，她是B大醫學院的學生，我們都很喜歡你演的《醫者本色》。」

「有機會的話，希望能和她見一面。」

姜曉小心翼翼地收起本子。

「姜曉，我聽說，妳是晉城陵南鎮人。」

「是的，陵南是我老家，不過我已經好多年沒回去了。」

「搬家了？」

「那邊沒什麼人了。我父親是畫畫的，比較浪漫，一直在外找靈感。」

「妳父親是畫家？不知道伯父的真名叫什麼？」

「姜屹，他並不是很有名。」

晉仲北對美術圈不太瞭解，沒有再細問。兩人聊了一會兒，蔣特助走過來，坐在姜曉旁邊。

「在和我們晉大神討論演技啊？」

姜曉眼角一抽。

晉仲北斂了斂神色，「姜曉如果想進這一行，我肯定會傾囊相授。」

蔣勤嘴角抽了抽，乾笑道：「承蒙晉大神對我們姜助理的關照。不過，華夏有專業的團隊和資源，姜曉要是想當演員，您放心好了，我們周總肯定會力捧的。」

姜曉：「……兩位，我真的沒有當演員的計畫。」

晉仲北不動聲色。

半個小時後，晉仲北離開了。大家都能理解，今晚晉影帝能過來也給足了趙欣然面子。趙欣然和男二坐在一起喝酒，男二長得好看，高瘦，俊朗。這段時間下來，他對趙欣然的意思昭然若揭。姜曉在一旁看得很清楚，只是輕輕嘆了一口氣。

蔣特助說：「這次回去之後，周總會把妳調到身邊，暫時當他的私人助理。」

姜曉側過頭，「那我不是要和你搶飯碗了？」

蔣特助做了一個手勢，「歡迎。」

「趙欣然這裡呢？公司準備怎麼說服她？」

「公司的安排，她只能服從。放心好了，公司的安排對她來說只對她有益。」

姜曉點點頭。

「夫人，後面這半年您跟在周總身邊，就是收集資源的關鍵期，以後等妳復出，妳手裡有大把資源和人脈，還怕成不了出色的經紀人嗎？」

她只得硬著頭皮說：「多謝蔣特助提醒。」

「客氣客氣。」

姜曉：「……」

♀♂

第二天，趙欣然一行人回到晉城。姜曉在車上打著瞌睡，昨晚大家玩得很瘋，一直到凌晨都沒有散場的意思。她接到周修林電話的時候，正好十一點。他說今天沒時間來接她，讓蔣勤送她回家，姜曉心虛地說了幾句就掛了。這一路上她都睏得很，孕婦啊，折騰不起。

蔣勤在送她回去的路上問道：「夫人，您現在是不是特別想見到周總啊？」

姜曉瞇著眼，睡得迷迷糊糊，「我特別想念家裡的床。」那張床是她這麼多年來睡過最舒適的。

蔣勤：「周總也很喜歡那張床，當初換房子時，他特意讓人把那張床搬過來。別的床他睡得不踏實。」

姜曉大腦一緊，「喔喔。」這時，她的手機響了，她一看，正是周修林打來的電話。

『到家了嗎？』

「快了。」

『中午阿姨做了飯，下午在家休息，晚上，我們去爸媽那裡。』

「你準備今晚攤牌？」

『擇日不如撞日。爸媽過沒幾天要去國外度假。』

姜曉一臉無辜，「唉，我怕啊。從小到大沒做過錯事，就這一件，還被當場抓住了。」

周修林噗哧一笑，『妳覺得小豆芽是錯誤？』

「當然不是！」小豆芽是禮物，是老天賜予的最好禮物。

『那就不要怕，頂多是我被我爸揍一頓。』周家頗看重門風，周修林知道自己是免不了一頓斥責。

「晚上見啦！」

周修林掛了電話，不覺一笑。

♀♂

周修林結束了會議，Tina 敲門走進來提醒他，「周總，四點了。」

周修林收起筆電，「陵南影視城的專案下週給規畫圖。」說完，他起身走出了會議室。

Tina跟在他的身旁，邊走邊抓緊時間彙報工作，「一妍的規畫方案已經定好了，我已經傳到你的信箱了。」

周修林點點頭，「一妍最近怎麼樣？」

「《知夏》的面試似乎沒成功。」

周修林勾勾嘴角，「許導對角色要求高，找不到合適的演員寧願不拍，帶資入組在他那裡行不通。」

Tina微微一笑：「一妍有點受打擊。」

「受點打擊也好，免得她不知道天高地厚。趙欣然的新助理找到了嗎？」

「已經找到了。」

「明天妳和趙欣然談一下，合約詳細內容和她說清楚。」

「您放心好了，華夏又一朵幸運小花，沒有誰會不開心的。」

周修林回到家的時候，已經過了五點。家裡一片安靜，她的行李箱在客廳，卻不見她的身影。他走到主臥門口，敲了兩下門，裡面沒動靜。

隔了幾十秒他才慢慢扭開門把，視線落在大床上微微弓起的一團。周修林走過去，見她睡得深沉，他坐上床沿。半個月不見，她好像長胖了一些，雙頰比以往圓潤了。見她睡著了還皺著眉，他輕微嘆息一聲，不知道夢到了什麼。聽說昨晚瘋到淩晨，膽子越來越大了，所以今天心虛，不敢和他聯繫是嗎？

他握住她露在毛毯外面的手，掌心帶著涼意。姜曉的手指纖細，指甲修剪得乾乾淨淨。

她突然抓緊了他的手，他以為她醒了，「姜曉。」

姜曉囈語：「媽媽……媽媽……」

他俯下身子，慢慢把她抱住，柔軟中帶著馨香，他的手一下一下地順著她的背脊。她穿著睡衣，周修林伸手就摸到一陣汗意。是作惡夢了？

他叫了一聲，「姜曉。」

姜曉伏在他的懷裡，睡得迷迷糊糊，好不容易睜開眼睛，眼底一片水潤。「周修林……」

「是我。」他一手摸了摸她汗濕的髮絲，「別睡了。」

姜曉一動也不動，眼睛直看著他，沒有焦距。

周修林見她臉色蒼白，指尖撫上她的面頰，「作惡夢了？」

姜曉舔舔嘴角，「我夢到我媽媽了。」在夢中她只看到一個背影，可是她知道那種感覺，是她的媽媽。她只看過母親的照片，記憶早就模糊。

「沒事了，是夢而已。我去幫妳倒杯水。」他剛要走，姜曉卻緊緊地抱住他，似乎用盡了力氣。她的臉埋在他的肩頭，越貼越緊。

「你別走。」好像抓了一根浮木，她捨不得放開。一種無言的踏實感漸漸蔓延到她的心底深處。

「我在。」周修林任她抱了幾分鐘，女孩天生軟軟的身體，尤其是她只穿了一件睡衣。他清晰地感到一股溫熱的氣息傳遞到他身上，連空氣都帶著一種安寧的味道。

姜曉的情緒慢慢恢復平靜，開口道：「幾點了？」

「五點多。」周修林斂了斂神色，聲音竟比平時溫柔了幾分。「睡了多久？」

「回來就睡了。」她不著痕跡地離開他的懷抱，剛剛就察覺到他身上滾燙的溫度。

「起來走走，不然睡太久，晚上會睡不著。」

姜曉靜靜地盯著他，臉色緋紅，「我要換衣服……」她沒有穿上面的內衣。因為睡覺，她脫下了內衣，放在床頭櫃上。她能看到，周修林肯定也能看到。

周修林眼神深了一些，背對著她，喉嚨滾了滾，「先去洗個澡，我打通電話給爸媽，晚一點過去。」

♀♂

他們遲了半個小時才回去，周父周母並不著急。

周父問道：「一妍呢？今晚不回來？」

周母回道：「她說今晚有課，上完課才回來。」

周父搖搖頭，「非要去當演員，也不知道入了什麼魔。」

周母念道：「還不是你寵的。」

周父在這個話題從來不和妻子爭辯，到底是他們對女兒太過嬌慣了，現在說什麼都沒有意義。在女兒的教育上，他們真的失策了。幸好，當初在兒子的教育上，他們秉持著嚴厲的教育理念。周修林是周家這代最出色的孩子。

不一會兒，周修林和姜曉到了。大半個月沒見，姜曉有些不適應。

「爸爸媽媽，你們好。」她緊張的模樣倒讓周父有幾分好笑。

周修林看著她發窘的模樣，牽著她的手走過去。

周父問道：「這次工作還順利嗎？」

姜曉點點頭，「挺好的。」

周父說道：「晚飯後，陪我下一局。」

「好啊。」

周母在一旁沒說什麼話，「先吃飯吧。」

姜曉悄悄看了她一眼，「媽媽，我來幫您。」

周母心裡嘆了一口氣，想想她不過二十二歲，和一妍一樣大，她的語氣也軟了幾分，「不用，妳坐下吧，都弄好了。」

這頓飯，姜曉吃得有些忐忑，心裡惦記著周修林一會兒要說的話，味同嚼蠟。

周修林淡定地幫她盛了一碗魚湯，「喝一碗湯。」

姜曉乖乖喝完了湯，終於忍不住拉拉他的手，他怎麼一點都不擔心啊？

周修林轉過頭，「吃飽了？」

姜曉點點頭。

周母道：「一妍最近工作挺忙的，她什麼都不懂，你們多幫幫她。」

周修林：「爸媽，一妍要是回來向你們哭訴，不管她說什麼，你們都不要答應。」

周父：「我贊成。」

周母說道：「你是哥哥，總得幫她一點。」

周修林：「她需要鍛煉。」

周母沒好氣地說道：「有你這樣的哥哥嗎？你可別娶了媳婦，忘了妹妹。」說完，她自己也笑了。

姜曉無辜躺槍。這和她沒關係，說周修林是有個兒子忘了妹妹，她可能會相信。

周修林突然開口，「爸媽，我想告訴你們一件事。」

姜曉不安地拉著他的手，周修林安撫地拍拍她，「沒事。」

「我怕你被揍啊。」她知道周父對人對事要求嚴格，周修林要是挨打，她可過意不去。

周父和周母齊齊看著他，「什麼事？」

周修林目光定定的，「姜曉懷孕了。」

周父眼中瞬間透出一絲喜色，嘴角翹起來。

周母一臉驚訝，忙問道：「哎呦，你們回來怎麼不說！什麼時候查出來的？多久了啊？」她的目光瞬間看向了姜曉，有驚有喜。真讓一妍說中了，真是媳婦有了，孫子也來了。什麼事都急不得，老天自有安排。

姜曉羞愧，慢慢舉起兩根手指。

周修林沉聲說道：「兩個月了。」

客廳一片安靜，外面依稀有孩童在玩遊戲的聲音。

周母擰著眉，「你們剛登記不到一個月吧？」

周修林無奈一笑，「爸媽，很抱歉，現在才告訴你們。」

周父的臉一點一點沉下去，惡狠狠地說道：「糊塗！」

兒子急著結婚，原來是鬧出人命了。姜曉嚇得大氣都不敢喘，臉色漲得通紅，尷尬負疚。

周父緩緩嘆出一口氣，指著周修林，「你跟我到書房來！」

姜曉拉著周修林的手，看著他，「我和你一起進去。」

「妳先坐一會兒。」周修林一臉雲淡風輕。「等我，一會兒回家。」

周修林跟著周父進了書房。

「把門關上。」周父聲音冷硬，他看著周修林，「我從小怎麼教你的？」

「爸，這件事我很抱歉。」

「跪下！」

周修林跪下，背脊挺直。

「周修林，我從小教你，做男人要有擔當。周家家訓，你當放屁啊！你要開電影公司，我不管你，你現在還敢做出這種事。姜曉和你妹妹一樣大，年紀小，不懂事，你就欺負人家了是不是？」

周修林摸摸鼻子，「沒有。」

「還沒有！你之前那些上報的緋聞！」周家向來重視門風教育，沒想到一向優秀的周修林竟然做出這種事。周父怒不可遏，覺得周修林掉進了大染缸。

「你們到底是怎麼回事？」

周修林解釋了一下他和姜曉的相遇，自然地把責任往身上攬。

周父擰著眉，「所以你們現在還不對外公布結婚的事？那你要讓孩子以後怎麼辦？」

「爸，我有我的計畫。」

周父深深地嘆了一口氣，「你這次太讓我失望了。當初我就告誡過你，進了這個圈，不管遇到什麼，你都要抵住誘惑。」

周修林目光幽深。

周父厲聲道：「周修林，你好自為之。」

「爸，請您放心，我會對姜曉負責的。」他字字鏗鏘有力。

周家的男人向來專情，對婚姻尤為珍重。

「這件事你爺爺奶奶那裡，你自己去解釋。」周家的爺爺奶奶都是大學問家。以前是B大教授，尤其重視孩子的品行教育。

「我知道。」

姜曉一直盯著書房的門，她隱約聽得見裡面的動靜，可她不敢貿然進去。周家有周家的規矩。

她期盼地看向周母，面色緊張擔憂，總不能真的讓周修林被周父毒打一頓吧。

「媽媽，您可以進去勸勸爸爸嗎？讓他不要怪——修林。」

媽媽——

這一聲「媽媽」，姜曉喊得情真意切，倒讓周母有短暫的怔愣。

周母也是五味雜陳，歡喜中帶著幾分探究。有些話到了嘴邊，她還是忍住了。算了，改天再說吧。她寬慰道：「你們這次太沒分寸，既然早知道有孩子了，就該早點告訴我們。妳懷著孕還去影視城，真是太危險了。」

「媽媽，對不起，是我的錯。」

「妳還小不懂事，修林也是糊塗。」周母見她面色蒼白，想到她現在是孕婦，連忙轉開話題，「修林被訓一頓是免不了的。」

姜曉抿著嘴角。

「妳進去看看吧，不看憎面看佛面。」周母柔聲道。

姜曉眼底一喜，「謝謝媽媽。」

她來到書房門外，深吸了幾口氣，才敲了敲門。

「進來。」周父的聲音低沉。

姜曉打開門，周修林正跪在地上，眼前的一幕讓她霎時怔住。她咽了咽喉嚨，喊了一聲：「爸爸。」

周父看了她一眼，「進來說。」

姜曉緊張地走進去，目光閃爍。周修林與她的視線交匯。

姜曉握緊了拳頭，「爸爸，對不起，這件事我也有責任。」

周父嘆息一聲，「是的。你們都為人父母了，做事怎麼還這麼不可靠。」

姜曉眨眨眼，一臉可憐兮兮的目光。

周父到底是訓兒子可以，訓兒媳婦卻不行。「有些話我和修林說了，你們自己反省一下。今後該做好父母的榜樣。」

「我們會的。」

周父嘆息一聲，大步離開了書房。姜曉連忙去扶周修林，她上下打量著他，手也忍不住摸了上去，「沒被打吧？」

周修林由著她動手動腳，「沒有。」

姜曉輕不可聞地呼了一口氣。她真怕周修林被打，不過想想，周父也不是那樣的人。

周修林望著她，「妳怎麼進來了？」

姜曉咬了咬唇角，眼眶微紅，「我來看看啊，沒想到華夏大老闆也有被訓的時候。」她說得輕巧，手緊緊地抓緊他的衣袖。

周修林笑笑，「放心，這筆帳我記著，等以後小豆芽出生，我慢慢算。」

姜曉：「……你這個人啊。」

周修林握住她的手，「剛剛是不是很怕？」

姜曉點了一下頭，「我不知道正常家庭的父母和子女之間到底是什麼樣的。我爸爸從來沒有訓過我，小學時我貪玩，不寫作業，他也沒有罵過我。」所以，今天周父厲聲訓周修林的時候，她確實嚇了一跳。

「妳爸爸很愛妳。」周修林瞇了瞇眼，語氣低沉，像在安撫她。

姜曉忽而一笑，「大概吧。」

「我們這邊的父母不像國外父母，他們不常把愛掛在嘴邊，但心裡對兒女的疼愛不會少。我小時候寒暑假都是跟在爺爺奶奶身邊，兩位老人從小就對我們要求極其嚴格，不僅是在課業上。小時候，我們不能有零用錢，上了大學除了學費，其餘的花費都必須自己去賺。」

姜曉有些不相信。

「不相信？」

「高中時，周一妍在我們班上的零用錢很多。」

「一妍不一樣。她是女孩子，難免被寵壞了。我想她在班上肯定有女生不是很喜歡她。」

姜曉尷尬地看著他，那意思是你知道就不要說出來了。

周修林笑笑，「周家也不見得個個都優秀，但是——」

「什麼？」

周修林瞄了一眼她的小腹，「小豆芽將來必須很優秀。」

姜曉鼓起了嘴巴，「你這樣是不對的，我覺得孩子應該讓他自由成長，家長不能給孩子太多壓力。」

周修林笑著，「關於這點，我們回家可以慢慢詳談。姜助理，妳有時間可以列一張計畫表給我。」

姜曉：「……爸爸媽媽好像很生氣？」

周修林低聲安慰，「過一段時間就好了，他們就算再生我們的氣，也不會生小豆芽的氣。」

姜曉輕輕應了一聲，「你放心，我會好好照顧小豆芽的。」

他靜靜打量她，那張白皙的臉，長長的睫毛像兩排小扇子，有時候她會不自覺地流露出茫然無措，等你叫她時，她又很快地收起表情，微笑專注地看著你。

這一刻，她站在那裡，眼神突然變得很堅定。

♀♂

翌日，姜曉正式去華夏總裁辦公室報到。

出門前，她特別換了一身襯衫短裙，搭配平底皮鞋。她對這一身很滿意，簡單又幹練。在穿衣鏡前看了看，確定妥當之後，她來到客廳。

周修林的目光落在她的身上，雪白筆直的雙腿，他微微皺了皺眉，「不好。」

「哪裡不好？」姜曉很相信他的意見。

「換條褲子吧。」

「可是我看 Tina 和曼琪她們都這樣穿。」

「你們的氣質不一樣。妳太像學生了。」

姜曉嘴角抽了抽，真是太看不起人了！但最後還是聽取他的意見，換了一條褲子。

司機來接他們。姜曉和周修林坐在後座，一路上她都在忐忑。

周修林自然知道她心中所想，「別緊張。」

「噯，我剛轉正就突然從小助理飛躍到總裁助理，會不會太惹人注目了？別人肯定會有想法，肯定會說我是有關係有背景。」

周修林挑眉，「難道妳沒關係沒背景？」

姜曉心口一痛，偏偏人家說的是事實。「那個，有件事能不能拜託你？」

「妳想說什麼？」

「欣然那裡你能不能照顧她一點？也不用多特別……」

「姜曉，我很好奇，為什麼妳會那麼關心趙欣然？」

姜曉沉默了一下，「我上大一就開始在劇組兼職，待過很多劇組，見過很多明星。工作不是很輕鬆，每天都很累。大二那年冬天，正好過年，我在劇組突然發燒，當時以為多喝點水就能扛過去，結果偏偏運氣沒那麼好。高燒四十一度，是趙欣然送我去醫院的。」

可能趙欣然有她的虛榮心，在日漸有了人氣之後，也開始變得勢利。但是最初她幫過她的事，姜曉一輩子都記得。

在她說這段往事時，周修林的唇角一直緊抿著，半晌，他開口道：「八月趙導新電影《年華》開拍，趙欣然會進組。」

姜曉眸子瞬間一亮，「那真的太好了。」她伸出手戳戳他的手。

「嗯——」他拖長了尾音，一股難言的親昵浮在車廂裡。

「謝謝你啊。」

周修林扯了一抹笑意，「夫人，客氣了。」

姜曉別過臉，看向窗外，嘴角的笑意越來越濃。時光總是在不經意間改變我們，最初的決定，誓死不改的初衷，原來真的會慢慢妥協。這大概就是幸福的力量——因為他和小豆芽的出現。

到了公司，兩人先後進了電梯，姜曉見到蔣勤有點不好意思。

蔣勤張著嘴巴，「夫人」兩個字還沒有說出口，姜曉連忙喊道：「蔣特助，早安。」

「早安，姜助理。周總剛剛到了，妳先去幫他泡一杯咖啡，記住，不加糖。」

姜曉：「……好的。」

「喔，周總不喜歡喝即溶咖啡，咖啡豆在茶水間的第二層櫃子。」

真是……麻煩。

一會兒，姜曉端著咖啡進去。「周總，您的咖啡。」

周修林斂了斂神色，「謝謝。幫我把信箱裡的郵件整理一下。」

姜曉臉色一喜，「好的。」她想做事，不想過來當個花瓶擺設。

一個上午，她見識到了周修林的忙碌，以及他四大助理的能力，尤其是Tina。姜曉已經對她有所耳聞，名牌大學畢業的高材生，華夏簽約的藝人都會給她三分薄面。誰讓她是周修林首席女特助，美貌智慧並存。

Tina似乎對她不是很感冒，畢竟她來華夏已經三年了。

午餐時，周修林帶著Tina去見合作夥伴，蔣勤和姜曉一起在餐廳用餐。餐廳有一大片落地玻璃牆，視野開闊，加上各種綠色植物，在這裡用餐真讓人心情愉快。

蔣勤和她說著周修林的工作習慣，姜曉一一記在本子上。

「夫人，您太不關心周總了，這些您都不知道嗎？您要多關心關心周總。」

姜曉苦笑，「我記住了，以後會多關心他一點。」

蔣勤：「也不行。您要是做得太好，Tina 和我就要失業了。」

姜曉的眼角顫了顫，「蔣特助，我聽說公司幫欣然談了一部電影。」

「是趙導的新戲，女一是梁月。」

「梁月？」姜曉重複了一下，「她不是好幾年不演戲了嗎？」

「《年華》是她復出之作。」

「欣然演什麼角色？」

「她的女兒。」

「那挺好的，欣然可以好好磨煉一下演技。」

「再透露一個消息，周公主也有出演。」

「周公主？周一妍？」

蔣勤神祕一笑，「幾個鏡頭。」

姜曉噗哧一笑，周公主倒是很符合她的身分。「倒是挺期待《年華》上映，畢竟女神好多年沒演戲了。」

「您也喜歡梁月？」

「不。我只是覺得她的演技很棒，畢竟國內像她這樣的女性並不多。」

「就是啊！非專科出身，演藝和唱歌一樣，有人是老天爺賞飯吃，有人是祖師爺賞飯吃。

梁月就是前者。」

姜曉覺得蔣勤這套分析很有道理。「是的，她很幸運。」

兩個人吃完飯，各自回辦公室。姜曉剛坐下來，她的手機響起來，來電顯示——周修林。

她連忙接通，「喂。」

『姜助理，進來一下。』是他低沉的嗓音。

姜曉習慣使然，「好的，周總。」

姜曉走進他的辦公室，周修林正坐在辦公桌前，姿態優雅，彷彿一幅優美的畫。她走過去，發現他正在看電影劇本。

周修林緩緩抬首，「怎麼樣？還習慣嗎？」

「還不錯。」姜曉回道。

她有很強的適應能力，這一點毋庸置疑。周修林看了一眼時鐘，「裡面有休息室，可以去睡一會兒。」

姜曉今天精神好，一點也不睏，她搖搖頭。「你怎麼這麼快就回來了？」

「事情已經談完了。」

姜曉心想，他做事果然是雷厲風行。「我剛剛聽蔣特助說，Tina的中文名叫許藝娜。」

「是的。」

「大家現在出去叫英文名，還挺方便的。」姜曉說，「我也打算取個英文名，你留過學，有沒有什麼建議？」

周修林挑眉看著她。

「和我名字有諧音，順口一點的。」

「Angela。」

「Angela？那不是天使嗎？」

她的腦海裡情不自禁地浮出一首歌：

你就是我的天使

保護著我的天使

從此我再沒有憂傷

你就是我的天使

周修林應了一聲，嘴角勾起一抹笑，看上去很溫暖。

「姜助理，今晚陪我參加一個晚會。」

「我？Tina不是更合適嗎？」

「姜助理，妳覺得有誰比我太太更合適？」

我太太……

姜曉的臉色有點不自然，「我不知道要做什麼。」她從沒有正式出席晚宴的經驗。

「什麼都不用做，就當作去吃東西，順便看看有沒有什麼人脈可以累積。」周修林說得雲淡風輕。

姜曉看看自己的衣著，「我穿什麼去？還有，我沒有化妝。」她素面朝天，又沒有髮型可言，怎麼能去晚宴。

周修林不覺得有什麼不妥，只是衣服休閒了一點，「晚點我陪妳去店裡看看。」

「要不然，我現在自己去。」

「不急。」周修林拿出一疊文件，「這是明年公司要做的幾個綜藝節目，還有公司準備簽約的藝人資料，妳看一下，寫份他們發展方向的詳細報告給我。」

姜曉定睛一看，沒想到華夏涉及的投資項目這麼廣。她問道：「什麼時候要？」

「妳現在就可以做。」

「那我先出去。」

「不用，妳坐在沙發上看，有什麼不明白的地方問我。」

姜曉抱著學習的態度，留在他的辦公室。

明亮寬敞的辦公室，一片安靜。窗簾遮住了大半片玻璃，熹微的陽光從窗外打進來，留下一層金色的光澤。他偶爾敲擊鍵盤發出一點聲響，莫名帶著一股輕快感。

他在，我還有何所求？

姜曉斂了斂心緒，開始認真看資料。這批公司有意簽約的都是二十出頭的在校大學生，年輕充滿朝氣，對未來也充滿了幻想。演藝圈是一個名利之場，可以在朝夕之間改變一個人的命運。是夢想還是私欲，如人飲水，冷暖自知。看得出來，公司在選擇適合的藝人前就做好了規劃。這幾十張資料，每個人的氣質各有各的特色。

其實，當初她也有很多機會可以走上演員這條路，有一兩次，她也差一點沒有堅持住。只是臨門那一腳，她還是反悔了。她不想當演員，那就當一個明星經紀人吧。

時光安靜走過，就在這時，門上傳來幾聲敲門聲。姜曉立馬站起來，著急地看著周修林。

周修林不慌不忙地說道：「妳繼續忙妳的。」說完，他才對門外的人說道，「進來。」

Tina帶著周一妍進來，兩人臉上都帶著笑容。只是在看到坐在沙發上的姜曉，兩人的神色都變了，Tina不動聲色，周一妍的臉色瞬間冷了下去。

周修林吩咐道：「Tina，妳先去忙。」

Tina的倩影轉身而去。

周一妍深吸了一口氣，聲音恢復平靜，「哥，我正好上完聲樂課，上來看看。」

姜曉咂舌，原來周一妍還要當歌手。她餘光悄悄看向兩兄妹，大概是哥哥的基因太強大，襯托出妹妹的平凡。離上次見面不過半個多月而已，周一妍的變化還是挺大的，剪了短髮，妝容更加精緻。演藝圈從來不缺乏帥哥美女，不過，天生擁有美貌肯定會有優勢。

周修林：「一妍，不要太急。」

周一妍嘆一口氣，「我當然急啊。你看，現在零零後都出道了，我這九零後的姊姊壓力很大。哥，我聽說華夏買了好幾部當紅小說。」

「妳聽誰說的？」

「我想說的是肥水不流外人田。」

「一妍，我說過，我這裡沒有捷徑可走。」

周一妍不滿，指著姜曉，「那為什麼她可以在這裡！」她的話語極為不屑。

姜曉面無表情地看著她，又看看周修林。

周修林眉毛微微一挑，「她在幫我打工，月薪五千。一妍，如果妳願意，妳也可以過來。」

姜曉要吐血了。

周一妍的臉色也沒有好到哪裡去。「晚上我還有活動，先走了。」

周一妍一走，姜曉也無心看資料了。她有些好奇，「你們準備怎麼打造她？」

周修林扶額，「公司拍的兩部電視劇主題曲由她主唱。」

姜曉點點頭，這也是讓新人增加曝光率的方法之一。可是周一妍的唱歌水準，她也知道。高二時，學校的元旦晚會上，他們班最後投票決定由她和林蕪代表班上參加學校演出。因為這件事，周一妍更加不喜歡她和林蕪。

「妳有什麼看法？」周修林問道。

姜曉想了想，「她挺適合走偶像路線的。正如她剛剛所說，華夏購買的小說IP，作品原本就有一定的粉絲基礎。挑一部適合她的，讓她主演。雖然冒險，不過可以賭一下。校園青春，很符合她的氣質。等劇播出的時候配合網路行銷，可以刷好感。不過——」

周修林一雙眸子宛如墨玉一般，閃過幾分讚許。「不過什麼？」

「關鍵在她的演技。現在的觀眾不是傻子，演技不行，觀眾不會買帳。」

周修林輕笑，「姜助理分析得對。」

姜曉說得認真，後知後覺地發現自己班門弄斧了。周修林則覺得，姜曉這幾年真的沒有白兼職。經驗是一點一點積累起來的，她現在缺的就是人脈。這個不急。

♀♂

晚宴在君天飯店舉辦。因為臨時去買禮服，兩人遲到了半個多小時。

姜曉對衣物向來不在意，不過不代表她沒有美感。她終究遺傳了父親的藝術天分，對顏色極其敏銳，以前幫趙欣然選禮服總能讓她脫穎而出。而她在自己的穿著上追求不高，衣服只要合身舒適就好。

她想陪周修林參加晚宴，禮服只要不出錯就好。可沒想到，周修林竟然耐著性子一件一件陪她試。他似乎樂此不疲，最後替她選了黑色連身裙，黑色大氣，不出眾，但也不會出錯。

姜曉腹誹，「我以為你不會陪女人逛街買衣服。」

周修林回道：「晚上會來幾個導演，妳想讓他們留下印象，外表就是第一印象，所以服裝也是條件之一。」

姜曉撇撇嘴。她的經紀人夢早已偏離軌道了。

如周修林所言，今晚來了不少演藝圈的大人物。周修林挽著姜曉的手一步步走進來，風度翩翩。漸漸地，一些目光若有若無地投向姜曉。姜曉臉上越發冷靜，嘴角帶上了恰到好處的微笑。

周修林側身對她耳語，「別怕。」

姜曉的眸子對上他的，心確實安定了幾分。周修林帶著她，不少人和他打招呼，他會多說一句，「這是我的助理，姜曉。」

眾人心裡明白，姜曉也許就是他們今後要合作的人，對她熱情得很。半個小時，姜曉已經收到了幾張名片。讓她生氣的是，她自己還沒有名片。她趁著無人，和周修林抱怨了一句。

周修林笑她孩子氣，名片也只是一種形式。今天她和他一起出現在這裡，比任何名片都還有用。「明天讓蔣勤去印一盒。」

姜曉微微汗顏，「我自己去就好了，總不能事事都麻煩蔣特助。」

在他們正前方，趙洲導演正在和一位女士說話。那位女士背對著他們，姜曉沒有看清她的臉，自然不知道她是誰。

周修林說道，「走吧，去和趙導打個招呼。」

姜曉的心突然一緊，她不敢想像，有一天自己能和趙導說上話。

趙導看到了周修林，熱情地揮了一下手，「修林——」他朗聲喊道，身旁的女士也轉過身來，露出一抹笑意，「是周總啊。」

飯店的燈光多麼璀璨明亮，也不及她的奪目。

趙導和周修林握了握手，「我剛剛還在和梁老師討論《年華》是多虧了華夏的投資。」

周修林看到她眼中閃閃而動的光芒，宛若星辰，夾雜著幾分清冷。他開口說道，「趙導，您客氣了。這麼好的劇本，我們不投資是大眾的損失。」

梁月的目光在周修林身上略過，又轉向姜曉。

周修林：「趙導、梁老師，這是我的助理。」

姜曉渾身不由自主地僵住，她很快克制住自己，竭力讓自己平靜下來。梁月本人比照片還要美上幾分，儘管年近四十，平時她注重保養，又經常運動，體型姣好。

「我叫Angela——趙導、梁老師，我很喜歡你們合作的《春花秋月》。」

梁月有點驚訝，那是她出道拍的一部戲，也是憑著那部戲，她從新人走向了另一種人生。趙導沒想到這麼年輕的女孩竟然喜歡《春花秋月》，《春花秋月》在國內並沒有掀起什麼大水花，反而在柏林拿了獎。

梁月說道：「沒想到現在的年輕人還會看我們以前的電影。」

「老電影在畫面上，觀影的視覺效果可能不盡如意，但是我覺得很多老電影劇本太好，演員本人渾然天成的演技更值得我們年輕人學習。」姜曉說得真誠，眼睛裡氤氳著一層霧氣，讓人看不清眼底深處的真實情緒。

趙導呵呵一笑，「修林，你從哪裡找來的助理啊？不錯不錯。」趙導誇人，是真心實意的誇人。

周修林勾了勾嘴角，「她也是剛大學畢業，初生牛犢不怕虎，兩位不要見笑。」

趙導和梁月從他的語氣倒是聽出不一般。

梁月笑著看向姜曉，「妳要是華夏的演員，我一定邀請妳參演。」

「謝謝，梁老師。」姜曉落落大方地回道，「雖然我不是演員，但是今後我會推出更多優秀的演員。」

趙導也有幾分惋惜，姜曉的氣質外型確實可以開發，不過人各有志。

後來，周修林又帶著姜曉去吃點心，姜曉專注地選擇食物。

「剛剛表現很好。」

姜曉俏皮一笑，「其實我很緊張，不過我想啊，可不能丟了你的臉。」

周修林輕笑了一聲，抬手理了理她落在耳邊的一絲髮絲，動作自然，臉上竟然露出一抹不可見的寵溺。「丟了我的臉又如何？」

姜曉吐吐舌頭。

他突然說道：「姜曉，妳知道妳最大的缺點是什麼嗎？」

姜曉長長地嗯了一聲，有些疑惑。

「不懂世故，也做不到長袖善舞。做經紀人，尤其是大牌明星的經紀人，妳必須有獨當一面的能力。」

姜曉：「你的意思是我不適合當經紀人？」

「不。妳有一個很大的優點，做事認真，對人真誠，妳會真心為藝人著想。最重要的是，妳的身後是華夏。」不管她有沒有心機，有沒有手段都不重要，華夏會把最好的資源遞到她的手裡。

姜曉愕然，心軟得一塌糊塗。

「好了，妳先吃點東西，我過去一下。」周修了指了指前面，幾個西裝男像在等他。

周修林被朋友叫去，姜曉一個人坐在角落，細細品味著今晚的境遇。一個月前，她還在為房子擔心得睡不好，沒想到一個月後，她竟然見到了這麼多人。

人生啊，總是會給你很多出其不意。

姜曉輕輕撫了撫小腹，臉色透著滿足。「小豆芽，媽媽很開心。」

不知何時，身後突然傳來一串腳步聲。姜曉回頭看清來人，是周一妍。

周一妍穿著七八公分的高跟鞋，「姜曉。」

姜曉微微一笑。

「妳有能力了，讓我哥和妳結婚，妳到底要什麼？」

姜曉眨眨眼，「我要的東西很多。」

周一妍氣得不得了，「妳真不要臉，故意爬上我哥的床，知道我哥古板，和妳發生關係肯定會對妳負責。姜曉，妳太無恥了。」

姜曉涼涼一笑，「妳還想罵什麼？」

周一妍氣噎了。

姜曉撩了撩頭髮，「周一妍，妳怎麼還這麼幼稚。高中的事早就時過境遷，林蕪現在也沒有和秦珩在一起，妳要是喜歡秦珩，妳去追他就是了。」

「妳！我現在說的是妳。我告訴妳，我一輩子也不會承認妳是我嫂子。還有，妳一點都配不上我哥。」

「我知道啊。配得上或配不上，又不需要妳的評價，妳哥他愛我就行了啊。」

「我哥可不會愛上妳，妳別往自己臉上貼金，以為自己長得漂亮。華夏那麼多美女藝人，我哥能和妳，就不會和別人嗎……」

「妳也太不相信周修林了。不如我們賭一賭，我賭我和周修林會和和美美一輩子。」

「作夢，妳肯定會輸。若是妳賭輸了，要——」

「如果我輸了都夠慘了，妳還要我怎麼樣？」

周一妍撇了撇嘴角，「妳若輸了，就來當我的助理。」

「好啊，我不介意。」姜曉淺笑。

那晚，回去的路上，姜曉睏意襲來，她瞇著眼靠在那裡，頭一點一點的。

周修林皺了皺眉，「這樣睡容易脖子疼，妳白天精神不是很好嗎？」說著，他傾身抱她，將她的上半身放到自己的腿上。

姜曉後知後覺，要起身。

「別動。妳先睡，到家我叫妳。」他按著她的肩頭。

這親暱的動作太曖昧了，姜曉索性閉眼睡覺。

周修林目光一直落在她的臉上，「睡吧。」

♀♂

第二天，姜曉到公司時，Tina 和曼琪正在說話，不過看到她出現時，兩人就止住了話。

「姜曉，早啊。」

「早。」

「姜曉，妳住哪裡啊？」

姜曉報了一個靠近周修林住所的社區，「雨荷風苑。」

Tina 沉默了一刻，「公司有租屋補助，妳可以申請一下。」

姜曉笑笑，「好的。」

「對了，聽說妳和一妍以前是同學？」

「是啊。」

Tina和曼琪誤會了。姜曉心情複雜地回到了自己的辦公室。

日子就這樣平靜地走過，姜曉漸漸適應了這份工作。

半個月後，《年華》正式開拍，梁月時隔八年重回銀幕，瞬間引來了熱議，連帶《年華》先紅了一波。而在這時，《八週刊》突然爆出趙欣然和莫以恒在夜晚攜手出遊的照片。

趙欣然因為這件事被公司冷凍，《年華》中的角色也受到了牽連。她非常有可能不能出演女兒的角色。發生這件事，她急得不行，前兩天只好躲在家裡，後來她打電話給姜曉。

『姜曉，妳能不能過來？』

姜曉沉默片刻，「好，我一個小時後過去。」

等她過去的時候，發現趙欣然的狀態極差，一張臉氣色枯黃，雙眼一片死寂。

「姜曉，他們要毀了我！我該聽妳的話的。」說著，她哭了起來。

姜曉嘆了一口氣，「妳和莫以恒是真的？你們在一起了？」

趙欣然哭著。

「說話！」姜曉突然提高了聲音。

「是的，我們在一起了。」

姜曉扶額，「妳！」

「我也是普通人，我有權利和喜歡的男人在一起。」

「可是妳選擇了當明星，既然選擇了這條路，必然要犧牲一些東西。」

趙欣然的眼睛朦朧，「可現在怎麼辦？姜曉，妳幫我和周總說說，妳現在是他的助理，妳和蔣特助的關係又好，妳幫幫我。」

姜曉頭疼，「妳的經紀人、助理呢？發生了這種事，他們都去哪裡了？」

「他們在想辦法。」

「我有辦法，就不知道行不行得通。」

「什麼辦法？」

「讓莫以恒發一則聲明，落實你們的戀愛關係。當然聲明中，莫以恒必須表現出對妳的保護。」

「妳覺得他會做嗎？」

「不知道，要看他愛妳到什麼程度。妳打通電話給他。」

趙欣然忽而一笑，「算了。姜曉，妳要是能一直做我的助理就好了。」

「欣然，這是妳的選擇。我一直覺得，一個人要做任何決定，別人的想法是無法左右自己的。即使我還在妳身邊，妳這次依然會選擇和莫以恒在一起。」

姜曉陪她待了一個小時才離開。離開前，趙欣然的精神狀態到底好了很多，第二天主動聯繫經紀人要參加活動。姜曉心裡明白，自己不能不管趙欣然。可是，要找周修林出馬嗎？

♀♂

第二天，公司高層會議，討論接下來華夏製作的幾部劇的男女主演。

周修林聽了彙報之後，「《十八歲那年》女演員有沒有在接洽的人選？」

「周總，我看了原著小說，其實女主這個角色很適合一妍。」

周修林抬眉，「你繼續說。」

「女主是學霸人設，高智商，從學生到醫生。角色討喜，一妍是純新人，很適合她。」

周修林問道：「你們還有別的建議嗎？」

眾人緘默。

「我會考慮，其他幾部劇抓緊時間把演員定下來。」

散會之後，周修林和幾位助理留下來。

Tina和他確定最近的行程，「後天十點，要去B市參加一個會議。」

周修林指尖敲了敲桌面，「《十八歲那年》的女主，你們有沒有想法？」

Tina短暫地沉默後，「一妍挺適合的。」

周修林看向姜曉，「妳也這麼覺得？」

姜曉微微沉思，「其實我覺得周一妍並不適合這個角色。」

「怎麼說？」

「個性不一樣。一妍性格活潑張揚，原著女主因為家境的關係，性格低調隱忍，對演技有一定的要求。」

Tina：「演技可以慢慢磨練的。」

姜曉想了想，「周一妍可以嘗試可愛女主。」

兩位美女爭執起來，蔣勤適時地加入。「公司採購的IP裡也有可愛女主的，明天我整理一下。」

周修林微微一笑：「妳們各自寫一份企畫，明天交給我。先下班吧。」

晚上，姜曉坐在客廳寫企畫，她對近期的幾部熱門青春電視劇進行了分析。

周修林洗完澡出來的時候，見她蹙眉凝思。他隨意地擦擦頭髮上的水珠，走到她身旁。

「妳今天和莫以恒聯繫了？」

姜曉啊了一聲，「啊，是的。」

周修林瞇了瞇眼，其實他有輕微近視，只是他不習慣戴眼鏡。「為了趙欣然？」

姜曉應了一聲，「死馬當活馬醫，總不能看著趙欣然一蹶不振。」

他髮絲上的水滴滴落在他的白色背心上，小小的一塊慢慢濕了一大塊。

近在咫尺的距離，姜曉微微側著頭，突然不受控制地說了一句，「要不要我幫你擦頭髮？」

周修林目光鎖定她，「那就勞煩姜助理了。」

姜曉遲疑地接過他手中的毛巾，心想一定是被美色所惑，怎麼說出這樣的話。她起身，站在他的面前。周修林端坐在沙發上，微微低下頭，方便她動作。

姜曉的眼睛左顧右看，無路可退，慢慢伸出雙手。她第一次幫人擦頭髮，起初顯得有些笨拙，兩隻手在他頭髮上揉著。平時看慣了他豎立的短髮，現在頭髮濕漉漉的，倒顯得他多了幾分親和力。

周修林悶聲說道：「姜助理，妳晃得我頭好暈。」

姜曉小聲說道：「不好意思啊，這是第一次。」

她稍稍頓了一下，左手落在他的脖子間，滑過他的耳骨，似有電流在指尖竄動，右手輕輕地擦著他的濕髮。他的頭髮烏黑，髮質很好，頭髮有些硬。

這次周修林感覺舒服多了，她的動作輕柔了許多，他能感覺脖子上傳來的熱度。「姜曉，妳很熱？」

「沒啊。」

「妳的手出汗了。」

姜曉：「……」

屋裡太安靜了，除了空調發出的聲響，只剩下他們的呼吸聲。姜曉像將他籠在懷裡一般，動作親暱而曖昧。兩個人靠得太近，偶爾隨著她的動作，她的身體都能碰到他的額頭。姜曉清晰地感覺到他的鼻息掃過她的胸口，熱氣四溢。

好不容易擦好了，姜曉連忙要逃離這曖昧境地。「我去放毛巾。」

周修林一把握過她的手，「不急，剛剛的話還沒有說完。」

姜曉眨眨眼，「什麼？」

周修林仰著頭，燈光打在他的臉上。面對這麼帥的一張臉，她根本做不到無動於衷。她的目光一一掃過他的眉毛、眼睛、鼻尖，直到唇角，每一處，她都看得清清楚楚。

周修林迎著她的目光，微微瞇了下眼睛，「妳打了電話給莫以恒，他怎麼答覆妳？」

姜曉搖搖頭，「他那個人狡黠得很，既沒答應我，也沒拒絕我。」

「妳現在知道了，別人對妳笑，不一定就會對妳好。那妳準備怎麼做？」

姜曉擰了擰眉，反問道：「《年華》會和趙欣然解約嗎？」

周修林仰著下巴，一直注視著她，眼底藏著笑意。「妳心裡的答案是什麼？」

「我覺得不會。『女兒』這個角色當初是梁月親自挑選的，欣然能入選，有華夏的原因，但是更重要的是，在當時一眾試鏡的女演員中欣然最適合那個角色。所以我覺得，現在一些報導不過是媒體妄加的。」

周修林點點頭，「還有呢？」

「莫以恒肯定不會發聲明的。」

「喔——」他長長地疑惑道。

「他啊，一看就是花花公子，流連於花叢中，怎麼可能為了欣然拋棄整片大森林。只不過一時新鮮而已，哪有多少真情實意。」說到最後，她的語氣也多了幾分感慨，帶著不易察覺的悲傷。

「妳倒是沒看錯。而妳這麼做，不過是想讓趙欣然認清事實。」

兩人四目相視，沒想到對方如此瞭解自己的想法。

姜曉嘆了一口氣，「其實欣然本身很單純，只是成功得太快，讓她一時之間迷失了方向。我們老是說『不忘初衷』，其實，走著走著，有時候就忘了。我也沒有幫她什麼，在這個圈子發展，她以後會遇到很多這種事，這就是成名的代價。」

周修林一直仰著頭，看著她恬靜的面龐，他的嘴角漸漸上揚，聲音略沉，「只要她能明白妳的用心，倒是還有救。」

「當經紀人不容易啊，操心的事真不少。」

周修林笑著，拉她入懷。

「喂！你——」

「為了感謝妳今晚的『服務』，我可以透露一個消息給妳。」

「什麼？」姜曉被他剛剛說的這句話弄得有些臉紅，反正兩人都靠這麼近了，她索性由著他的動作。

「《年華》根本不打算和趙欣然解約。」

姜曉：「……這個我猜到了。」

「妳只是猜測，我這個消息百分百真實可靠。」

姜曉悠悠開口，「趙導是你朋友，你當然能得到……」

她的話還沒有說完，就被周修林接下來的動作震住了——周修林的耳朵貼在她的小腹上！

「小豆芽最近有沒有動靜？」

姜曉：「……才十一週。」

周修林雙手小心翼翼地扶著她的腰，「真是小豆芽。」

「醫生說，十一週的寶寶已經開始長頭髮了。」

周修林勾起了嘴角，「小豆芽的頭髮肯定不用擔心，爸爸媽媽的頭髮這麼好，他也不會差到哪裡。」他相當地有自信。

姜曉不置可否。

周修林緩緩起身，雙手從她的腰，移到她的肩。「明天我要出差，三天後回來，公司的事找蔣勤商量，家裡的事找媽媽或者劉阿姨。」

姜曉呢喃道：「我知道，你放心好了。」

周修林微微嘆一口氣，「妳有沒有什麼想對我說的？」

姜曉抿了抿嘴角，「周先生，祝你一切順利……」

周修林沒有再聽她說下去，直接吻住了她的唇，不再是淺嘗輒止。這是他今晚一直想做的事。兩個人的相處，總有一個人要主動，這個人肯定不會是姜曉，那只能是他了。

姜曉在慌亂中抓住了他的背心，「疼——」

周修林稍稍停下動作，他的鼻尖貼著她的，輕笑著，「怎麼還學不會？」

姜曉的眸子濕潤，這個沒有經驗當然不會。周修林的吻又落下來，呼吸漸漸亂了。他的手情不自禁地探入她的衣襟，火熱的指尖滑過她的肌膚時，姜曉渾身僵住了。

「周、周修林——」她叫著，「不行。」

周修林唔了一聲，聲音明顯和平時不一樣了。姜曉努力地睜了睜眼睛，努力保持清醒。

「不行啊，」姜曉抓住他的手，斷斷續續地說道，「小豆芽，小豆芽！」

周修林吻到她的脖子，似有淡淡的荷花香，她是用什麼沐浴乳，竟然這麼好聞，讓他忍不住流連。姜曉怕癢而連連躲開。

「周修林，醫生說不可以那個！」她突然大吼了一聲，她怕這樣下去，那晚的情景會再次上演。

周修林的吻滑到她的脖子，「姜曉。」他沉聲叫了一聲她的名字，帶著繾綣的意味。

姜曉紅著臉，「是醫生說的！」

周修林抱著她，「嗯，我知道。」

姜曉窘迫，「你忍忍。」

周修林睨了她一眼，這樣的他竟然平添了幾分性感，勾人心魄。他摸摸她的頭，勾起了眉眼，「妳準備什麼時候讓我行使丈夫的權利？Angela。」

姜曉面頰紅得一片滾燙，卻掩不住臉上的愕然，「我後來想想Angela這個名字不適合我。還有，時間不早了，小豆芽睏了，我去睡了，你也早點睡。」走到門口，她又停下來，臉色糾結。

「周修林，如果你睡不著的話，可以念一念《心經》。」她的聲音輕輕飄入他的耳裡。

周修林看著她鑽進房間，不由得搖搖頭。起身去廚房倒了一杯水，一飲而盡。

姜曉關上房門，心怦通怦通跳著。她貼著門聽門外的動靜，左右不是。

「小豆芽，你爸爸挺可憐的，都是因為你啊。」

半夜，隔壁的臥室裡，周修林的手機亮了，他的私人號碼只有親人才知道。解了鎖，竟然是姜曉傳的，他點開看到一段長長的文字——是《心經》。

周修林揉了揉酸澀的額角，在夏夜裡長舒一口氣。他又不是和尚。

第二天，周修林一大早就出發去了B市。姜曉醒來的時候，才發現自己嘴角有點腫。

等到公司，Tina還問了一句，「姜曉，妳是不是上火了？嘴唇有點腫。」

姜曉心虛地說是，還為自己泡了一杯菊花茶。

♀♂

下午，趙欣然到華夏大廈找姜曉。兩人在公司的休閒區小坐，趙欣然的氣色好了很多。

「我下週就去《年華》劇組報到。」

「恭喜，雨過天晴。」

趙欣然呼了一口氣，「謝謝妳，姜曉。」

「我沒有做什麼。」

「但妳讓我看清了很多事。」趙欣然喝了一口水，「妳要是繼續做這行，我想兩三年，妳肯定能成為一線大咖的經紀人，不過跟著周總也不錯。」

姜曉笑著，低頭吃了一口蛋糕。慕斯的味道很純正，一點也不膩。

趙欣然一臉羨慕，她為了保持身材，蛋糕這些高熱量的食物向來不碰。她自己只有五十一公斤，還嫌自己胖。「姜曉，妳好歹現在是周總的助理，能不能稍微控制一下？妳的臉已經胖了一圈。」

姜曉：「……人生得意須盡歡。」

兩人正說話時，門口一個身影氣沖沖地衝進來。趙欣然正對著門口，看得一清二楚。

「呦，周公主來了，咦——」

話音未落，周一妍已經大步來到她們的桌前。

「姜曉，妳到底什麼意思？」周一妍一臉盛怒，眼底是咬牙切齒的恨意。

姜曉莫名，「怎麼了？」

周一妍咬牙，「妳就那麼見不得我好？我怎麼就不適合《十八歲那年》的女主了？」

姜曉起身，「我只是表達了我的意見。」

周一妍瞪著她，「但我哥聽了妳的意見？」

姜曉：「這和我無關，決定權不在我。」

「和妳無關？」周一妍冷笑，「所有人都支持我，就妳一個人反對，妳說還和妳無關？」

一旁的趙欣然見周一妍情緒激動，連忙勸道，「一妍，在公司呢，多少人看著，有什麼話好好說。」

周一妍回頭冷冷地看了她一眼，「請妳離開，這是我和她的事。」

姜曉起身，「周一妍，妳要發瘋，我沒空陪妳。欣然，我們走。」

趙欣然沒想到周一妍的脾氣這麼可怕，周公主的外號果然名不虛傳。

周一妍不放過她，「妳不準走，妳把話說清楚，妳到底還要做什麼？妳是來報復我的是不是？因為當年我把妳的筆換了，害妳考試沒考好，妳就回來報復我？」

「沒有！」姜曉不想和她糾纏，抬腿就要走。

周一妍猛地一把扯住她的手，一個用力，姜曉的腳步趔趄，身子直直地撞到桌角。

趙欣然也嚇了一跳，連忙扶著她，「撞到哪裡了？」

姜曉的臉瞬間白了，布滿了密密麻麻的汗，後腰一股鑽心的痛。她咬牙說道：「幫我打通電話給蔣特助，我肚子有點不舒服。」

第六章 ＊點滴心頭＊

蔣勤接到電話時，神色凜然，「我馬上下來。」

他拿起車鑰匙，幾乎是跑著下樓。華夏影視第一特助，難得可見的失態。

五分鐘之後，蔣勤氣喘吁吁地來到樓下，看到周一妍傻愣愣地站在那裡。剛剛在電話裡來不及問清詳情，現在不用問，他大概已經猜到了。

周一妍見到蔣特助，臉上終於有些慌亂，「姜曉，妳別裝了！」

蔣勤心裡哀嘆，周公主怎麼這麼不懂事。「姜曉，怎麼樣？」

姜曉一手扶著肚子，「肚子有點疼。」

「我現在送妳去醫院。」

蔣勤小心翼翼地抱起她，「沒事的，走吧。」

趙欣然陪他們下了樓，「蔣特助，我和你們一起去。」

蔣勤想了想，「欣然，妳回去吧。妳是藝人，如果去醫院被狗仔拍到，到時候也不好說。」

「可是……」

「我送姜曉去醫院，檢查之後再和妳聯繫。」

趙欣然看了看虛弱的姜曉，沒想到姜曉和蔣特助的關係這麼好。

「那就辛苦蔣特助了。」

到了醫院，姜曉被送進急診。

護士察看了一下，「哪裡不舒服？」

蔣勤連忙回道：「她懷孕十一週，剛剛撞到腰了。」

護士連忙對一旁的人說：「通知陳醫生。」又安慰姜曉，「別怕。沒有出血，妳放輕鬆。」

這時候一位中年男醫生大步走來，「怎麼回事？」

護士：「孕婦撞到腰了。」

陳醫生：「趕緊先進去檢查。」

姜曉慘白的臉上滿是緊張，她突然拉住醫生的袖子，突然害怕得要死，「醫生，我想要孩子，我不想失去他……」

醫生見多了這樣的場面，寬慰道：「妳先別想那麼多。」

姜曉臉上閃過一絲絕望，她害怕、恐懼。現在終於明白，原來她不能失去小豆芽。

經過一番檢查之後，陳醫生告訴她，「別擔心，寶寶好得很。妳啊，太緊張了。」

姜曉的聲音沙啞，「真的?你沒有騙我？」

陳醫生和護士都笑了。「這孩子好得很。妳是撞到右腰骨，由於懷孕，不能幫妳照X光，據我觀測，沒有什麼大問題。先住院吧，我們再觀察一下。」

姜曉的手放在肚子上，輕輕地摸著。她終於舒了一口氣，「醫生，謝謝你。」

一旁的蔣勤抬手擦了擦臉上的虛汗，他連忙出去打了一通電話給周修林。這件事要是不告訴老闆，之後自己就等著捲舖蓋走人吧。

♀♂

周修林這次和華夏一位宋副總一起來出席影視洽談會，順便和B市幾家公司簽約。

接到蔣勤電話時，會議已經開始一個小時，他也剛發言結束。蔣勤知道自己的行程安排，在這個時間打電話給他，肯定是重要的事。周修林眉心一擰，有種不好的預感，欠身走出會議室，來到走廊上接通電話。

「出了什麼事？」

『周總，夫人不小心撞到腰，不過孩子沒事。』

周修林一口氣堵在喉頭，他難得失控，「到底怎麼回事？無緣無故就撞到腰了？」

『是周小姐。』

周修林氣息瞬息萬變，「姜曉現在怎麼樣？」

『我們已經來醫院了，她有點嚇到。剛剛檢查之後，醫生說沒事，她的精神好了很多。』

「她哭了嗎？」

『嗯。』

周修林短暫地沉默後，「我今晚回來。」

『周總──』蔣勤啞然。

「好了，我現在去機場。」掛了電話，他慢慢緊握手，直到骨節泛白。

周修林再次走進會議室，和宋副總交待好接下來的事便趕往機場。幸好，那天機場暢通，航班沒有一點延誤。

他到醫院時，已經是晚上八點，暮色沉沉，今夜沒有星光，只有燈光點綴了暗夜。推開病房門時，他的手猶豫了一下，心情竟然有幾分緊張。

他走進去，病房裡留了一盞燈。姜曉閉著眼睛正在沉睡，蔣勤說她撞到了右腰，她現在朝著左側睡。周修林克制著自己的心情，不敢輕易把她吵醒。他只是望著她，看著她一臉平靜的睡顏。

姜曉半夜醒來，迷迷糊糊地看到坐在椅子上的人。「周修林？」她遲疑地叫了一聲，感覺自己好像在夢中。

周修林思緒清醒，起身往前走了一步。「醒了？」

姜曉的大腦混沌，卻捕捉到他那雙眸子中一閃而逝的幽邃複雜。「你怎麼在醫院？」病房裡充斥著消毒水的味道，她覺得有點難受，皺了皺鼻子。

周修林抓住她的手臂，「妳想做什麼？醫生說妳撞到了右腰骨，有沒有哪裡不舒服？」

姜曉扯了扯嘴角，「沒有，我已經好多了。」她揉了揉眼睛，視線漸漸清晰，發現他還穿著西裝，衣冠楚楚，難得一見的是有些風塵僕僕。「我想坐起來，睡了半天，渾身都麻了。」

周修林皺了一下眉，還是扶她半坐起來。見她沒有談論這件事的意思，他索性也不問，只是看著她。

姜曉問道：「是蔣特助告訴你的吧？我沒事。」

周修林聽她輕飄飄的語氣，恨不得把她擁到骨子裡。「怎麼會沒事？只是妳運氣好！」

姜曉扯了一抹嘴角，「不！是小豆芽堅強。」

周修林一手緊握著她的手，一手理了理她的頭髮。「對不起。」他望著她的眼睛，眼底深處一片自責。

姜曉咬著唇，慢慢撇過頭。「其實那時候我很害怕。真奇怪，當初我是不想要小豆芽的，現在竟然不能失去他。」

周修林捧著她的臉，面色緩和了一些，「我們不會失去小豆芽。」

姜曉忽而一笑，話語緩慢，「周修林，其實我挺感謝你的。因為你，才有了小豆芽。懷孕之後，我時常會想到我的母親。我沒有見過她，但是總會幻想。」她頓了頓，似在沉思。

周修林問道：「妳母親怎麼了？」

「小時候，我爸有次喝醉酒，他說當初我媽媽懷我，對她的身體造成了很大的負擔。我爸爸都放棄了，說不要孩子，可是她最後還是堅持生下我。我以前不信，我覺得我爸爸喝醉酒說的話可信度不高，現在想想應該是真的。」

周修林眼底壓著情緒，「姜曉，妳是不是想妳爸爸了？」

姜曉打了個哈欠，「嗯，有點想。」

人在最害怕的時候，心底大概都會想起自己的親人。姜曉這二十幾年的人生中，所有經歷過的緊張時刻都不及今天。坐了一會兒，傷處隱隱作痛，她只好又重新躺下來。

周修林沉默了片刻，「我看看傷處。」

姜曉想拒絕，可看到他深沉的眸子，便止住了話。周修林掀開她的上衣，一塊拳頭大小的紫色痕跡觸目驚心。他沒想到會撞成這樣，他的指尖在傷處輕輕滑過，神色難辨。

姜曉深吸一口氣，「你是不是抽菸了？」

周修林替她把衣服理好，「嗯。」

姜曉嘆了一聲，「你晚上是不是不走了？」

「妳希望我走？」

姜曉眨眨眼，「才不！我一個人在醫院有點怕。」

周修林終於笑了，「我不走，就在旁邊，妳睡吧。」

姜曉精神不濟，嗯了一聲，又迷迷糊糊地說道，「周修林，那天晚上，我要是不上去，我們就遇不到了。如果我當時不理你，我們更不會有交集。」

周修林拍拍她的肩頭，「誰說的？妳在華夏，我們總有一天會遇見。」

姜曉心想，可是你不一定會和我在一起啊。

見她已經入睡，他輕嘆一聲。

第二天早上，周修林讓人送來了幾樣早點，他先盛了一碗粥，姜曉欲接過時，他不肯。

姜曉嘟囔，「我手沒受傷，噯，你把我當什麼了？我又不是小孩子。」

周修林吹了吹熱氣，臉不紅氣不喘地說道，「當什麼？當然是我的寶貝。」

姜曉不說話了。她怕再說什麼，周修林又說出超越她底線的話。這個人不是挺正經的嗎？她喝了一碗雞絲粥。粥熬得又香又稠，讓她食欲大開。周修林又幫她添了半碗。

姜曉連連說道：「我不吃了，已經飽了。」

「乖，聽話。妳昨晚沒有吃，再吃一點。」

這麼溫柔的口氣，字字敲擊著姜曉的心臟。姜曉無法抵擋，又吃了半碗。「噯，我要被你養肥了！」

「中午想吃什麼？」

「你不走嗎？」

周修林微微一笑，「老婆孩子住院，我能走去哪裡？」

姜曉沉默了一下，「我想出院回家。」

「如果醫生同意，我沒意見。」

姜曉燦爛一笑，「周先生，你真是太好了。」

醫生同意姜曉出院，說她這次沒有傷到胎兒，回去休息一個星期就不會有事。周修林聽了這話，心也放鬆了不少。

當天下午，周修林接她回家。姜曉從醫院回去之後，總有種久違的感覺。

晚上，兩人吃過晚飯之後，周修林來到她的房間。

他說：「我要出去一趟，妳一個人在家，要做什麼叫阿姨。」

姜曉「喔」了一聲，「知道了。」

周修林習慣性地握了握她的手，「我走了。」

姜曉自始至終都沒有提過周一妍的名字。周修林明白，姜曉是怕他為難。

♀♂

周修林到家的時候，周父周母正在客廳裡。

周母詫異，「你怎麼突然回來了？不是去B市了嗎？」

周修林問道：「一妍呢？」

周母見兒子臉色不好，「她去香港參加培訓班了。怎麼了？」

周修林扯了一抹冷笑，「她倒是跑得很快。」

「到底發生什麼事了？」

「媽，昨天下午，一妍把姜曉推去撞桌子。」

周母一臉驚訝，「難怪她昨晚回來慌慌張張的，這孩子怎麼什麼都不說？」

周父問道：「姜曉沒事吧？」

周修林額角突突地跳著，「孩子和大人都沒事。」

周母呼了一口氣，「那就好。在哪家醫院？明天我去看看她。」

「不用了，今天已經回去了。」周修林正色道，「爸媽，我回來是要和你們好好談談。你們再這麼慣著一妍，她遲早會出事的。」

周母沒說話。

「她因為高中的事，對姜曉耿耿於懷。高中時使壞，換了姜曉的考試鉛筆，害姜曉所有考試科目的選擇題都沒有得分。這絕對不是惡作劇，這是品行上的問題了。」

周父斂起神色，「還有這件事？」

周母問道：「老師怎麼都沒有說過這件事？」

「你要老師怎麼說？為了一個家庭普通的姜曉，來讓你們難堪？」所以當年老師為姜曉做了心理輔導，姜曉不想老師為難，這件事才不了了之。

周父沉著臉，「打電話讓她回來。」

周母為難。

周父：「我一直覺得一妍是驕縱了一些，可現在看來，已經不是這麼簡單的問題了。這是我們的教育失敗。打電話讓她回來，還有讓她去給姜曉道歉！」

周修林淡淡地說道：「爸媽，你們覺得道歉後，一妍能改？她只會更加不服。」

周母皺起了眉，「修林，你覺得要怎麼做？」

周修林：「索性一次到位。她能驕縱，不過是仗著家裡。讓她明白，離開了周家，她什麼也不是。」

周母：「……修林，一妍是你親妹妹啊。」

周修林失笑，語氣不輕不重，一字一句地說道，「姜曉是我的妻子，她肚子的孩子也是我的孩子。」

周父周母陷入沉思，震驚又難過，他們大概也沒有想到周一妍會做出這樣的事來。

周修林抬手撫了撫額角，心裡百轉千迴。昨晚他走進醫院，看見姜曉一個人孤零零地睡在病床上，他才明白什麼叫害怕。

他不知道自己的妹妹會變成這樣，那一刻，他的心底浮現了失敗感。小時候，周一妍聽話溫柔，他們兄妹一直在一起到他高中畢業，這十多年的時間，他從來不覺得一妍的品行會有問題。

高中三年，到底發生了什麼，讓她變成現在這樣？因為一個愛而不得的秦珩，就把恨意轉移到姜曉身上？

周修林長長地呼了一口氣，「爸媽，如果我們現在不好好糾正一妍的問題，以後她出事，只怕吃虧的還是她。」父母不好好教育孩子，別人來教，可不是那麼和風細雨了。

周父聽得出來，兒子也是想幫女兒。「明天我就讓她回來。」

周母點頭，「是啊，你也別生氣了。早點回去陪著姜曉吧，她懷孕還沒有三個月呢，要好好注意。那個公司你也別讓她去了，待在家裡好好休息。」

周修林向來涵養好，幾乎從來沒有因為什麼事生氣過，情緒可以控制得很好，只是姜曉這件意外讓他失控了。

周母又勸說了幾句，「這件事可能是意外，一妍不知道姜曉懷孕，我們沒告訴她。她不是故意的。」

周修林神色冷峭，緩緩吐出幾個字，「這件事只有一妍自己才清楚。」

周母無話可說。

周修林也不想再糾結這個問題，起身說道，「爸媽，時間不早了，我先回去了。」

等周修林離開時，周母一臉悵然。「一妍怎麼會無緣無故推姜曉呢？這是誤會吧。」

周父臉色微沉，「以後妳別在兒子面前說這些話。修林是好脾氣，這次是沒發火，但是他接下來要是怎麼治一妍，妳別插手。」

「你們男人怎麼這麼狠心啊？」

「一妍再這麼下去，總有一天，修林怕是連這個妹妹都不認了。」

周母認真一想，確實，修林向來眼底容不得沙。「我會好好勸勸一妍的。」

此刻，身在香港的周一妍也剛回到公寓，今天她一直有點心不在焉。想到昨天姜曉的那個樣子，心裡亂得很，她摸不清楚是真是假。是真的，又怕姜曉在她哥哥面前告狀。周一妍糾結許久，想想後打了通電話給Tina。

「Tina，今天姜曉來公司了嗎？」

『沒有，昨天蔣特助送她去醫院了。一妍，到底怎麼回事啊？』

「我就不小心扯了她一下，她自己撞到桌子上了。妳有沒有聽說什麼？」

『沒啊，早上蔣勤說姜曉請了一週的假。』

「蔣勤他有沒有說什麼？」

『他那張嘴緊得很。』

「喔，那就沒事了。我不和妳聊了，妳也早點休息吧。後天我就回去了，Bye！」

『Bye！』

周一妍暗暗一想，姜曉那天肯定是裝的，戲精一枚。

過了一會兒，她的手機突然又響了，她一看是她爸打來的，開開心心地接起來。

「爸——」聲音又軟又甜。

『妳現在把機票訂好，明天早上立刻回晉城。』

「爸？怎麼了？」

『妳推了人，就想一走了之了。』

周一妍心裡的委屈頓時滾滾而出，「爸，姜曉是故意演的，我只是扯了她一下，她自己撞到桌子上的。爸，你們不要聽她的片面之詞。」

周父怒氣直沖，他對這個女兒真的太疏於管教了，以至於她現在這麼是非不分，還狡辯。

『周一妍，明天哪怕是天塌下來，妳都給我回來。妳知不知道因為妳的胡鬧，姜曉肚子裡的孩子差點沒了，妳卻一點悔意都沒有！』

周一妍：「……怎麼可能？」

周父嘆了一口氣，『妳哥很生氣，一妍，這一次妳太讓我們失望了。』

周一妍喃喃道：「姜曉懷孕了……我不知道，我不是故意的，我只是想和她說清楚……」

她的臉色白了幾分。

周父打斷她的話，『有什麼話回來再說。』

周一妍喊了幾聲，那端已經掛了電話。她滿目蒼黃，失魂落魄地坐在沙發上，好像自己被全世界拋棄了。

♀♂

周修林回家前，又去附近的一家蛋糕店買了一塊慕斯蛋糕。女孩子似乎愛吃這些甜點，一妍也不例外，不過一妍怕胖，一塊蛋糕從來都只吃一兩口就扔了。姜曉不一樣，她每次吃這些都一臉滿足，讓人忍不住想要嘗一下。

到家時十點，姜曉又靠在臥室的沙發上在玩手機。他走進來，「餓不餓？」

姜曉瞇起眼，「買來給我的？謝謝，周先生！」滿足的樣子像隻小饞貓。

周修林見她手邊放著幾本筆記本，目光微微掃了一眼。

姜曉解釋道：「這是我對這三年當紅鮮肉小花走紅的分析，以及他們經紀人的經歷分析。」

周修林禮貌地問道：「可以讓我看看嗎？」

「當然！你經驗比我多，幫我看看有什麼分析不對的地方。」她吃了一口蛋糕，眼睛都瞇起來了。

蛋糕就這麼好吃？萬一以後小豆芽像她，成了一枚小吃貨，似乎也不錯。

周修林看東西向來速度快，翻了幾頁，迅速地大致看了幾例分析，「分析得不錯，只是，」他話鋒一轉，「莫淩晨走紅，有很大一部分是因為他背後的實力。」

「莫淩晨不是東陽公司去年簽約的新人嗎？他有什麼背景？」姜曉凝思。

周修林又拿一本筆記本，「妳也認識。」

「莫以恒？他是莫以恒的弟弟？」

「準確地說是同父異母。」

姜曉感嘆，「果然演藝圈越來越像家族企業，哥哥弟弟都來了，壟斷啊。」說完她才意識到，她好像也吐槽了他。

周修林低下頭，翻開手中的筆記本，「這是——」

打開第一頁，上面寫著：To 林蕪，落款是晉仲北。

姜曉解釋道：「我幫林蕪要的晉仲北的簽名。」

周修林慢悠悠地道：「妳自己沒要？」

「我的在另一本本子上。」她翻出那本，封面略微陳舊。「他幫我簽在這裡了。」

周修林看到晉仲北寫給姜曉的話。

To 姜曉，一世無憂。

這本本子上大概有十幾個明星的簽名，他翻了幾頁，發現裡面有一張紙有被撕過的痕跡。周修林抬眼端看著她，她已經洗過澡，穿著淺色睡衣，粉黛未施。她的身上總有清雅的氣質，很舒服。

「恭喜，得償所願。」

姜曉已經吃光了蛋糕，「我去刷牙。」

周修林放下筆記本，扶著她的手臂。姜曉看了他一眼，「我自己可以的。」

周修林悠悠道：「還是希望我抱著妳去？」

她默默地想，其實周修林這個人在某些事上很霸道！

刷過牙，他又扶著她上床，隨後離開臥室。姜曉側躺著，右腰還是有點痛，她不敢有太大的動作。昨天的事，誰都沒有料想到，周一妍簡直是瘋了。姜曉嘆了一口氣，幸好小豆芽沒事，不然她這次肯定要和周一妍拚命。

半小時後，臥室的門再次打開。姜曉聞到一股淡淡的沐浴乳味道，隨著風飄向房間。

周修林穿著拖鞋，一步一步走到床沿。「姜曉，不要玩手機了。」

姜曉愕然，「……你怎麼……」她一時間詞窮了，不知道說什麼。

周修林輕輕躺在大床空出來的那一側，聲音平靜低沉，「妳懷孕了，以後一起睡。」

幸虧姜曉受傷了，不然她現在鐵定會從床上蹦起來。

屋子裡突然變得極為安靜。

「好了，妳得慢慢習慣。」周修林的長臂伸展，搭在她的手臂上。

姜曉盯著他，黑漆漆的眼睛流轉著。

他問：「還不睡？」

「唔，馬上就睡。」

「腰還疼不疼？」

「好多了。」

「這次讓妳受委屈了，我很抱歉。以後不會再有這樣的事了。」

姜曉喉嚨一酸，緊閉著嘴巴沒說話。心口滾燙，一直燙到心尖，暖暖的，酸酸的。

「姜曉，你們高中那個男生叫什麼名字？就是一妍喜歡的那個男生。」

「秦珩。」

「哪個字？」

「王字旁，加個行。」

「原來這個珩啊，是塊美玉，難怪你們班女生喜歡他了。」

姜曉沒理會他的打趣，「你怎麼突然問這個？」

「想知道你們女孩子到底喜歡什麼樣的男生。」

姜曉沉思片刻，「功課好，長得好看。」她頓了頓，「大概是像你這樣的。」

「喔～」他笑了一聲，「我是什麼樣的？」

姜曉抿抿嘴角，「很溫暖。」那是她初見的感覺。

今晚靠得這麼近，周修林自然不會放過這個提問的機會。「妳說過妳見過我？第一次見到我，我是什麼樣的感覺？」他的手纏住她的髮絲，繞在指尖。

姜曉沉默了許久，好像有一個世紀那麼漫長。

「高一，你幫周一妍送作業來學校。」

周修林饒是想了很多次，也沒想到會是在七年前。

「我怎麼一點印象都沒有？」

「那時候我還住姑姑家，冬天早上我經常遲到。那天早上霧很大，你從車裡下來，走到校門口，和警衛大叔說話。我過去時警衛大叔把我叫住，因為我常常遲到，大叔記得我——」

「所以當時那個小女生是妳？」

姜曉重重地點了一下頭，眼睛直直地望著他，「是啊。」

她一直記得那個滿是霧氣的寒冬，他穿著一件深灰色大衣站在她的面前，如冬日一縷溫暖的陽光照進了她的生命。

他對她說：「同學，麻煩妳了。」聲音悅耳，她呆滯幾秒，「同學，我妹妹叫周一妍。」

姜曉煩躁，「早知道當時就不幫妳拿給她了。」

周修林無奈一笑，「妳當時戴著一個毛絨絨的帽子，一張臉被遮了一大半，我根本沒看清楚妳的臉。」

姜曉：「……」

「所以，後來妳才來華夏工作？」他的聲音微微上揚。

「我當然不是為了你才來的，我是為了——理想。」

「好了，別激動。」周修林確實沒有把姜曉和當年幫他拿東西的小女生劃上等號。

姜曉沉默了一會兒，「一開始我並不知道你在華夏，而且我覺得你不像做這行的。」

「那妳覺得我像做什麼的？」

「大學老師或者研究室的研究人員。」她怕越說越多，索性閉上眼睛，「我睏了。」

「睡吧。」周修林把她按在自己懷裡，他微微低頭，一個冰涼的的吻落在她的額頭。

姜曉的睫毛顫了顫，其實她並不睏，只是她不知道該怎麼面對喜歡了這麼多年的男人。

第二天，周修林的手機鈴聲將兩人從睡夢中叫醒。周修林拿起手機，是蔣勤打來的。

姜曉迷迷糊糊地睜開眼，「幾點了？」

「還早，妳先睡。」他起身走到陽臺，接通電話。

「什麼事？」

『周總，影姊出事了，早上她從馬背上摔下來。』

「現在怎麼樣？」

『已經送到附近醫院了，只是她助理說，情況似乎有些嚴重。』

「準備一下，我們過去一趟。」

『好。』

「暫時封鎖消息。」

周修林和程影的關係深厚，現在程影出了事，他自然有些擔心。等他回房間時，姜曉已經爬起來了。

周修林說：「程影墜馬，現在被送往醫院了，我得去看一看。」

「嚴重嗎？」

周修林點了點頭。

姜曉擰起了眉，「那你趕緊去吧。」

周修林看著她，囑咐道：「醫生說的話，妳別忘了。不要逞強。」

「我知道。」姜曉說得鄭重，「經歷了一次，我現在也不敢大意了。」

「嗯，媽媽今天應該會來。」

姜曉的臉色微微一僵。

「不要擔心，妳和她說說話就好。」周修林快速說，「他們都知道妳受傷的事，關心妳，想來看看妳。」

姜曉咧了咧嘴角，「沒事的，她是小豆芽的奶奶，我怕什麼。你快點出發吧。」

她不怕周母，只是見到她有點忐忑不安。

誰能想像啊，高中家長會時，坐在後面的阿姨將來有一天成了妳的婆婆。

♀♂

周修林在兩個多小時後趕到醫院，導演和晉仲北都在。

晉仲北和周修林兩人同時點頭，簡單地打了招呼。

導演臉色沉重，「周總，您來了！」

「程影的情況怎麼樣了？」

「手術剛結束，很成功。摔斷了一根肋骨，腹部出血，身上也多處受傷，索性沒有傷到要害。」導演沒想到會發生這樣的意外，馬兒突然失控，雖然是意外，不過劇組推卸不了責任。

周修林斂了斂神色，「沒有生命危險就好。李導，這裡有他們在，你忙就先回去。程影的戲，我們再商量。」

傷筋動骨，最起碼要休養一兩個月。《盛世天下》這麼大的劇組等不起，暫且不說一天損失多少錢，其他演員都簽了約，大家都有自己的檔期安排，女主角的戲分拖一兩個月，後面誰都不一定有空餘的檔期，李導憂心忡忡。

周修林安撫他，「資金的事你不用擔心。」

有了他的話，李導也放心不少，「那我就先回去了，這戲一天都拖不得。」

晉仲北說道：「李導，我留在這裡，明天回去。」

李導點點頭，「辛苦兩位了。」

周修林和晉仲北走進病房，麻藥還沒有退，程影還在昏迷。助理在一旁陪著，見到來人，她連忙起身，拘謹地喊道，「周總、晉老師。」

程影臉上一點血色都沒有，手臂上還掛著點滴。

周修林擰了擰眉，轉頭對晉仲北說，「當時你也在現場，到底怎麼回事？程影她會騎馬，怎麼會發生意外？」

晉仲北：「我就在旁邊五公尺遠的距離，她墜馬就在一瞬間，根本來不及做什麼。我知道你的想法，這次確實是意外。」

周修林沉默了片刻，「程影還有多少戲分？」

晉仲北略略思索，「一大半。你有什麼打算？」

周修林在來的路上已經想好了，「兩個方案，一是等她身體養好再進組，二是換女主角。不過哪個方案都會耽誤到你的時間。」

晉仲北忽而一笑，「我會調整一下檔期，畢竟這次事故是意外。」

周修林在醫院待了半天，兩人都等到程影醒過來。

一個小時後，程影慢慢甦醒。她看到兩位男士站在那裡，「讓你們擔心了。」一說話，傷口隱隱作痛。

晉仲北：「妳別說話了，好好休息。」

程影微微一笑：「招待不周啊，你們兩位隨意。」

周修林：「張瑜已經聯繫我了，接下來的工作她會去處理，妳不用擔心。妳現在最主要的是好好養好身體。」

程影：「嗯。仲北，你怎麼還在這裡啊？你今天不是還有戲嗎？」

晉仲北那張俊朗的臉上閃過一絲無奈，「太子妃都受傷了，我能不來照顧她嗎？」

程影低喃道：「臣妾謝謝太子爺關心。」她抵不住睏意，說了幾句又要睡了。

周修林和晉仲北一起從醫院出來，兩人面色微沉，臉上一點表情都沒有。

「周總，聽說你換新助理了？」

周修林笑笑，「連你都知道了。」

「週末我妹妹生日，我聽梁姨提到的，是姜曉？」晉仲北語氣雖是疑問，不過他的表情卻說明他早已知道是姜曉。

「是。姜曉能力不錯，蔣勤提議將她調到我身邊。」周修林斂了斂表情，「確實不錯。我先回晉城，改日再聚。」

晉仲北：「再見。」

他穿著一件亞麻色襯衫，黑色長褲，站在那裡，渾然天生的灑脫。

回去的路上，蔣勤感慨，「晉大神和影姊關係真好。」

周修林抬眉，「晉仲北在圈裡有老好人的稱號。」

蔣勤附和：「是啊。在劇組和他共處了半個月，他這個人不驕不躁，和其他藝人相處，從不會以名氣來衡量。女人大概就喜歡他這樣的吧。」

「喔，」周修林挑眉，「是嗎？」

昨天晚上，姜曉還說女生喜歡他這樣的。

蔣勤隨意說道：「周總，夫人有沒有和您提過，當初她去晉仲北工作室應徵過助理？」

周修林一雙眸子漸漸幽深，「還有這回事？」

蔣勤知道自己多嘴了，「您可別和夫人說是我說的。」

「你繼續說。」

「當時那邊嫌棄夫人年紀小，沒錄取她。夫人哭得可憐巴巴的。」

「呵！」周修林輕輕一笑，「那是晉仲北沒有眼光。」

「就是啊，還是您有眼光。」

不得不佩服蔣勤拍馬屁的功力。難得一次，戳中了周修林的心。

周修林淡淡地應了一聲，「可不是。」

♀♂

早上周修林離開之後，張阿姨早早就過來了。張阿姨很勤快，人也特別穩重，周修林這裡一直都是她在打掃。

知道姜曉受傷，她今天特意早到了一個小時，買了新鮮的骨頭來燉湯。姜曉和阿姨現在也熟了，很感激她的照顧。有一次，兩人無意間聊天，張阿姨關心地說了一句等孩子月分大了，可以請她媽媽來照顧她。姜曉告訴她，母親在她剛出生時就去世了，張阿姨在那之後更用心地照顧她。

十點多，門鈴響了。姜曉呼了一口氣，已經猜到了來人是誰，她去開門。周母站在門口，司機手裡拎了大大小小的營養補給品。

姜曉輕輕喊了一聲，「媽媽。」

周母點點頭，目光打量著她，「別站著，我們坐下說吧。」

張阿姨識趣地拿起東西，說家裡有事先走了，偌大的客廳只剩下周母和她。

姜曉想了想，「媽媽，我去幫您倒杯水。」

周母擺擺手，「我不渴，妳別站著。現在怎麼樣了？」

姜曉：「好多了。」

周母猶豫幾秒，「那天的事，我們都知道了。這次是一妍的錯，她爸爸很生氣，已經讓她從香港回來，等她回來，讓她跟你道歉。」

姜曉靜靜地坐在那裡。她突然想到了高二那次家長會，當時姑姑全家移民，她只好坐在自己的座位上，幸好當時，林蕪也和她一樣。兩個人都是成績好的學生，家長來不來，老師都沒有意見。

家長會上，周母還暢談了一下教育觀念，強調了周修林的學習經驗。她穿著優雅的套裝，說話得體大方。當時姜曉就覺得奇怪，如果周家教育兒子的方法是對的，那麼為什麼在周一妍身上沒有效果？可見周修林功課好是他悟性好。周一妍雖然成績在年級中間，不過因為周家，在學校向來很會出風頭，各種文藝活動都有她的身影。

「姜曉，妳還在生一妍的氣嗎？」

姜曉沒有答話，如果這件事不涉及到小豆芽，她會說算了。但因為小豆芽，她不能退讓。為母則剛。她相信大部分的母親都愛自己的孩子，當然，這個世界也有狠心的母親存在。

周母微微皺了皺眉，「我知道這次妳受委屈了，修林那晚也和我們說清楚了。一妍是他的親妹妹，他也是非常生氣。修林已經說了，華夏不再提供任何資源給一妍，以後讓一妍自己去爭取。我知道修林說的不是氣話。」

姜曉明白周母的心情，周一妍是她的親生女兒，哪有母親不偏袒自己女兒的。如果今天換位的話，周一妍遇到這樣的事，怕早就鬧翻天了。

「媽媽，您想說什麼我明白。修林要做什麼，我不會多說。」這就是她的立場。

「好孩子。妳和修林結婚太倉促了，我們之間也沒有太多時間相處，有時間多來家裡。明天晚上，我們一家人一起吃頓飯。」

姜曉心想，周母是個好母親，周一妍的命真好。

周母打量著屋子，「這裡你們還住得習慣嗎？」

姜曉點點頭，「挺好的。」

周母知道姜曉以前的生活環境，「如果有什麼不習慣的地方，和修林或者我說，都一樣。對了，你們幫孩子準備東西了嗎？」

「還沒有。」

周母起身，來到次臥。「這間房間可能還需要裝修一下，買張嬰兒床，等等我幫你們訂。你們應該回家住，這樣我也可以照顧妳。妳懷著孩子，修林工作又忙，他不見得能照顧好妳。」

突然間，她發現次臥怎麼會有這麼多周修林的東西。

姜曉說道：「謝謝媽媽。」

周母微微一笑：「客氣什麼。」

周母走後，姜曉一個人在家百無聊賴地看著以前的電影。結果下午，她接到黃婭的電話。

黃婭激動：『姜曉！妳看到新聞沒有？程影受傷，華夏總裁和晉仲北同時在醫院，這是什麼情況？兩男爭一女？』

姜曉打開 **iPad**，搜索了一下程影的名字，果然看到了數條新聞。記者真是厲害，周修林和晉仲北一起站在醫院走廊上，兩人面色沉重。

真是讓人容易產生聯想的報導。看來，程影受傷的事還是被爆出來了。記者為了博眼球太會抓重點了，國民天后和兩位帥哥的愛情糾葛，真的比八點檔電視劇還好看。

『姜曉、姜曉！』

「噯，我哪知道啊。演藝圈的新聞都不能當真的。」

『不是有句話說，危機見真情嗎？』

「那就靜觀其變，等著他們公布戀情，我們獻上祝福。」

『哈哈哈……不知道要等到猴年馬月。對了，姜曉，等九月分我回學校，我們再約吧，也約上李莉。』

姜曉沉默了一下，「我現在不確定，換了部門後，工作上的事很多。」

『唉，看到妳這樣，我都想一直讀書算了。』

「妳還有另一個選擇，像李莉一樣，找個好男人嫁了。」

『算了吧。靠男人還不如靠自己。』

姜曉和黃婭聊了半小時才掛電話。

程影受傷，晉仲北出現很合理。只是她也有幾分猜測，難道晉仲北真的喜歡程影？畢竟這麼多年，兩人都沒有被狗仔拍到男女朋友。再說了，他們兩人很相配啊。

算了，等周修林回來，她可以旁敲側擊一下。只不過她老公被傳緋聞了，為什麼她心裡一點醋意都沒有？姜曉低頭看著肚子，小豆芽，你爸和別的阿姨傳緋聞了，真是太不乖了！

♀♂

當天下午，周一妍灰溜溜地回到家中。一進門就去找周母，周母也是剛回來，神色疲憊。

「媽，姜曉真的懷孕了？」

周母板著臉，「妳這次真的太胡鬧了！」

「真的？」周一妍不死心地問道。

「我上午才去看過她，妳明天去跟她道個歉。」

「我不！我不喜歡她！再說，她不是沒事嗎？我覺得這就是一個圈套。」

「一妍，妳要記住，她現在是妳的大嫂。妳可以不喜歡她，但是妳必須給妳哥哥面子。」

周母頭疼。

「我不承認她是我的大嫂，媽，姜曉一定是有目的才接近哥哥的。」

「不管她有什麼目的，她都成功了。她和你哥哥已經登記，是受法律保護的。」周母想到她看到的，明顯兩人是分床睡的。這說明什麼？難道修林只是為了姜曉肚子裡的孩子，才被迫和姜曉結婚？年輕人的世界，她真的不懂了。

「媽——」

「好了，妳先去休息。晚上妳爸爸回來再說吧。」

周一妍趕緊拉了拉周母的手，「媽，爸回來後，妳得幫幫我。」

「出了事，妳就該第一時間告訴我們，而不是逃之夭夭。」

「我是去香港上課，不是逃。」

「一妍，妳現在不是小孩子了。妳到底和姜曉有什麼仇什麼怨！」

「我就是不喜歡她。媽，我幫妳在香港買了一套保養品，說是對皺紋特別有效果，您晚上試試。」

周母輕輕嘆了一口氣。

晚上，周修林回來得有點晚，一路風塵僕僕，回到家，姜曉已經睡了。客廳裡留著燈，燈光照亮了每一個角落，餐桌上多了一束淺紫色的花，家裡瞬間有了生氣。好像從她搬進來後，這個地方才漸漸有了家的感覺，不再只是一個住所。

他先去臥室看了看，見她睡著了，他輕聲去外面的浴室洗了一個澡。等他收拾妥當，再次回來時，姜曉醒了。

「我吵醒妳了？」周修林抱歉地說道。

姜曉揉揉眼睛，聲音沙啞，「我想喝水。」

周修林拿著杯子去客廳幫她倒了一杯水，姜曉咕嚕咕嚕地喝完才問：「影姊怎麼樣了？傷勢嚴重嗎？我看新聞上說得挺嚴重的。」

周修林掀起薄被一角，上了床。「斷了一根肋骨，還好沒有傷到要害。」

姜曉臉色一緊，倏地又鬆開了。

「沒事就好。」

「網路上說的不能當真，妳又不是不知道。」

姜曉唔了一聲，反正也睡不著，又拿過手機。

周修林無奈，「妳現在懷孕，老是看手機，萬一小豆芽以後近視怎麼辦？」

姜曉一臉認真，「真的會有影響嗎？」

他含糊地說：「大概吧。」

姜曉連忙放下手機，「明天我問問趙阿姨。」

「我們聊一下。」

姜曉想到了那條緋聞，她欲言又止，「晉老師是不是喜歡影姊啊？」

「妳是關心晉仲北還是程影？」

「我只是好奇啊，網路上已經編了一段你們的三角戀。」

周修林皺了皺眉，「網路上說什麼？」

「影姊的粉絲有三分之一支持影姊和晉老師，三分之一支持你和影姊，剩下的覺得你們倆都不適合她。」

周修林扯了一抹笑，幽深的眸子直直地看著她，似笑非笑，姜曉被他看得心虛。

他怔怔地說道：「我和程影什麼都沒有。」

「我知道。」看著他坦蕩蕩的眼神，她下意識地說道。

「姜曉，我們的工作有時候無法避免一些緋聞，記者怎麼寫，我們永遠不知道。但是我會盡力避免這些不真實的報導出現，我這裡不會變，對妳，對小豆芽。」

姜曉的腦子嗡嗡作響，失去了思考能力。看著她失措的模樣，他似乎很有成就感。

「姜曉，妳再這麼看著我，我會忍不住的。」

姜曉：「……我覺得我被你的外表騙了。周先生不會說這樣的話。」

周修林笑出了聲，聲音低沉而富有磁性，「不然呢？小豆芽怎麼有的？」

姜曉的臉要炸了，她拉起被子，重新躺好，背對著他。同床共枕，真的很危險！

大概是之前睡太久了，她現在睡不著，在床上翻了兩下。

姜曉突然開口，「今天媽媽過來說，她要幫小豆芽買床。」

「不用，我們之後自己去買。」

「媽媽還說，明晚一起吃飯。」

「我知道，明天我早點回來接妳。」

「你真的要讓一妍跟我道歉？」

「妳是她大嫂，在過去，長嫂如母。她該尊敬妳的！」

姜曉偏過頭，「人際關係真是一門複雜的學問。」

周修林輕笑，「你們這是歷史遺留問題，一塊美玉引發的混亂。」

姜曉回味他的話，噗哧一聲笑了。

「其實可以以我們的高中故事為題材，拍一部電視劇，真的，林蕪、秦珩是主角，我和一妍是女配。現在校園劇還是有一定的市場，你可以考慮一下。」她還認真起來了。

半夜三更，在床上和自己的先生不談情說愛，倒是談起投資。

周修林呼了一口氣，「姜助理，工作的事我們可以在上班時間慢慢談。」

♀♂

次日，周修林一到公司，就見到蔣勤站在他的辦公室門口，面露難色。

「周總，周小姐在裡面等您，來半小時了。」蔣勤很鬱悶，周公主對他似乎有敵意。

周修林點點頭，「你去忙吧。」

他推門進去，周一妍坐在椅子。

「哥，你來了。」周一妍站起身來，臉色帶著怯怯的笑意。

周修林走到辦公桌前，沒有開口，沉沉地看著她。

「哥，你別生我的氣。小時候我犯錯，你都會原諒我的。」

周修林皺了一下眉，「一妍，這次不是我原不原諒的問題，妳該道歉的人是姜曉。」

周一妍咬下唇角，鼓著嘴巴沒說話。她來之前建立的情緒一點一點地瓦解。

「角色的事是我決定的，妳覺得我是公私不分的人？」

「沒有。」

「姜曉受傷，妳又做了什麼？妳什麼時候變得這麼冷血？」

「我……」

「就為了秦珩。一妍，妳能不能清醒一點！」

周一妍的臉色霎時一片雪白，眼神空洞地望著他。哥哥也知道秦珩了。她嘴角哆嗦，一種難言的苦澀湧上心頭。「是姜曉告訴你的吧？秦珩……」

這幾年她在國外也交過兩個男朋友。男朋友和秦珩一點也不像，漸漸地，她也忘了秦珩。可是回來後突然看到姜曉，她又想起了以前的事。她尷尬、憤怒，姜曉的出現無疑再次提醒了她過去發生的那些事。

誰都沒說話，空氣裡彌漫著一種焦灼的氣息。

周修林心有不忍，「一妍，妳不能再這麼偏執了。」

「可是哥哥，我才是你的親妹妹。你和姜曉才認識多久？為什麼你這麼幫她？」周一妍紅著眼。在她看來，一切都是天經地義。

但這個世界哪有那麼多理所當然呢？

「一妍，做錯事就要承擔妳該承擔的責任。」周修林面沉如冰。

周一妍不傻，她看得出來，周修林是鐵了心。「如果我向姜曉道歉，你是不是不會再阻擾我拍戲？我是不是還能去拍《年華》？」

周修林頭疼，她怎麼變得這麼偏執？「這不是同一件事。」

「你騙人！如果不是你下令，我的工作怎麼都會取消了？哥哥——」

周修林慢慢轉過臉，目光看向窗外。「我只說一遍，妳做錯了事就要為妳的行為負責。」不給她一點教訓，怕她以後真的要上天了。

「好、好，」周一妍抬手擦了擦眼角的淚，「我會向她道歉的，晚上我會親自向她道歉。哥哥，我改。」

周修林若無其事地嘆了一口氣，「妳先去冷靜一下。」

周一妍離開幾分鐘後，蔣勤敲門進來。

「周總，大家都到會議室了。」

他們在上午九點有個會議，是關於陵南影視城。華夏將要在陵南建一個類似橫店這樣的影視城，這也是華夏明後年最大的項目。

周修林撫了撫額角，「你叫紀蘭最近多注意一妍。」

「我會轉告紀蘭的，那有關周小姐之前的工作還要繼續嗎？」

「公事公辦，不用給她特殊照顧。」

「我明白。」

「一妍的這個脾氣在演藝圈也走不遠，早點讓她明白也好。」

蔣勤連連點頭，「周總，您也不必擔心，周小姐年紀還小。」

周修林揉了揉酸澀的眉心，「將 Tina 調到公關部，擔任部長。」

蔣勤眼底只有短暫的疑惑，看來周公主這條船可不能輕易上，不然說翻就翻，「好的。」

Tina 這次調職，在內部也掀起了一場小小的震動。明升暗降，大家心裡都明白，只是誰也不知道到底是出於什麼原因，這件事也漸漸成了謎。

姜曉一個人在家倒也沒有閒著。她又針對近兩年熱播的電視劇做了一份統計，她必須清楚什麼樣的電視劇更適應市場，更能抓到觀眾的口味。經紀人不僅得有廣闊的人脈關係，還得有眼光，會幫自己的藝人挑到好劇。很多演員就是靠一個角色翻身，大紅大紫，甚至一個角色成就一生的經典。

時間過得很快，傍晚，周修林回來接她時，她才恍然發現一天就這麼過去了。

周修林看著茶几和沙發上擺著的筆記本，零零散散。他微微皺了皺眉，拉著她的手，凝視著她，聲音溫和，「姜曉，休息兩天，工作的事不急於一時。」

「我心裡有數的。今天阿姨也陪我下樓走了一會兒。」

「家裡有書房，下次工作去書房。」

姜曉吐吐舌頭，「我習慣這樣了，劇組更亂的環境都有，有時候就在折疊椅上做筆記。」

周修林也不勉強她，每個人的習慣不一樣，只要她開心。他摸摸她的腦袋，「注意休息。」

兩人一起到達飯店時，周父周母還有周一妍都到了。

周父見到姜曉臉上露出了久違的笑意，「快坐吧。」

周父是個明理又豁達的人，姜曉的成長背景他都知道。姜曉獨立又上進，有了女兒這個近在眼前的例子對比，周父對姜曉的態度更加和藹可親了。

「爸爸、媽媽。」姜曉禮貌地喊道。

周母點點頭，「姜曉，妳今天的臉色比昨天好了很多。」

姜曉報之一笑：「我已經好了，過兩天就可以上班了。」

周父搖頭，「不用那麼急，修林啊，你說是不是？你這個老闆對員工可不能太苛刻了。」

周修林扯了扯嘴角，「妳看看爸爸都不贊成了。」

周母推了推周一妍，周一妍一直繃著臉。她冷哼一聲，「姜曉——」

周父沉聲說道：「沒規矩，叫大嫂。」

姜曉：「……爸爸，我們是同學，叫名字沒關係的。」

周一妍瞪了她一眼，「爸，我們年輕人都習慣叫名字。」她刻意頓了頓，「姜曉，那天的事是我的錯，我不知道妳懷孕了。」

姜曉嗯了一聲，心裡覺得有點怪。

周一妍倒吸一口涼氣，被她的態度刺激到了。她端起面前的茶杯，「我以茶代酒，敬妳一杯。希望妳大人不記小人過，原諒我一次。」

姜曉真的沒想到周一妍這次會爽快地主動認錯，這一點都不像她的性格。

周母打圓場，「姜曉，一妍這次是真的不知道妳懷孕。」

不知道就沒有錯了嗎？

姜曉微微一笑，她放在腿上的手突然被握住了，一股溫熱的力量傳到她的手上。她微微動了一下，周修林握得更緊了。

姜曉不知道該說什麼，原諒，她沒有那麼大度。雨過天晴了，可她只要想到周一妍發瘋的那天就害怕。她慢慢起身，周修林也鬆開了她的手。

「這杯茶我喝下，我高中時寄宿在姑姑家，姑姑和我說過家和萬事興。我一直不明白，因為我從小家庭就不完整。可我知道，因為我受傷，爸爸、媽媽還有——」她頓了頓，看了一眼周修林，「還有修林，他們都很擔心。」她端起面前的茶水，一飲而盡。

周修林還是第一次見到她只叫他的名，簡單的兩個字，對他而言，比任何音樂都要美妙。

周母的臉上掛著笑意，「好了，以後妳們倆好好相處。」

周父感嘆，「姜曉說得對，家和萬事興。一妍，妳要向姜曉學習，她比妳看得更透徹。」

周一妍不敢造次，甕聲甕氣地說道，「知道了。」

用餐時，周修林對姜曉的照顧，周母看在眼裡。她又疑惑了，這兩人的感情似乎也不假，怎麼會分床睡？

「修林，姜曉現在懷孕，我建議你們回來住，這樣我也可以照顧她。」

「不用。」周修林直接回道，「我們會定期去醫院檢查的。」

「可是你那麼忙，你又不懂，女人懷孕有很多要注意的事。」

「我請了這方面的專家，我們會按照專家給的方案執行的。您放心好了。」

「你是不相信我？我可是生了你和一妍！」周母有點生氣。

「媽，我不是不相信您。有需要的話，我們會請您幫忙的。」

周母心裡堵得難受，周父則不以為然，「你們自己多多注意就好。有時間就回家來，還有關於孩子的名字，也可以考慮了。」

「這個我會考慮的。」周修林回道。

姜曉說道，「爸爸，我覺得您很會取名啊，修林的名字就很好聽，一妍的名字也好聽。以前我們班同學也說過。」

周一妍一時恍然，她略帶得意地說：「我爸是B大畢業的，當年還在學校創辦詩社。」

「爸爸，您很厲害。」姜曉由衷佩服，眼底都是欽佩。

周父很受用，「孩子的名字，我之後再好好翻翻康熙字典。」

「不用。」周修林沒有猶豫地開口，「我想好了。」

周父：「……」

姜曉：「……」

氣氛有點怪。

姜曉說道，「我去一下洗手間。」

周父看著周修林，「孩子的名字你可別趕時髦，要嚴肅認真。你有什麼想法，我們可以一起討論一下。」

周修林雲淡風輕地應了一聲，周父只好作罷，他這個爺爺真是一點權利都沒有！

周一妍忍不住笑了，「哥，爸早就想幫你孩子取名字了，就你沒看出來。」

周修林抬抬眼皮，「我第一次當爸爸，希望爸爸成全我幫孩子取名的心願。」

周父信他的話才怪。

周一妍瞄了一眼洗手間，起身也走進去，姜曉正好在洗手台洗手。

周一妍走到她身旁，「妳別得意。」

「我沒得意。」

「妳以為哄我爸開心就有用啊。姜曉，我以前怎麼沒發現，妳這麼會拍馬屁。」

「我也沒發現，回去以後我要好好拍拍我老公的馬屁，說不定，他就把公司的股份分給我一半。」

周一妍氣得咬牙，「我和妳道歉，也只是看在妳肚子裡的孩子份上。畢竟他是我未來的侄子。」

姜曉悶聲回道：「一妍，我兒子可不一定會認一個野蠻姑姑。」

兩個人彷彿回到了高中，周一妍大小姐脾氣，周遭的同學都很遷就她，但林蕪和姜曉就是個例外。林蕪一心專注在課業上，根本不會和別人多話。周一妍有時候偏偏喜歡挑林蕪的刺，姜曉有時候則會幫忙頂周一妍一兩句。

現在想想，喜歡的人在眼前，而他偏偏喜歡別的女生，其實也挺虐的。試想一下，周修林如果喜歡別人，她一定也會很難過。不過每個人的表現方式不一樣。周一妍太驕傲自我了，她看不起來自小鎮的同學。其實，那是嫉妒心作祟。

晚餐結束後，大家一一離開。

這層樓都是餐廳，裝修精緻，樓下是各種奢侈品店，今天是工作日，人也不少。

「一妍——」突然間，身後有一個愉悅的聲音。

大家都停下腳步。姜曉回頭看到一個年輕漂亮的女孩子，那女孩一頭微捲的長髮，五官明麗，屬於讓人眼前一亮的美人。饒是姜曉見過那麼多藝人，看到她的第一眼也驚豔了。

「姝言，妳也來這裡吃飯？」周一妍一臉興奮。

「是啊。」

「妳怎麼不叫我？」

「我和幾個同學來的。」

「好吧，下回記得約我。」

女孩子又和周父周母打招呼。

周母淺笑，「姝言真是越來越漂亮了，這才半年沒見吧。」

「伯母，您誇獎了。」

「姝言，放暑假了吧？有時間到家裡來玩。」

「好的，伯母，我是準備過兩天去拜訪您的。」女孩的目光又看向周修林，「周大哥，好久不見。」

周修林微微一笑，「好久不見。」

周一妍挽著女孩的手，「爸媽，我和姝言難得遇見，你們先回去，我和姝言聊一會兒。」

「那妳們注意安全。」

周修林也帶著姜曉離開了。

年輕女孩看著他們離去的背影，問道：「一妍，妳哥身旁的女孩子是誰啊？」

周一妍差點脫口而出，「我哥新找的助理。」

「你哥和她關係很好的樣子。」

「我哥挺器重她的。」她可不想告訴別人姜曉是她嫂子。

「她長得挺好看的，比Tina好看。」

「沒妳好看，姝言，我們下去逛逛。」

「好啊。我想買份禮物送給媽媽，她的生日快到了，妳幫我出點意見。」

姜曉慢悠悠地走著，長而密的睫毛輕輕顫動，「剛剛那個女生是誰啊？」

周修林扯了一抹笑，「妳偶像晉仲北的妹妹。」

姜曉的腳步停下來，一臉驚訝，「晉仲北的妹妹？」她回頭又看了一眼，隔著長長的走廊，她只能看到一個模糊的身影。難怪，難怪有點像……

「是啊。」

「但網路上為什麼從來沒有報導過？」她在演藝圈待了這麼久，竟然也不知道。

「因為晉家想給她一個平靜的成長環境，晉仲北很喜歡這個妹妹。」

「她多大了？」

「比一妍小兩歲。」

姜曉沉默了。

「怎麼了？」

「就是覺得她長得挺好看的，要是能簽下來，肯定能紅。」

「晉家並不打算讓她走這條路，她在D大念書。」

「她叫什麼名字？」

「晉姝言，女朱姝，言語的言。」

姜曉突然勾了勾嘴角，「突然發現，你們的名字都有特別的意思，都是帶著父母美好的期盼。」

父親幫她取名為曉，是因為她出生在拂曉之際？還是有別的深意？

曉，還有一個意思，明白。

第七章　情深深幾許

姜曉腰傷恢復的一週後，她回公司報到，依舊繼續工作。她和周一妍一時間也沒有交集，倒也相安無事。

華夏並沒有給周一妍太高的優待，公司幾部開機的電視劇女主角都不是她，周一妍無聲無息了一陣子。不過周公主畢竟是周公主，電影《年華》裡的幾秒角色，最後加長到兩分鐘。於她而言，確實是天大的喜事了。至於原因誰也不知道，有傳言是梁月親自加的戲，因為她很喜歡周一妍。

姜曉對此沒有太好奇，只是Tina的調職讓她有些詫異，她私下問了蔣勤。

蔣勤表示，「這是周總的安排，周總沒告訴我具體原因。夫人您可以去問周總啊。」

姜曉也不好意思去問周修林，她猜想會不會是因為周一妍的關係。不過算了，有些事知不知道都無所謂了。

「夫人，周總對您可是幫理不幫親的。」

姜曉硬著頭皮說道：「蔣特助，我會記在心裡的。」蔣特助才是周修林的真愛粉吧。

轉眼，到了九月，姜曉懷孕四個半月，她的肚子也看得出來了。每次洗完澡，看著自己原來越圓潤的肚子，她就有些憂心。她還是每天會做記錄，偶爾興致來時，還會畫幾幅漫畫。周修林看過她的作品，看得出來姜曉有繪畫天分，畫得惟妙惟肖。

終於有一天，她自己忍不住和周修林說，她還是回家吧。

周修林望著她：「妳想清楚了啊，妳想做什麼我都不會阻止妳。」

姜曉嘀咕，「再留下來，大家都看到我的肚子了，到時候肯定會問。」她怎麼回答？告訴他們，她和大老闆結婚了？

周修林的目光落在她的肚子上，真是神奇，一眨眼，她已經懷孕四個多月了。上次她畫《小豆芽成長記》好像還是在五十天的時候。

姜曉回家休養，周母又請了一個姓喬的阿姨過來照顧她，加上張阿姨現在白天也留下來。兩個人照顧她，周修林才稍稍放心。

姜曉私下也會和周修林開玩笑，「我是母憑子貴啊。」

其實，她不知道，其實家裡也裝了監控。這樣他能時刻看到她，有什麼事也能及時知道。

這天晚上，兩人在兒童房裡，周修林正在整理小豆芽的床，姜曉一手扶著腰站在一旁。

「這張床真的要兩萬塊人民幣？會不會是你被騙了啊？就幾塊木頭而已。」

早上工人送貨上門，她看到價格後，一直以為是人家把價格多打了一個零。

「這是進口品牌的，安全性高。」

「貧窮限制了我的想像力。你以後不能這麼寵小豆芽。雖然你很有錢，但是孩子還是得養成艱苦樸素的好品質。」

「嗯，以後妳可以慢慢教他。」

「明天去產檢，你不準備問問醫生小豆芽的性別嗎？」

「法律不是禁止嗎？」

姜曉正色道，「可是你是堂堂大公司的大老闆啊。」

「我是守法的人。」

姜曉：「……」

周修林挑眉，「妳想知道？」

「如果早點知道的話，我可以提前幫小豆芽買衣服啊。」

周修林唔了一聲，「明天妳可以問問醫生。」

姜曉嘆了一口氣，「醫生才不會告訴我。」

周修林突然問道：「妳希望小豆芽是男孩還是女孩？」

姜曉也想過這個問題，女孩乖巧文靜，男孩帥氣聰明。其實，她對孩子的性別無所謂，最好是哥哥妹妹組合。

「我希望小豆芽是男孩。」像你一般，溫文爾雅，睿智博學。

周修林瞇了瞇眼，「我也這麼想，這樣的話，我們以後會省心一點。哥哥帶著弟弟或者妹妹，挺好。」

姜曉愣在那裡。周修林似笑非笑，有時候這樣逗逗她挺有意思的。

第二天，周修林陪姜曉去醫院做檢查。姜曉提過，如果他忙的話，讓喬阿姨陪她來檢查也可以。

周修林幽幽地嘆了一口氣，「我不來聽，如果妳又忘了醫生說的話該怎麼辦？」

姜曉：「……我一直都記得。」

周修林不與她爭辯，陪她進了檢查室。姜曉躺在單人床上，周修林站在一旁。

女醫生檢查著，「現在偶爾能感覺到胎動吧？」

姜曉：「有的。」

「接下來也會出現痛感，不要害怕，都是正常的反應。」

「好的。」

女醫生收拾好儀器，「好了，小傢伙發育得很好呢。」

周修林拿過面紙擦拭她肚子上的黏液，又扶姜曉坐起來。

女醫生看在眼底，好心提醒了一句，「十八週了，不過呢，房事還是要注意一點。」

姜曉整個人都懵了，一瞬間臉上火辣辣的。周修林的臉色也有短暫的僵硬，隨即不輕不淡地應了一聲。

姜曉低著頭出了檢查室，一句話都沒和周修林說，尷尬得無言以對。

好像自從那晚之後，周修林都很克制。他不出差的時候，兩人天天睡在一起。這些日子，他好像也沒有什麼特別的反應。

在這層走動的都是孕婦。姜曉看到幾個肚大如籮的準媽媽，停下腳步。

周修林順著她的目光看過去，「別怕。」

姜曉微微勾了勾嘴角，「總在自己經歷過才知道，原來看似簡單的事其實真的很辛苦。」她的母親當年也不容易吧。

周修林輕輕嘆了一口氣，「我知道，辛苦妳了。」

姜曉錯開視線，「回去吧。」

也不知道是不是白天醫生說的那句話，對姜曉造成了一點心理暗示。晚上，她覺得有些不自在。

周修林從書房回到臥室時，她已經躺下了。他輕輕上床，睡在一旁。

九月，天氣漸漸涼了，兩個人各自蓋了一床薄被。

周修林幫她理了理被子，姜曉睡覺很不老實，常常到了半夜，被子不是掉地上，就是後背蓋不到。前幾天那次降溫，半夜時，他便將她拉到懷裡，和自己蓋一床被子。她睡得倒是安穩，而他後半夜幾乎沒闔眼。

他幽聲道：「妳又忘了，轉過身來，醫生不是說面左邊睡好嗎？」

姜曉扭了扭身子，面左邊睡，那就面對他了。

周修林也轉過身來，「又在胡思亂想什麼呢？」

姜曉沒說話。突然間，肚子一陣觸痛，她哎呦叫了一聲。周修林一陣緊張，到底兩人都是新手。他就算穩重，也有失措的時候。

「肚子痛——」姜曉悶悶地說道，「小豆芽在動。」

周修林輕嘆，「我看看。」他的手覆上去，但小豆芽半天都沒有反應。

「醫生說，現在只是偶爾會有，動的頻率不多。」姜曉提醒他，「下次小豆芽動，我再叫你。」她的意思，你可以把手從我的肚子上拿走了。

周修林的指尖滑過她的肌膚，一點一點往上移。姜曉發現了，她連忙抓住他的手，清亮的眸子望向他，心跳漏了一拍。

橙色光影下，莫名添了幾分旖旎之色。四目相視，氣氛猛然間變了。他的眼睛深邃如海，蘊藏著她看不懂的東西，而她也無暇思索。周修林傾身往前吻住了她的唇角，手也沒有閒著，四下撫摸著，姜曉哪抵得過他的誘惑。

他喘息地說道：「別怕，我輕一點。」

一場纏綿下來，她渾身無力地縮在他的懷裡。周修林抱著她，手輕輕撫著她的背。姜曉閉著眼，不好意思看他。

周修林聲音低沉地哄著，「我抱妳去洗澡，好不好？」

姜曉不肯動。

「聽話，睜開眼睛。」

姜曉咬著嘴角，怎樣都不明白怎麼就這樣了。和上一次感覺好像又不一樣，上一次，她又緊張又害怕還很疼。這次，她知道他在克制，動作小心翼翼，情動的時候，他一直叫著她——曉曉。聲音溫柔，姜曉的心一瞬間就軟了。

周修林突然抱起她，姜曉驚呼一聲，終於睜開眼。雙眸水潤潤的，說不出的誘人。

「還好，不胖。」周修林的聲音裡含著幾分說不明的寵溺。

等一切忙完，姜曉已經睏得睜不開眼皮。

周修林替她換上了一套乾淨的睡衣，姜曉則迷迷糊糊，「周修林，你以後不要後悔啊。」

周修林動作一怔，「傻瓜，我不會後悔。」

♀♂

第二天早上，周修林起床時，姜曉還在睡。他今天要去陵南，晚上才能回來。臨走前又叮囑她，「一會兒起來吃完早飯，下樓走走。」

姜曉睏得不行，「知道了，你怎麼這麼囉嗦啊。」

周修林又好氣又好笑，吻了吻她的額角便離開了。

姜曉迷迷糊糊地聽見外面有人說話的聲音。可是她太睏了，一會兒又睡著了。

周修林和喬阿姨交代事情，「等等她醒了，勸她多吃一點，辛苦了。」

喬阿姨：「您放心好了。」周家給了很高的薪水，她必然盡心盡力。原以為要來照顧的人會很挑剔，結果姜曉意外地好相處，她也樂得輕鬆。

十點整，他們到達陵南。陵南鎮是典型的水鄉小鎮，遠離喧囂的大都市，小橋流水，環境優美。加上交通位置便利，華夏將影視城定在這裡。

當天動工的儀式，公司高層都出席了，現場來了不少記者。

儀式結束後，記者都來採訪周修林。

「周總，請問華夏為什麼還在陵南建立影視城？」

「你們來到這裡還不明白嗎？景色很美。公司也是經過多方考量，和政府多方溝通之後才確定在陵南。」

「周總，我們聽到消息，陵南影視城預計投資一百億，是真的嗎？」

周修林點了一下頭，「你的消息沒有錯。」

「周總，今後影視城在拍戲的同時，也會對外接待遊客嗎？」

「是的。」

蔣勤適時出現，「各位，周先生下面還有別的行程安排，下次有機會我們再暢談。」

「周總，我還有一個問題，我替廣大女性朋友問的。」

周修林腳步一頓，「請說。」

「您這兩年有沒有考慮結婚成家？」

周修林嘴角微微一揚，「有。」

「周總，您是不是有交往的女朋友了？」

周修林上了車，車子緩緩開到了鎮上。

蔣勤好奇地問道：「周總，您今天怎麼不帶夫人一起過來？」

周修林眸色微微一變，嘴角浮著一絲笑意，「她今天有點累。」

蔣勤說：「前面第二排房子就是夫人以前住的地方。」

周修林順勢望過去，房子還是灰色石磚蓋的平房，與周圍整齊的兩層樓房格格不入。他下車，「我去看看，你在車上等我。」

房子許久沒有人住，一推開，一股霉味撲面而來。周修林站在門口沒有進去，他依稀可以想像出姜曉在這裡生活的情景。

「你找誰啊？」隔壁有個老爺子問道。「這家人早就搬走了。」

周修林說道，「這家人這些年都沒有人回來嗎？」

「沒有啊。搬走了，出國了。」老爺子說道。

周修林點頭。

「你找他們家人有事啊？」

「我和他們家人是故交，想過來探望一下。」

「喔，你來得不巧啊。前兩天有個中年男人來過，不過又走了。」老爺子回憶著。

「老人家，你對那個男人還有印象嗎？」

「我沒看清楚，也沒說到話。」

「他多大？」

「四五十歲吧。」

「好的，謝謝您。」

周修林回到車上，「開車去飯店。」

那個中年男人到底是誰？是姜屹回來了嗎？周修林沉思了一會兒，拿出手機，傳了一條訊息給朋友，請他幫忙查一下姜屹的行蹤。

晚上，周修林參加了酒宴活動，被灌了不少酒。從陵南回到晉城已經是晚上十二點了，蔣勤送他到家。

喬阿姨聽見動靜後從房間出來，「回來了啊？這是喝了多少酒啊！」

蔣勤看了看屋內，估計姜曉睡著了。「喝得有點多。」

喬阿姨趕緊去廚房倒了一杯水。

周修林坐在沙發上，喝了半杯水，神志恢復了一些，「蔣勤，你早點回去吧。今天辛苦你了。」

蔣勤應了一聲，「周總，您早點休息。」

屋子裡靜悄悄的，只有時鐘走動的機械聲響。

周修林微露出幾分疲憊的臉色，詢問道：「她今天有出去走走嗎？」

喬阿姨點頭，「去了，早上和傍晚出去兩次。今天心情好，還畫了畫。」

周修林嘴角浮出一抹笑意，「妳去休息吧。」

喬阿姨回了房間，周修林又坐了一會兒，靠在沙發上，不知不覺地淺淺入睡。

♀♂

姜曉是餓醒的，半夜肚子餓得咕嚕叫。她起來想找點水果填飽肚子，結果發現睡在客廳沙發的周修林，她踩著拖鞋走過去。

他的周圍飄著酒味，比以往還濃烈。看來是喝太多酒了，他歪著頭靠在那裡，黑色襯衫上好幾顆釦子都鬆開了，性感中帶著幾分慵懶。

她的男人啊！

姜曉一下一下摸著肚子，嘴裡念叨，「小豆芽，你什麼都沒有看見啊，可不能學你爸爸這樣！」說完又抬頭看著他。

她的視線一直定在他的臉上，這幾個月來，她還是第一次這麼肆無忌憚地看著他。他的右手隨意地放在大腿上，左手搭在沙發上。他的手十指修長，握筆的時候鏗鏘有力。他的手……

姜曉慢慢地想到昨晚的一些記憶。

當初在大學宿舍夜聊時，李莉就曾說過，「對於保守的女性來說，突破身體交流，感情也會隨之有重大突破。」

「一回生，二回熟。」

李莉一說完，宿舍那三隻鴉雀無聲。如今，姜曉卻覺得受益匪淺，大師所言非虛。

姜曉獨立慣了，從未想過以後會依賴一個人。現在她卻有了這樣的感覺，原來依賴一個人並不可怕，反而很暖心。

姜曉輕嘆一口氣，「小豆芽，你爸爸為了讓你睡兩萬塊的床，賺錢很不容易的。將來你要好好孝順你爸爸。」

其實周修林早就醒了，聽到她說的話，他哭笑不得。

姜曉見他皺了皺眉，以為他不舒服，輕輕扶著他的身子，打算讓他平躺在沙發上。「周修林～周修林～」

周修林緩緩睜開眼，眉目清俊。

姜曉見他神色有些疲倦，「是不是不舒服？」

周修林唔了一聲。姜曉心一軟，抬手摸了摸他的頭髮，「乖喔。」

她把他當什麼了！

姜曉拿起茶几上的杯子，幫他倒了一杯溫水。「喝點水吧。」

周修林只是靜靜地望著她，也不動。

姜曉以為他醉得很，端著杯子送到他嘴邊，溫柔又可人。「喝慢點！」

周修林喝光了一杯水，嘴角藏起一絲得逞的笑意。他扣住她的手，「妳怎麼起來了？」

姜曉感受到他掌心一片火熱，「餓醒的。你現在清醒了嗎？」

「我知道妳是誰。」

「你什麼時候回來的？」

周修林勾了勾嘴角，「十二點。」

姜曉嘀咕了一句，「這麼晚啊。」

周修林溫和一笑，起身，「去廚房看看有什麼吃的。」

「你──好了嗎？」姜曉猶豫地問道。醉酒這麼快就能清醒？

周修林勾起了一抹笑意，垂眸深深看著她。「應該是的。」

「你裝醉？剛剛為什麼不說話？」

「我想聽聽妳的聲音。」

周修林幫她下了半碗雞蛋麵，姜曉慢條斯理地吃得乾乾淨淨。

周修林洗澡換了衣服，坐在她對面，目光一直落在她身上。「味道怎麼樣？」

「比我做的好。」她說的是實話，「你在國外是自己做飯？」

「嗯。在國外讀書，時常要趕作業、報告，忙起來的時候就自己做飯，味道相對而言還不錯吧。」

姜曉扯了一抹笑，「那是你做得好。我剛開始做的時候，味道很可怕。不過後來多做幾次，也勉強能吃吧。久而久之，我做飯的水準也提升了。我覺得做飯有時候也是看天分的，林蕪做飯就很好，特別特別好吃。」她的眼睛都彎起來了。

「妳好像很少和林蕪聯繫了。」

「她課業忙，醫學院的課業重，她還要準備讀研究所。」

「她很努力。」這也是姜曉和林蕪身上的共同點。

姜曉重重地點點頭，「我們高中班上，最努力的人就是她了。漂亮、聰明、善良，男生沒有不喜歡她的，不過女生就不一樣了。」

「妳很喜歡她。」

「因為我們是同桌，後來，我們還在同間宿舍住了兩年。」

難怪兩人關係這麼好，即使現在不常聯繫，感情還是在。真正的友誼是不會因為時間和距離而改變，有時候改變的，只是當事人的心。

周修林望著她，「以後有機會，可以請她到家裡來玩。」

姜曉不說話了。

「怎麼了？」

姜曉心情複雜，「我希望將來，秦珩能和周一妍見一面，解開她心中的結。」

周修林走到她的身旁，牽起她的手，「時間不早了，不要再想別人的事，妳該睡覺了。一妍的事，他會處理的。」

♀♂

過了兩天，周修林接到朋友的電話。

『你安排的事，我問到了。』劉璽是美術界人士，他爺爺是國內著名的老一輩畫家，周修林有時候會請老爺子幫忙鑒定書畫真偽。

『周總，請問你找姜屹做什麼？』劉璽大咧咧地問道。

「姜老師是不是回國了？」

『你消息挺快的啊，他是半個月前回來的，我師伯見過他。怎麼啦？你又要買他的畫？』

周修林回道，「我想買的，他不會賣。」

劉璽笑了幾聲，『你還在想那幅畫啊？』這幾年，他一直在買姜屹的畫，其實他也琢磨不透周修林的想法。

去年姜屹那幅《陵南》，畫廊一放出消息，周修林出了八十萬元的高價買。結果有人和他一樣看中了《陵南》，兩人一路競價。最後，周修林以一百六十萬的價格買下了《陵南》。劉璽對那個同樣想買畫的人非常好奇，查了很久，卻沒有查到一絲消息。

「姜老師這次回來做什麼？」

『好像是為了見女兒吧。』

「見女兒？」

『是啊。就是《拂曉》中的小女孩，也不知道小女孩長大了變什麼模樣。』

周修林揚了揚眉毛，「你還打探到什麼消息？」

『知道的都告訴你了。』

周修林沉吟道：「幫我聯繫一下姜老師，我想和他見一下面。」

劉璽：『行啊。大概什麼時候？』

周修林：「儘快。」他不確定姜屹什麼時候會來見姜曉，所以他必須在這之前和姜屹見一面，免得小豆芽的外公到時候被嚇到。

『對了，我看到有關你的採訪了，你準備結婚了？和誰？程影？』劉璽太好奇，這些年周修林身邊都沒有女人，他還以為他至少要到三十多歲才會考慮結婚。

周修林掛了電話，不想再聽一個男人的喋喋不休。

當天，周母又來看望姜曉。雖然兩人之前的感情沒有那麼親厚，但終究小豆芽是周家的孫子，周母對姜曉也很用心，買了很多孕婦吃的營養品、保養品。

「最近怎麼樣了？還會吐嗎？」

「挺好的，早上起來還會吐。」

「那很正常，過一段時間就好了。有時間的話，多出去走走，生孩子時會比較不痛苦。」

一旁的喬阿姨說道，「每天都會走的。」

周母點點頭，「那就好，這樣到時候生孩子也不會辛苦。」

姜曉微笑。

這樣的婆婆似乎也很好。她還幫她買了兩套孕婦秋裝，等氣溫冷一點，她出去時可以穿。

周母拿著衣服，白色大衣，質地柔軟，款式又好看。姜曉心頭突然湧起一陣酸澀，以前姑姑會幫她買衣服，後來姑姑一家移民，她就自己幫自己買衣服。和周修林結婚後，他也幫她買了不少衣服，可是不一樣啊。

周母笑著說道：「姜曉，妳穿上讓我看看？」

「好的，媽媽。」姜曉咽了咽喉嚨，套上了大衣。不大不小，非常適合她。

「還真好看，白色顯得氣質好。」周母抿嘴笑著。

「謝謝媽媽。」姜曉的表情真摯而動容。

周母倒是有些尷尬，對她來說，買幾件衣服算不了什麼。周母又交代了一些事，坐了半個多小時才回去，姜曉長長地呼了一口氣。

張阿姨倒是笑了，「妳緊張什麼啊？又不是第一次見面了。」

「不知道，就是緊張。」

張阿姨想說什麼，又把話咽下去了。姜曉從小沒媽媽，和周母相處或多或少有點敏感，而喬阿姨送周母下樓。

周母問道：「妳是說，他們沒分房睡？」

喬阿姨：「是的。先生除了出差，基本上每天都回來。」

周母心裡有些狐疑，那為什麼修林的東西都搬到側臥去了？「妳覺得他們兩個之間，相處正常嗎？」

「先生倒是對姜小姐很好，那天去陵南出差，半夜都趕回來。只不過，姜小姐似乎對先生並沒有那麼的……」喬阿姨話沒有說完。

「我明白妳的意思。」還是修林付出得多吧。周母心裡也是十分感慨，修林到底為什麼偏偏選擇了姜曉？算了，隨他們去吧。

「妳好好照顧她，有什麼事和我聯繫。」

「我知道，您放心好了。」

♀♂

九月底，晉城的天氣突然降了好幾度，秋意漸濃。

姜曉每日悠閒在家，體重和肚子漸長，她和朋友也斷了所有聯繫。不過，她卻時刻關注著演藝圈的一舉一動。

程影的傷勢復原了大半，又進組拍戲。網路上很多她和晉仲北的CP影片，灑了一把又一把的狗糧。

趙欣然在這段時間參加了一檔綜藝節目，她在節目中的表現可圈可點，偶爾爆出的萌點讓她吸了一票粉絲。據說，莫以恒高調示愛，為她買了一條鑽石項鍊。

周一妍演唱了兩部校園劇的主題曲，劇紅，也帶動了她一把。與此同時，她的經紀人紀蘭開始在網路上營造周一妍的人設，美女學霸。姜曉震驚了，難道出國留過學回來，就可以稱為「學霸」？

所有人都在為夢想努力著，只有她，在為生孩子而休養。

這一天，遠在加拿大的姑姑和她聯繫。

姜曉和姑姑視訊時，姑姑直言，『曉曉，妳怎麼胖了這麼多？臉都圓一圈了。』

姜曉：「……姑姑，那是鏡頭的關係，本人沒有這麼胖。」

姑姑輕笑：『你們女孩子就是不喜歡被說胖。』

一旁的表弟探身一看，『Hello，表姊，妳別聽我媽說，女孩子胖起來才好看，手感好。』

姜曉：「……」到底是國外，表弟的性格越來越……奔放不羈了。

姑姑氣得狠狠地拍了他一下，『快去上學。』

『媽，您的溫柔優雅去哪裡了！』

姜曉咯咯直笑，「姑姑，源源好像長高了很多。」

表弟的臉又湊過來，『表姊，不要再叫我源源了，我的英文名叫 James，請記住。』

「知道了。源源表弟，快去上你的學吧。」

宋源一百八九十公分的身高，確實不再適合叫「源源」這個小名了。

姑姑：『曉曉，妳爸爸回國了，他有和妳聯繫嗎？』

姜曉一驚，「爸爸回來了？什麼時候？」

姑姑：『看來他還沒有和妳聯繫，我也是上週才知道的，他手裡有點事，估計處理完就會找妳。曉曉，妳爸爸知道妳在電影公司工作的事了。對不起，是我說漏嘴了。』

姜曉倒是不在意，「沒事的，姑姑，我會和爸爸解釋的。姑姑——我結婚了。」

姑姑：『……曉曉，今天不是愚人節。』

姜曉對著鏡頭咧嘴一笑，「姑姑，一直沒告訴你們，是因為我原本有點擔心。你們今年耶誕節回來吧，我帶他去接你們。」

姑姑倒吸一口氣，『曉曉，妳真的結婚了？』

姜曉聲音清脆，「是的，姑姑。我丈夫姓周，叫周修林。他是一個非常帥氣有風度的男人，我很喜歡他。」

姜姑姑真的非常震驚，同時又滿懷欣喜。這個周修林是誰啊？以前從來沒有聽侄女說過。突然冒出這麼一號人物，她真的不知道該說什麼了。不過看到姜曉臉上不知不覺流露而出的幸福，她可以放心了。

『曉曉，妳有照片嗎？讓我看看他。』姑姑好奇道。

姜曉倒是尷尬了，她還真沒有周修林的照片，可是又不能讓姑姑知道。沒有自己老公的照片，被姑姑肯定會被懷疑。

「姑姑，等他晚上回來，我拍張帥的給你，我手機裡都是他的醜照。」

姑姑憂心，『曉曉，你們沒有拍結婚照嗎？』

姜曉搖搖頭，「姑姑，我們有結婚證書。」

姑姑：『……那也不錯。他是做什麼的？』可是現代人哪有結婚不拍婚紗照的啊。

姜曉：「他自己開公司。」

姑姑嘆了一口氣，『結婚這麼大的事，妳也不和我們商量，雙方家長也沒見面，男方家裡會怎麼想啊？還有，妳的嫁妝什麼都沒有準備。』

姜曉嘻嘻一笑，「姑姑，反正我都結婚了。」她一副此物既出，概不退貨的表情。

姑姑哭笑不得，『婚姻又不是兒戲。』看著姜曉一派樂觀，她心裡又冒出一絲心疼。『妳真像妳爸爸，什麼事都只要自己拿定主意就行了。』

姜曉頓了一下，「姑姑，妳還記得我媽媽的樣子嗎？」

姑姑一愣，『怎麼突然問這個？』

姜曉咧嘴一笑，「我像她嗎？」

姑姑遲疑了片刻，『都二十二年了，我也記不得了，大概是像的吧。』

姜曉應了一聲。

和姑姑掛了電話，姜曉摸了摸自己的臉，她像姜屹，但是也像她的媽媽吧。

傍晚，夕陽掛在天邊，餘暉為大地鋪上了一層金色的紗幔。薔薇花隨風飄動，落了一地的花瓣。

姜曉在院子裡散步。遠遠的，一輛黑色的轎車緩緩駛來，最後停在了她的身旁。

周修林從後座下車，眉眼看著她的時候帶著暖色，「今天走了多少步？」

她在執行每天都走一萬步的計畫。姜曉打開手機計步器給他看，才八千步。

他說，「還差兩千步，我陪妳走。」

姜曉上下打量著他，黑襯衫黑褲子黑皮鞋，衣冠楚楚。再看看她，一件米色寬鬆套頭針織衫，下面搭了一條黑色休閒褲。兩個人完全不同風格，卻讓人感到舒心。

姜曉歪著頭，「你今天怎麼這麼早就回來了？不是說晚上有活動嗎？」

「讓別人去了。」周修林牽著她的手，「今天怎麼樣？」

姜曉思索了一下，「我今天和姑姑聯繫了。」

「喔，」他挑了挑眉毛，「說了什麼？」

「我告訴姑姑我結婚了，姑姑想看看你的照片。」

周修林勾了勾嘴角，「那妳挑張好看的。」

姜曉咬了咬牙，「我沒有你的照片。」說著就拿起手機，淺淺地看著他，「我幫你拍一張，好不好？」

周修林唔了一聲，「那就勞煩姜助理了。」他一本正經地理了理衣角。

姜曉舉著手機，鏡頭對著他。她這手機還是兩年前買的，像素不比最新款的手機，可是人好看就行了。

喀嚓一聲，她連拍好了三張。周修林站在那裡，身姿挺拔。她瞇著眼靜靜地看著他半晌，藉著拍照名義，肆意看自己的先生。

「姜助理，拍了嗎？」周修林問道。

「喔，好了。」姜曉低下頭，翻著照片，「你看看怎麼樣？」

周修林拿過手機，隨意翻了翻，「不好。」

「啊，那我幫你重拍。」

周修林卻拉住她的手，「靠近點。」

姜曉不解地嗯了一聲。

周修林輕笑，「笨。」

當他舉起手機時，姜曉恍然大悟，是要自拍吧？可是她今天沒有化妝，也沒有開美肌。

周修林長臂一伸，另一隻手攬著姜曉的肩頭。兩人臉靠得極近，他的聲音低沉悅耳，「看鏡頭，笑啊。」

姜曉抿著唇角，嘴角藏著笑意。比起上一次拍結婚證書的照片，此時，她的心就像夜晚燃放的煙火，絢麗多彩。她突然歪了一下頭，靠在他的肩頭，右手舉起比了一個「V」，一臉自在自得，周修林按下了拍照鍵，畫面定格。

一張甜蜜的照片。

姜曉狀似不在意地撩了撩頭髮，「我看看啊。」

第一張自拍照，還是他親自拍的，到底手長，沒把她拍成大胖臉。背景是金色的黃昏，兩個人親昵地靠在一起。咦？他好像在笑。

姜曉對這張照片喜歡得不得了，「我傳給姑姑。」

果然，姑姑很快就回覆她的消息了。

『真的很帥！難怪妳不聲不響就結婚了。這小夥子不抓緊，馬上被別人追走了。』

姜曉看著手機，暗暗竊喜。

周修林忍不住翹起了嘴角，「姑姑說什麼？」

姜曉斂了斂神色，「她誇你好看啊。」

周修林嗯了一聲，「妳可以告訴姑姑，我內外兼備。」

姜曉仰著頭，「你好意思啊。」這時微信又有新消息，是表弟傳來的語音，她直接點開。

James的聲音很渾厚，『表姊，這個人是不是你們圈子裡的男明星啊？妳是他的經紀人，然後妳把人睡了？哎呀，表姊，快告訴我，我保證不告訴我媽。』

姜曉看著周修林，表情糾結，氣得眼睛都圓了，「我表弟他小時候小說看太多了。」

周修林抬手揉了揉她的腦袋，「妳表弟有當編劇的潛力。」

偏偏姜曉被表弟的話戳到了，確實是她趁著他喝醉把他睡了。乘人之危，是她做的。

James 又傳來一段語音。周修林望著姜曉，姜曉完全放棄了，點開語音。

James：『表姊，不管怎麼樣，我要恭喜妳。人財兩得！姊夫身材好棒啊！大長腿，妳平時要跑快點才能追上他，反正這回妳賺到了。』

姜曉的臉都黑了。

周修林補充道：「妳表弟很——萌。」他反覆思索，想到了這個詞。

姜曉咬牙，撇撇嘴道：「現實版的櫻木花道，幼稚得很。」

周修林看得出來，這對姊弟關係很不錯，James 才會什麼都說。

她羞愧，「我們回家吧。」

周修林問了一聲，「有一萬步了嗎？」

「我們可以飯後再出來走啊。」

寂靜的一條路，兩人的身影一晃一晃地倒映在路上。

「姜曉。」

「嗯。」

「把照片傳給我，我們的合照。」

「好啊。」

晚上，姜曉洗完澡，今天心情甚好的她又開始畫畫。周修林過來時，她已經畫好了一半。沒想到她畫的是兩人傍晚散步的情景。

『小豆芽成長記一百一十天。豆芽爸爸和豆芽媽媽一起散步，拍照留念。』

「喜歡畫畫？」

「還好吧。」

「為什麼不選擇上美術學院？」

姜曉淡淡地說道：「當時就是不想做爸爸的影子吧。我爸爸後來畫到有點陷進去了，情緒有點不穩定。」

周修林略略沉思，「什麼時候的事？」

「我念國三的時候。」姜曉的眼神暗了幾分，「爸爸那段時間不知道怎麼了，有一天突然就發狂了，後來姑姑和姑父就趕回來。」

「所以妳就到晉城來念高中了？」

「嗯，爸爸託姑姑照顧我。」

她永遠都記得，爸爸發狂的那天晚上，他抓著她的手，她的手疼得都要斷了。姜屹雙眼殷紅，哭著求「她」。

屋外，暴雨淅淅瀝瀝地下著，電閃雷鳴。那間小屋裡，一個男人一直發狂地喊著：「妳別走，婉婉，妳別走。」

周修林表情略微凝重，姜曉卻勾了勾嘴角。

「我和爸爸的關係很奇怪，好像很陌生，但是我知道他很愛我。」她幽幽地嘆了一口氣，「爸爸要是知道我現在這樣，不知道會不會生氣啊？」

周修林自然也有幾分擔心，「他應該會很激動，當外公了，生氣也會忘的。」

姜曉盯著他，心裡有幾分忐忑，「我爸爸回來了，等我約到他，我們一起去見他好不好？」

周修林動容，他知道姜曉說出這番話意味著什麼。「好。」語調溫柔。

她彎著嘴角，笑得如此甜蜜。

周修林捧著她的臉，「姜曉，妳再對我這麼笑，我會很想很想——吻妳。」

姜曉連忙退開，「周先生，請注意你的胎教。」

周修林悶聲一笑，「小豆芽，妳媽媽害羞了。」

姜曉：「……」

第二天，周修林在辦公室，劉璽來找他。

「明天下午三點，未名街咖啡廳，幫你約到了。」劉璽大咧咧地往沙發上一靠。

「多謝。」

「你到底找姜屹做什麼啊？」

「想和姜老師談一談——未來的人生。」

「你想喝雞湯可以找我。」劉璽才不信，他左右看看，「你那美女助理 Tina 呢？」

「調到公關部了。」

劉璽有點錯愕，「你可真狠心。Tina 跟你幾年了，你就這樣把人打發走了啊！」

周修林不為所動，翻著手裡一張張簡歷。這是公司今年要簽的幾個新人，其中有兩個是國內數一數二的影視學院畢業。

宋譯文，身高一百八十二公分，二十二歲，南方人，時下典型的小鮮肉，身上有一種渾然天成的文藝氣息。

周澤，身高一百八十四公分，二十二歲，北方人，五官硬朗，有股硬漢氣質。

當初姜曉從那麼多張簡歷中挑出了兩人，她做了詳細的分析，包括兩人的發展方向。華夏將全力打造這兩人，為兩人配了兩位出色的經紀人。將來怎麼樣，就看兩人造化了。

劉璽更加好奇了，「修林，你是不是還——沒有過女人啊？」

周修林緩緩抬首，目光如刀鋒一般射向他。

劉璽眼皮一跳，「我想起來了，我和我女朋友約好了，今晚要帶她去一家新開的餐廳，先走一步。」

周修林抬手揉了揉眉心。放心，不久的將來他會帶小豆芽出來會客的。你們女朋友很多，可是，放眼那幾個人，沒有一個是當爸爸的。

有一個成語叫——後來居上。

♀♂

翌日下午，周修林提前二十分鐘到達咖啡廳。走進店裡後，他的視線在店裡搜尋了一圈，就看到了坐在窗邊的姜屹，他這些年幾乎都沒有什麼變化。

姜屹穿著一件洗到發白的外套，戴著黑框眼鏡，留著鬍子，無形的一種滄桑感，整個人看起來就有些特別。

周修林一步一步走到桌前，「姜老師，您好，我是周修林。」

姜屹轉過頭，目光定在他的身上，「周先生，請坐。」

這是他們第二次見面。

沒有子彈，沒有慌亂，陽光明媚，時光靜好，一片祥和的氣息，周修林款款而坐。

午後的咖啡廳，人不多，安靜中偶爾夾雜著客人說話的聲音。姜屹喜歡閒適自在的環境，便定在這裡見面，有人氣的地方也讓他感受到熱鬧，才顯得不那麼孤寂。

「姜老師，很抱歉，這次臨時約您，不知道有沒有打擾到您的工作？」

姜屹臉上的表情沒有什麼變化，「你找我有什麼事？」他對眼前這個年輕人印象很深刻。當年在美國共同經歷過生死，當時他不過二十多歲，冷靜沉著。這幾年，周修林一直都在購買他的畫，只是他們再無交集，兩人都沒有刻意聯繫過，這次聽說周修林要見他，他也有幾分意外。姜屹知道，周修林對他那幅《拂曉》很感興趣，一直想買下來，只是《拂曉》他是不出售的——那是女兒的嫁妝。他能給姜曉的東西實在有限，欠女兒的，他這輩子都給不了。

「不礙事的。周先生，有話直說。」

周修林考量了多日，一向運籌帷幄，這一次也有幾分不安。

店員送來了他剛剛點的拿鐵，咖啡味香味彌散在空氣中。

周修林正襟危坐，「姜老師，我要說的事很突然。」

姜屹淡淡的神色未變，「你說。」

周修林抿抿嘴角，直接點題，「我和曉曉已經登記結婚了。」

姜屹眸色瞬間一變，眼底的愕然毫不掩飾，「你說什麼？」

「事情有些突然，但是請您相信，我會好好對待曉曉的。」

「周先生，你什麼時候認識曉曉的？」姜屹眼底的震驚越發濃烈，曉曉今年才大學畢業。

他望著周修林，眼底滿是不解，還有擔心。

「曉曉第二次到華夏，我便認出她了。」他從來都沒有告訴別人，他一直讓人不著痕跡地照看著她。

「華夏電影公司？」姜屹一個字一個字地念道，「方便說一下曉曉的工作嗎？」

「她先前是公司藝人的助理，現在是我的助理。」

姜屹輕輕擰了一下眉，端起杯子喝一口咖啡，顯然有幾分不悅。「周先生，你今年多大？」

「二十八。」周修林的嘴角若有若無地浮現一抹無奈。

「今年五月，曉曉剛滿二十二歲。」姜屹喉嚨酸澀，「我不是一個好父親。這些年，並沒有做到一個父親該盡的責任。」

「伯父——」現在這個情景，他也不好改口叫自己的岳父一聲「父親」，怕這位冷情畫家會被刺激到不行。「曉曉，沒有怪過您。」

姜屹嘴角翕動，「我知道，曉曉心善，她是我養大的，我怎麼會不知道，只是她脾氣倔得很，我原本打算過兩天去看她的。」

周修林硬著頭皮，「伯父，曉曉懷孕四個多月了。」

姜屹再次震驚，表情一變再變，連呼吸聲都變了。他的手緊握著，手背上青筋暴起，連望著周修林的目光都淩厲起來，「所以你們是因為有了孩子才結婚的？」

周修林沒想到姜屹會這麼問，他定定地回道：「不，即使沒有孩子，我也會和曉曉結婚。」

姜屹輕嘆一口氣，慢慢平復一下心情。「這兩天，我還有點事要處理，國慶後，我會儘快和曉曉見一面。」

周修林：「好。」

姜屹又灌了一大口咖啡，黑咖啡又苦又澀，他卻一點不覺得。眼前的這個年輕人，他不得不承認各方面的條件都很出色。他和曉曉到底是怎麼回事？

「伯父，這些年您的身體還好嗎？」周修林問道。

當年美國那次槍擊案，混亂中，姜屹拉過修林，自己卻中了一槍，雖然沒有傷及要害，可到底也對他的身體有一些傷害。

「已經不礙事了。」姜屹看著他，忽而勾了勾嘴角，「周先生，你這麼對曉曉是因為——報恩？」

周修林扯了扯嘴角，「伯父，您是不是太小看您女兒的魅力了？」

姜屹終於露出了一抹笑意，「我的女兒自然是最好的女孩。」

周修林莞爾，「我同意。」到了今天，他自己偶爾想想都覺得有些不可思議，不過也在情理之中。

當年姜屹中槍，他可能怕自己會出事，從上衣口袋裡拿出一張隨身攜帶的照片。

「這是我女兒，她叫姜曉。如果有事，請你回國幫我找到她，讓她把我的骨灰撒入長江。」

「您不會有事的。如果……請相信我，我會找到您的女兒，幫您照顧她。」

周修林是兌現了自己的承諾，甚至和姜曉結了婚。

♀♂

晚上，周修林回到家中，姜曉正在聚精會神地看著電視劇。他也掃了幾眼，發現是十幾年前的一部古裝電視劇。她似乎很感興趣，連頭都沒有抬，眼眶通紅，手裡還抓著面紙。

周修林邊走邊解了幾個襯衫釦子，最後坐到她身旁。「這是什麼劇？」

姜曉恍然，她扯了扯嘴角。「你回來了，民國劇。」

「講什麼的？」

姜曉眨了眨眼睛，「大概類似小龍人找媽媽。」

周修林看了幾眼，「小演員的演技不錯。」他的手撫到她的眼角，輕嘆一聲，「哭了？」

「沒有。」姜曉別開眼，不想讓他看見。

周修林扯了一抹笑，抬手摸了摸她的肚子，「國慶日，想去哪裡玩？」

「你有時間？」

「陪妳的時間肯定有。」

「國慶去哪裡人都多，可能還會被塞在高速公路上。」

「我們明天下午就出發，去九雲山，那邊清靜。」

「我爬不動。」

「沒事，到時候妳走不動，我抱妳。」其實車子可以開上山，根本不需要走多少路。他側身吻了吻她的臉頰。

姜曉側首看著他的側臉，微微一笑，「我現在可不輕。」從懷孕到現在，她已經胖了五公斤。

周修林一手攬著她細軟的腰，朗聲一笑，「放心，我抱得動。」

當天晚上，周修林就和姜曉收拾好行李。周母知道他們要出去，心裡有點不放心，打電話來說，『你們也帶喬阿姨去吧。』

周修林拒絕了。「不用。」他原本就想要兩人出去走走，帶上喬阿姨那還不如在家待著。

『都快五個月了，出去玩也不急於一時啊。』

「九雲山沒多少人，您放心好了。」

周母說不過他，也改變不了他的主意，『算了，注意安全，你要好好看著姜曉，別讓她一個人。』

姜曉看著他的臉色，咧著嘴笑著。

周修林睨了她一眼，「妳現在知道妳的地位了，國寶級的。」

姜曉還是有自知之明的，指著肚子，「小豆芽才是國寶。」

周修林突然捏了捏她的臉，眉眼閃著細碎的光，「妳是我的。」

姜曉連忙拉下他的手，他現在越來越喜歡動手動腳了。「喂，再不出發天就要黑了。」她心裡美滋滋的。

一路上，姜曉的心情顯得很雀躍。她已經很久沒出遠門了。

姜曉看到車上準備的零食，「你什麼時候買的啊？」

「上午讓蔣勤去買的。」

姜曉嘀咕了一聲，「蔣助理可真辛苦。」

「年底會幫他加薪的。」

姜曉：「……」

車上正放著音樂。

「這是一妍唱的那首歌？」

周一妍的聲音細，唱不了高音，這首歌完全拋棄她的缺點。歌詞唯美，旋律簡單悅耳。

一曲結束，姜曉說道：「紀蘭真的挺厲害的，沒想到短短時間內，就能把一妍的存在感刷出來。接下來，只要她再出一部電視劇，有了收視和話題，一妍以後的路會順暢很多。」不過想想，周一妍有這樣的背景會比趙欣然他們容易很多。

「《年華》之後，會有一部懸疑網路劇。」

姜曉有些詫異，「網路劇啊。」

周修林知道她的想法，「那部劇不錯，女主角的人設很討喜。」

他既然說不錯，那應該不差。姜曉說了一句，「其實我覺得紀蘭不該讓一妍走學霸人設。」

周修林沉默了片刻，「那是一妍自己要求的。」

姜曉一時間不知道該說什麼。後來想想才明白，當初他們前後左右，每次考試林蕪幾乎都是年級前三，秦珩的成績也都穩在年級前五。姜曉的成績不如那兩人，不過也在年級前五十。周一妍就弱了很多，她的排名也只是在年級中等而已。

他們一直稱林蕪「美女學霸」。

原來，一妍這麼多年都還在意。每個人心裡都有一個結，或大或小。也許這個結，能自動解開。也許這個結，永遠解不開，只能耿耿於懷。

她何嘗不是呢？時間能治癒的痛，那都是無關痛癢的。

傍晚，六點多的光景，兩人到達九雲山。山中風光好，空氣清新，飛鳥自由自在地鳴叫。

周修林早已在半山腰的飯店訂好了房間。房間寬敞明亮，還有露臺，站在露臺就能看到遠處的山景。

姜曉深深呼了一口氣，「真漂亮。」

周修林看著她臉上的滿足，「以後有時間我們經常出來。」

「我是可以啊，周先生你有什麼時間嗎？」

周修林工作忙，假期確實有限。他抬手揉了揉她的頭髮，「先下樓吃飯。」

姜曉猶豫，「不然讓他們送到房間吧？」

「放心，一般人不會到這裡來的。」

有錢人的世界她真的不懂。

下樓的時候，周修林替她拿了一件風衣，山裡夜晚的溫度總會降低幾度。兩人用完餐後，從餐廳出來。姜曉去洗手間，周修林在大廳等她。

一個聲音從前方傳來，「周大哥！」帶著幾分驚喜。

周修林回頭，沒想到會在這裡遇到晉家三人。

晉姝言穿著白色的長袖連身裙，款款而來。「周大哥，真巧，在這裡遇到你。」

周修林微微一笑，「妳好啊，姝言。」

晉父和梁月也走來。

晉姝言解釋道：「媽媽生日，我們來這裡吃飯。」

「梁老師，生日快樂。」

「謝謝。」梁月打量著他，明亮的燈光下，周修林站在那裡風姿卓越，難怪女兒對他一片傾心。她的目光落在他手臂上的女士風衣上，「修林，你也來這裡吃飯？」

「偷得浮生半日閒，出來散散心。」

晉姝言他們要回去了，她望著周修林，難得遇上，又要離開了。

晉父看出了女兒的心思，「修林，我上次買了幾幅字畫，有時間過來，我們一起看看。」

「好的，晉叔。」

晉姝言的嘴角露出了笑意，「那周大哥，我們先回去了。」

梁月挽著女兒的手，一家人走出大廳，在門口等車。晉姝言回頭又看向周修林的方向，依依不捨。

「言言——」梁月順著女兒的目光看過去。只見遠處，周修林的身旁多了一個人。

晉姝言有氣無力地說了一句，「媽媽，我要是能當周大哥的助理就好了。」

梁月好笑，「等妳畢業再說。妳認識那個女孩子？」

「上次見過一面。她是周大哥的新助理，聽一妍說，周大哥很器重她。」

梁月知道周修林的為人，說是助理那就是助理了。她憐愛地摸著女兒的頭髮，「好了，我們回家吧。讓妳多穿一件衣服，妳不穿，外面這麼冷。」說著，她把自己的圍巾幫她披上。

大廳裡，姜曉站在那裡，目光微微掃過門口的人影。

她輕輕問道：「那是梁老師？」

周修林牽著她的手，解釋道：「今天是梁老師生日。」

姜曉歪著頭，恍然想起來，「我知道。」

「妳知道？」

「我看過她的網路資料。」姜曉解釋道，「我以前和她在同一個劇組待過一段時間。」

「什麼時候？」

姜曉認真地想想，「上回和你說過，我生病那次，欣然還只是女N號。」

「助理要記住很多日子，尤其是明星的生日。別家藝人過生日，我們要提醒自家藝人去發個生日祝福，這樣也會拉近關係。」

「所以今年晉仲北的生日，是妳提醒趙欣然的？」

姜曉抿嘴一笑，「是我傳的。欣然的微博之前是我在打理，她性格比較耿直，每次發微博都是乾癟癟的。後來我們商量，索性由我來打理，現在不知道是誰在管了。」

兩人說著話，不知不覺地走到山間小路。兩邊的路燈發出橙色的光芒，燈火闌珊下，一片安寧。

姜曉問道：「你也會關注公司旗下藝人的微博？」

周修林輕輕一笑，「不然呢？」

姜曉也彎起了一抹笑，「一開始我以為……」

「以為什麼？」

姜曉咬了咬牙，「我說了你別生氣啊！」

周修林眼角微微一抽。

「我以為你想潛規則欣然。欣然的資源不是很好，突然間從女N號到女一，真的很讓人懷疑。」

微風吹過，帶著絲絲涼意，周修林只覺得胸口一疼，「所以妳時時刻刻跟著趙欣然，是想保護她？」

姜曉赧然，「也不是啊。」其實，她也是想看看他啊。

周修林好氣又好笑，瞥了她一眼，聲音低沉，「我需要潛規則別人嗎？」

姜曉晃了晃他的手，「周先生，你知道在這個圈子防人之心不可無。」

周修林扯了一抹笑，「姜助理，妳怎麼知道趙欣然想防我？」

姜曉聞言瞪著他：「……你！」

周修林扣住她的腰，臉慢慢靠近她，「姜曉，我看是妳對我別有所圖。」

姜曉心跳如擂鼓，一時間不知道該說什麼，偏偏他說的都是事實。「我要是對你有所圖，你會怎麼樣？」

周修林雙眸清亮，忽而一笑，「歡迎之至。」

姜曉又沉默了片刻，周修林察覺後問道：「在想什麼？」

「你覺得什麼樣的女性才算成功？」

「這要看她自己想要什麼。有的女性想要安寧的生活，所以對她而言，家庭美滿她便成功了。有的女性追求事業，對她而言，別的都可以忽略。每個人的追求不一樣，外人沒有資格妄加評論。」

姜曉勾了勾嘴角，「在世人眼裡，像梁老師這樣的應該是成功女性的典範。事業、愛情、家庭，什麼都有了，圈子裡有不少女藝人都很羨慕她。」

周修林很少看她這麼心生感慨，梁月的事，他不評論。不管怎麼樣，晉父是再婚，還有一個兒子，梁月當時選擇嫁給他，到底是出於何種理由都沒有深究的意義，畢竟演藝圈裡這樣的例子不在少數。那是別人的生活，何況，梁月確實什麼都有了。

兩人晃了四十多分鐘才回到房間。

飯店有各種娛樂設施，泳池、電影院、桌球室，應有盡有。姜曉因為懷孕，很多遊戲項目都不能玩。她面露惋惜之色，周修林笑說，以後再陪她來。

下一次還不知道什麼時候呢。不過這一次能出來，她已經很滿足了。

周修林洗好澡，穿著浴袍出來，頭髮上沾著水珠。姜曉則躺在一旁的貴妃椅上，正在聽鋼琴曲。這是她每天的必做功課之一，為了培養孩子將來的音樂感，要從胎教做起。周修林沒打擊她，心想著，等孩子出生後，到了一定年齡報個音樂班才是關鍵。

姜曉瞇眼瞄了他一眼，他只綁了腰帶，鬆鬆垮垮的，隱約露出了結實胸肌。她轉開視線，繼續聽著鋼琴曲。腦海裡不由得浮現他的身材，寬肩窄臀，身材很好很好。

周修林擦乾頭髮，上了床，坐在床頭喊了一聲，「姜曉。」

「嗯～」

「十點了。」

「等我把這段聽完。」

周修林微微一笑，他這次到這裡來，徹徹底底不帶任何工作。「我們明天早上去看日出。」

姜曉心中一喜，「我還沒有看過日出。那幾點起床？」

周修林拍拍床，姜曉無暇顧及，上了床。周修林拿枕頭墊在她的後背。

「我們五點起床，半個小時就能過去。」

姜曉瞇著眼睛，「我在網路上看過攻略，說九雲山的日出堪比黃山日出。」

周修林點點頭。

姜曉彎著嘴角，八月黃婭約她去黃山玩，當時她心裡有幾分惋惜。這幾年，她的時間一直排得滿滿的，學習加兼職，她從來沒有停過，也從來沒有好好旅遊過一次。

「如果我說，這是我第一次出來旅遊，你會不會笑我？」

周修林短暫地一愣，「那我很榮幸，陪伴妳的第一次。」

姜曉臉一熱，「謝謝你。」她知道，他這次是特意陪她出來的。

♀♂

第二天早上，姜曉是被他吻醒的。孕婦嗜睡，她也不例外。

周修林叫了幾次，她都閉著眼嘟囔著，「再讓我睡五分鐘，五分鐘。」

周修林等了五分鐘，再叫她，她還是那樣。「五分鐘啊。」

他實在沒辦法，深深吻了下去。姜曉恍恍惚惚，呼吸不暢，他的手鑽進了她的睡衣裡，上下遊動。她無處可逃，氣息漸漸亂了。

「嗳，我起來了，我真的起來了，快住手啊！」

每次求饒的時候，她的聲音又軟又嬌，周修林發現只有在這時候她才會收起平日的正經。

周修林存心逗她，手漸漸下滑。姜曉的身子瞬間緊繃，「喂，你怎麼這樣啊！」

這一聲「喂」又刺激到了他。他一步一步算計至今，沒想到負心的人還是負心，手沒有絲毫猶豫地鑽了進去。

姜曉呼吸一顫，「周修林！」

周修林俯下身子，眸子緊緊地鎖著她，「我是誰？」

「周修林。」

「不對。」

「周先生。」

「不對。」

「……修林，對不對啊？」

「不對！」周修林吻住她的嘴角，「是老公。」

姜曉控制不住，她哪是他的對手，六歲之差，周修林可不是白混的。

「老公～」她只得軟語求饒。這一喊，周修林吻得更深了，情深意動。

後來兩人終究還是遲了。幸好，九雲山看日出的人並不多。

太陽冉冉升起，陽光一點一點灑滿整座山頭。姜曉睜大了眼睛，專注地看著東方，被眼前的景象震住。遠眺的視野棒極了，一覽眾山小。青山鬱鬱蔥蔥，微風徐徐吹動，心情也隨之放鬆了。

「旅行真的能讓人放鬆啊。」她感慨道，「孔子登東山而小魯，登泰山而小天下，我登九雲山小人生。」

周修林沒想到她還會有這樣的感慨，「小什麼人生？」

「人生苦短，及時行樂，往事如煙，不必過於糾結。」姜曉說得認真，肩頭那無形的枷鎖不知不覺間消失了。

周修林挑眉，「看來以後得多帶妳出來走走。」

姜曉忍不住說道，「你有時間嗎？」擠出這兩天來都不容易。

他似笑非笑地看著她，「妳老公我一兩天的時間總是有的。」

姜曉：「……」想起了早晨那一段，她不自然地撇開眼。

周修林望著她緋紅的臉，「我想做的事很少，想和妳做得事還很多。」二十幾年的人生，一路順順暢暢。做什麼都異常輕鬆，以為他對很多事都不甚在意。

姜曉動容，眸光閃爍著。

現在，於她而言，和喜歡的人一起看日出日落，已是人生最大的幸福。

♀♂

兩人在山上過了兩天閒雲野鶴的生活，一號當天上午趕回家。

周修林累積了三天的工作，回來之後，一刻也沒得閒。姜曉倒是樂得輕鬆，趁著放假，和幾個朋友聯繫聯繫感情，又慰問了同樣懷孕的李莉。李莉估計也是寂寞了，和她大吐苦水。

小茉莉：懷了孕才知道有多辛苦，女人真不容易。為什麼男人不能懷孕呢？

姜曉：怎麼啦？

小茉莉：前天我去他公司，看到他和女同事聊得開心，心裡不舒服。

姜曉：妳別多想，就是工作關係而已。

小茉莉：妳不懂。我現在懷著孕，沒辦法和他……他有時候也想要，我不答應。

姜曉沉默了。

小茉莉：懷孕期男人很容易出軌的。

姜曉想到周修林，她也不知道該怎麼安慰李莉了。周修林面對的誘惑更多吧。他們這個圈子，不論男女都容易迷失自己。

午後，她在陽臺曬著太陽，醫生說，這樣可以補充鈣質。手機鈴聲響起的時候，她正在打瞌睡，半晌才拿起來。看到螢幕上的來電顯示，姜曉激動得差點跳起來。

「爸爸！」她連忙接通了電話。

姜屹有短暫的失神，『曉曉。』

「爸爸。」

父女倆有短暫的沉默，只是一瞬，這種沉默便散去了。

『曉曉，我現在在晉城。』

「姑姑和我說了。」

『對不起，爸爸這麼久沒有和妳聯繫。』

「爸爸，您回來就好。爸爸，您現在在哪裡？我去看您，我有很多話想和您說。」

姜屹深深呼了一口氣，『好。』他報了一個地址，又囑咐她，『路上注意安全。』

「爸爸，您放心，我又不是小孩子了。」在他眼裡，她永遠都是孩子。

掛了電話，姜曉興奮地跑到書房。

「周修林，我爸爸打電話來了。」她走進去，掩不住的喜悅。「我爸爸現在住在青島路，我們約晚上見面。」

周修林放下工作，斂了斂神色，「今晚？」

「對啊。」姜曉眉眼間淨是歡樂。

周修林看到她打著赤腳，微微皺了皺眉，「過來。」

姜曉走過去，他抱起她，讓她坐在椅子上，「地上涼。」

姜曉吐吐舌頭，「太激動了。」

周修林沉吟道：「需要我一起去嗎？」

姜曉猶豫了一下，「我剛剛忘了和爸爸提到你了。不過——我們一起去吧。」

周修林勾了一下唇角。

「我去換衣服。」

她滑下椅子，一溜煙地跑回了房間。周修林輕輕呼了一口氣。岳父大人的動作很快啊。

姜曉糾結了很久，她想讓父親看到她過得很好，衣著是直接的方式。最後選了一件鵝黃色套頭針織衫，娃娃領，A字版，腰間寬鬆。

她換好了衣服，周修林也進來，打開衣櫥。「我穿什麼適合？」

姜曉啊了一聲，周修林的指尖劃過那裡面的衣服，「爸爸喜歡什麼風格？」

爸爸——

姜曉一陣錯愕。

「嗯？」

姜曉：「……」

周修林選了一件黑色襯衫，扣好釦子後，他又別上袖釦。「幫我拿一下領帶。」

姜曉打開抽屜，隨手拿出一條紅色的領帶。

周修林動作一頓，「紅色？」

姜曉拿著領帶比劃了一下，「這不是你買的嗎？」雖然有點像戴紅領巾的感覺。

他扯了一抹笑意。

姜曉又換了一條深藍色領帶，想了想，她抬手，「不用這麼正式，我爸爸性格比較隨意，他是一個很簡單的人。」

周修林笑笑，「好，我聽夫人的。」

姜曉：「……」

第八章＊朝思慕你

姜屹住在朋友的一間房子裡，房子有些年紀了，家居陳舊。對他而言，有個住所，好壞都無所謂。

正值傍晚四五點光景，陽光從陽臺斜射進來，室內明亮。姜曉坐在姜屹的身旁，眸子微微濕潤，周修林坐在另一側稍遠的距離。她的喉嚨像被什麼黏住了，說話時聲音晦澀，她忐忑地向姜屹介紹了周修林。兩位男士心照不宣，就像第一次見面。

姜屹幫兩人倒了水，許久後沉聲開口，「原本打算早點聯繫妳的，只是被手裡的事情耽誤了。」

姜曉怔怔地看著父親，「那事情現在解決了嗎？」

姜屹點點頭，目光幽深不見底。他看著姜曉凸起的肚子，還是忍不住嘆了一口氣。

姜曉有些緊張，「爸爸，我和修林已經登記了。因為工作的關係，我們暫時沒有對外公布。」

姜屹一時陷入沉默沒說話，表情晦澀不明。姜曉不安地看了看周修林，向他求救。

周修林扯了一抹笑，語氣淡定，「爸，我和曉曉結婚前商量好了，時機到了，我們會對外公開。現在社會網路發展迅猛，考慮到我們的隱私，還有我們想給孩子一個安寧的成長環境，所以希望您能諒解。」

姜曉忙不迭地點頭，「爸爸，是這樣的。等小豆芽出生，萬一他被狗仔曝光，人家知道他爸是周修林，以後狗仔肯定會時常盯著他。」

周修林的額角輕輕皺了一下，他這是躺槍了。

姜屹抿了抿嘴角，眉眼軟了幾分。「幾個月了？」

姜曉小聲回道：「五個月了。」

姜屹啊了一聲，神色恍惚了一下，像是陷入回憶一般。「妳媽媽懷妳的時候，腳腫得穿不了鞋，晚上還抽筋，很辛苦。」

姜曉的手不由得握緊了，目光一瞬不瞬地看著父親，心怦通怦通跳著。

父親很少在她面前提到她媽媽，這一次怕是觸景傷情，才讓他提起了往事。

「爸。」

姜屹下巴緊繃，「一轉眼，妳也要當媽媽了。時間真快啊，一眨眼都已經過了二十二年。修林，以後曉曉就辛苦你了，好好照顧她。」

「爸爸，你還要離開？」姜曉疑惑地問道。

「我和朋友約好要去西北。」姜屹瞇了瞇眼睛，眼上紋路清晰，這些年他常年在外，人顯得比實際年齡老好幾歲。

周修林開口道：「爸，我父母知道您回來，一直想和您見一面。」

姜屹不太會交際，可為了女兒，還是答應了。「好，你安排一下。」

周修林知道他們父女長時間沒有見面，坐了半個多小時，他便起身下樓說要去買點東西，把空間留給他們。

姜屹喝了一口早已冰冷的茶水，「曉曉，為什麼還堅持要去演藝圈呢？」

姜曉早已猜到父親會問這個問題。「我沒有當藝人。」她微微笑著，笑容中有一絲狡黠。大一時，她差點進了演藝圈，姜屹知道這件事後，特意回來一趟，態度很堅決——姜曉不能進演藝圈。

如果她非要進演藝圈，他們父女關係就此了斷。當然，這是姜屹當時說的氣話。

「妳啊。」姜屹有些無奈，「妳的個性不適合演藝圈。」

「我知道您想說什麼。」姜曉神色定了定，「這幾年，我想破腦袋想進去。從一個默默無聞的小助理走到現在，其實挺不甘心的……」

姜屹皺了皺眉，「曉曉。」

姜曉話鋒一轉，「可是有了孩子之後，我又想通了一些事。爸爸，我們姜家人的血液裡可能天生就有一種偏執症。」

姜屹緊擰的眉頭突然鬆開了，「曉曉，妳在罵我啊？」

姜曉也笑了，「可是我現在放下了。等生完孩子，我會繼續我的工作，不為別的，就是單純做好一份工作。」她的目光前所未有地堅定，那一瞬間，姜屹看懂了。

小女孩長大了，真的長大了。

「爸爸，您不想說的事，我不問。」姜曉一字一字緩緩說道，「我是您的女兒，是您一個人的女兒。」

姜屹抬手將她摟到懷裡，滿懷歉意，那雙蒼涼的眸子此刻布滿了酸楚。自從國三那年的意外，他們父女就再也沒有這麼親密過了。

「曉曉，這樣就好。」

姜曉勾了勾嘴角，她知道爸爸不會說了。

姜屹十指顫抖，「修林人不錯，我也可以放心了，我原本也不希望妳找這樣的伴侶。」

「為什麼？」

「因為他太優秀了。他的身分、他所接觸的人，誘惑太多。演藝圈本就是名利場，很容易就丟了心，爸爸怕妳受到傷害。」

「爸爸，難道我就不優秀嗎？」

姜屹輕笑，「那妳說說周修林看中了妳什麼？」

姜曉認真地想了想，「我的顏值啊。」

姜屹大笑，看到女兒臉上俏皮的笑容，比陽光還要溫暖。這孩子比他想像的還堅強，很多話她不說，難道他猜不出來嗎？意外懷孕肯定不如他現在看到的這般風平浪靜。

他也釋然了，「我看也差不多是這樣。」

晚上，周修林安排好餐廳，一家三人一起吃了一頓飯。

姜屹不著痕跡地觀察，周修林確實對姜曉很好很好，那種好不是演出來的。他喝著酒，心裡鬆了一口氣。每個人都有每個人的緣分，曉曉大智若愚，遇上周修林也是他們兩人的緣分。

晚上回去的路上，姜曉高興地哼起了歌。

周修林也被她的好心情感染了，「爸爸有沒有說我什麼？」

姜曉點頭：「說你很好，讓我好好珍惜。」

周修林：「還有呢？」

姜曉：「他好奇啊，你怎麼看上我的？」

周修林挑眉，「妳怎麼回答的？」

姜曉停下腳步，微微仰著頭，「我說你看上我的顏值了。」

周修林悶聲一笑，「我是這麼膚淺的人嗎？不過，妳說的對，至少是有這個原因。」

姜曉勾了一抹笑意，如剎那花開。她做小助理的時候，可不少人追她，這點自信她還是有的。

♀♂

隔兩天，周家人和姜屹會面，兩家長輩正式見面。

姜屹的藝術家氣質倒是讓周母有些束手無策，不知道該說什麼，好在周父和姜屹能聊得來，周父聽說姜屹去了世界上那麼多地方，油然佩服。

「難怪曉曉這麼獨立，原來是言傳身教，你教育得好。」

姜屹：「不敢當。我也沒怎麼操心，曉曉是放養大的。」

周父汗顏，放養的孩子都比他家用心培養的有出息，這不是打臉嗎？「你謙虛了，曉曉圍棋下得不錯啊。」

姜屹：「她小時候就不愛和別人的孩子一起玩，我就教她下棋。後來她會了，就自己和自己下。」

周父心裡滿是感慨，「一妍要是有曉曉一半聽話就好了。」

姜屹：「這次回來，我發現曉曉也成熟不少，多虧了修林。」

周父擺擺手，「哪裡啊。」

姜屹：「修林年輕有為，後生可畏。」

周父笑著，「都是一家人，你可別老誇他。」

姜屹這人沒有城府，心裡想的都說了。「曉曉麻煩你們照顧了，謝謝。」

周母說道：「這是哪裡的話，這也是我們應該做的。」

姜屹：「我身為父親卻什麼也沒有做。」

姜曉動容：「爸爸，您能回來，我就很開心了。」

姜屹拍拍她的手，「以後聽妳周爸爸、周媽媽的話，妳和修林幸福，我們就放心了。」

姜曉舔了舔嘴角，「我知道。」

周父也附和道：「是啊。等以後孩子出生，也就熱鬧了。到時候你這個外公可要常回來。」

姜屹臉上露出一絲笑容。看周修林的涵養就知道，周家人應該不錯，曉曉有一個美滿的家庭，他的心願也就了了。

沒過幾天，姜屹就要出發去敦煌。臨行前，他聯繫了周修林，和他又見了一面。

「這是《拂曉》。」姜屹把畫小心翼翼地拿出來。

「爸，您這是做什麼？」周修林詫異。

「本來就是要送給曉曉的。」姜屹瞥了他一眼，「你不是一直想要這幅畫嗎？」

周修林輕輕笑著，「爸，我都有真人版的了。」

姜屹一口氣悶在胸口。是不是他這個岳父太好說話了？

周修林正色道：「爸，這幅畫還是您留著。」

姜屹望著他，眸色閃爍，似在回憶什麼。「曾經有人出了五百萬要買這幅畫，我不同意。」

周修林面色不改。

「修林，我看得出來，曉曉這段時間變化很大，我想這是因為你的緣故。我該謝謝你，希望你們以後不管遇到什麼事，都能坦誠以待。」

「您放心，我向您保證，我會的。」

姜屹細細撫摸畫，「這幅畫你帶回去吧，好好珍藏。」

周修林沉默片刻，「好的。」

姜屹又走了，姜曉倒沒有太多的離別傷感。周修林把畫帶回來的時候，她看了很久，最後和周修林一起把畫收起來。

姜曉說：「我也不知道為什麼，爸爸好像很喜歡這幅畫。」

周修林：「因為是妳。」

姜曉想了想，「我都不知道現在爸爸的畫價格那麼高。」

周修林歪著頭，「爸爸在美術界還是有一定的名氣。」姜屹是屬於大器晚成型的，也就是這幾年被發現與推崇。

姜曉：「爸爸給了我一張卡，裡面有五百萬。」

周修林細細一算，姜父賣幾幅畫的收入差不多都給姜曉了。他揉揉她的頭髮，「妳收著，是爸爸的一份心意。」

「我都不知道爸爸什麼時候這麼有錢了。」小時候，他們的日子過得不算富裕，有時候還要靠姑姑救濟呢。

周修林失笑，「周太太，這點錢妳就驚訝了，妳難道不知道妳老公很有錢嗎？」

姜曉嘀咕，「我又不愛你的錢。」你有再多錢和我有什麼關係啊！

周修林直直地望著她，握著她的手腕。

姜曉迎著他的目光，露出一抹淺笑，她笑起來的樣子很甜。「周先生，我覺得你的人比你的錢更吸引我。」

周修林微怔，低頭吻住了她的唇。

♀♂

懷孕後期，姜曉的肚子突然膨脹了，像顆氣球。轉眼到了第八個月，春節的腳步聲越來越近，各大公司都在舉辦年終晚會。

那段時間，周修林幾乎每天都有飯局。每天早上，他去上班，姜曉還在睡覺。有時晚上他回來，姜曉又睡著了，兩人說話的時間都少了。姜曉在喬阿姨和張阿姨的陪伴下相安無事，她越發小心翼翼，除了在社區走動，已經很少出門了。

這一天晚上，周修林難得回來得早。

姜曉扶著肚子正在客廳裡走動，聽見動靜，她緩緩回頭，「你回來了啊。」話語自然親切。

周修林脫了外套，扔在沙發上，走到她身旁。「累嗎？」

姜曉問道：「今天怎麼這麼早？」

周修林一手扶著她的腰，「還有兩天就放假，也沒什麼事了。」

姜曉對公司的年末活動挺感興趣的，自從華夏成立，每年年終都會舉辦一個年會，藝人、工作人員齊聚一堂，讓公司旗下藝人聯絡感情，可她至今都沒有機會參加。周修林向來大方，讓公司準備的年終禮物也相當豐厚。

「聽說今年的一等獎是歐洲十五日遊？」她語氣裡滿是欣喜。

周修林扶著她坐在沙發上，又拿了一個靠枕墊在她的身後，漫不經心地應了一聲。

「不知道誰的運氣會那麼好？唉～明年我一定要參加，要抽中大獎。」

「妳想要什麼？」

「你買給我的和我自己抽中的不一樣。」

周修林嘴角帶著一絲玩味的笑意，「妳不是已經把華夏最豪華的大獎抽到手了？」

姜曉望著他的眼，愣愣地道：「什麼獎？」

周修林深深地望著她，溫馨而曖昧的氣氛氤氳而起。

姜曉後知後覺，微微張開嘴巴，「我——」話鋒一轉，「當然！小豆芽是我今年收到最大的豪華大獎。」說話間，她的眸子閃著狡黠。

周修林也不說話，手放在她的肚子上，有一下沒一下地輕撫著。她現在胎動很明顯，他總喜歡這樣靠近她，感受著小傢伙在裡面上躥下跳。

小豆芽確實是他們今年最大的獎了。如果沒有小豆芽，他和姜曉現在也不一定能結婚。

周修林的目光牢牢地落在她臉上，四目相視，「大獎難道不是我？嗯？」

他尾音揚起，低音炮真是撓得她心癢癢。姜曉的臉頰瞬間漲紅，熱度漸漸蔓延到耳邊。

「真是令人失望，我竟然比不上這傢伙啊。」周修林意味深長。

姜曉的視線正好與他的撞上，那一瞬，她感覺到心跳突然加速，像被戳中了心事一般更加臉紅耳熱，抿了抿乾澀的嘴角，「不知道小豆芽長得像你，還是像我。」從超音波的照片看得出來，小豆芽的腿很長。

周修林輕笑，「像我們。」他很期待，未來一家三口的生活。

♀♂

公司年會結束後，許多人陸陸續續趕回老家過年。周修林終於清閒下來，偶爾出席個別活動，不過更多的時間，他都留在家中陪姜曉。莫以恒約他好幾次，都被他拒絕了。實在好奇，便親自來到華夏。

周修林一個人在辦公室。

莫以恒推開辦公室的門，「周總，你再不出現，我們幾個要報警了。」

「你很閒？」

莫以恒覺得這一年好像和周修林接觸得越來越少了，以前幾個人至少一個月都能出來聚上一兩次，現在半年才見上一兩次面，還都是在工作場合。

「修林，你到底在忙什麼啊？」

「工作。」他言簡意賅。

「我看華夏今年的幾部電視劇和電影成績都不錯，兄弟，你總要放鬆一下，老這麼孤單，我怕你身體出問題。」

周修林挑眉，「趙欣然這兩天在劇組？」

莫以恒笑著，「好吧。今晚他們幾個約吃飯，你給個面子。」

周修林緩緩起身，「你忘了今晚晉家請客。」

莫以恒一愣，「人家又沒請我。晉導防著我，生怕我拐跑他家寶貝。」

周修林輕笑，「我要是晉導，絕不會讓你出現在三公尺之內。」

莫以恒聳聳肩，「晉家小仙女我可不敢碰，一個晉仲北就夠了。我看啊，晉導是想要你做他的乘龍快婿。」

周修林冷冷地掃了他一眼，「姝言比一妍還要小兩歲。」

「我們這個圈子，年紀差二十歲都不算什麼。晉姝言比你小八歲算什麼？晉導不是也比梁月大了快十歲？其實你們兩家家世背景相當，郎才女貌，能在一起，也是互利互惠。」

周修林的眸色漸漸沉了幾分，「你什麼時候有興趣當媒婆了？」

莫以恒一張俊臉瞬間鬱結了。他沉默了片刻，曼琪端了一杯水進來。他的嘴角又掛起了笑容，「謝謝。」

曼琪禮貌地回道，「莫總，您客氣了，這是我應該做的。有需要儘管再叫我。」

莫以恒對她眨了眨眼。

周修林看在眼底，也難怪，上次姜曉吐槽莫以恒就是一隻發情的公孔雀，果真不假。

莫以恒悠閒地喝了一口咖啡，「咦，你之前不是提了那個誰——姜曉，她人呢？」

「怎麼？你找她有事？」

「好久沒見到了，她去哪裡了？」

「外派學習了。」

「呦，你真要培養她？」

周修林薄唇輕動，聲音擲地有聲，「華夏未來第一經紀人。」她想要的，他願意把一切都給她。

莫以恒嘖了一聲，「我倒是期待。」他有點琢磨不透，周修林到底在打什麼主意。改天有時間，他要問問趙欣然，這個姜曉到底是什麼來歷，就別是周修林自己兔子想吃窩邊草了。

晚上晉導生日，並沒有大肆操辦，只請了一些相熟的朋友。周修林來得不早不晚，和主人家打了招呼，奉上禮物，賓主盡歡。晉導及梁月和他攀談了幾句，又忙著去招待別人。

「修林，仲北和姝言他們在那邊，你們年輕人隨意。」

周修林點點頭。

晉姝言穿著黑色小禮服，長髮從兩側盤起，氣質優雅，像極了年輕時的梁月。她早已看到周修林的身影，一身黑色西裝，身姿凜然，只是耐著矜持沒有過去。現在看到周修林朝著他們走來，她不禁彎起了嘴角。

周修林和晉仲北握了握手，又朝晉姝言點了一下頭。

周修林：「恭喜，《盛世天下》順利殺青，辛苦了。」

晉仲北：「周總客氣了。」

兩人相視一笑。

周修林：「明年三月，你的檔期有安排嗎？」

晉仲北：「怎麼？你這裡又有什麼劇？」

周修林：「諜戰。」李導對演員和劇本要求極高，放眼望去，目前只有晉仲北滿足他的要求。

晉仲北：「我再考慮一下，明年下半年，我的計畫是去美國進修，還有《盛世天下》的配音。」

兩人相談甚歡，晉姝言可不幹了。「哥哥，你要和周大哥談工作也不缺這個時間啊。」

晉仲北失笑，這丫頭！明明是周修林先開口的。他寵溺地摸了摸她的髮，「抱歉。修林，我去吃點東西。」他抬手看了看手錶，「程影快到了，我去門口接她。」

晉仲北一走，就剩下了周修林和晉姝言。

晉姝言微微仰著頭，「周大哥，一妍今天怎麼沒來？」

「她在劇組趕戲，過兩天才能回來。」

「難怪她最近都沒和我聯繫呢。一妍現在很努力啊。」

周修林微微一笑，「忘了恭喜妳，拿了攝影新人獎。」

晉姝言羞澀，「那不算什麼的，我還得更努力才行。」

周修林看過晉姝言的作品，晉姝言拍的照片確實不錯，沒有後期修片，憑著寫實的手法突出重圍。假以時日，她會有更好的發展。

大廳裡人來人往，也有人看到了周修林和晉姝言，世人眼裡一對金童玉女。

遠處，晉導和梁月正陪著趙導，趙導笑著打趣，「周總和姝言倒是天造地設的一對。」

晉導連連擺手，「他們現在還是朋友。」

趙導：「我看啊，離男女朋友不遠了。周總啊，潔身自好，不錯不錯。」

梁月淺笑盈盈，「言言還是學生，這事還早呢。」

趙導搖頭，「現在大學生都可以結婚了，妳的思想也要改啊。我們這個圈子晚婚晚育，那是沒辦法。」

晉導有幾分無奈，「這又戳中我了，仲北眼看也要二十九歲了。」

梁月看了他一眼，「你也別急，仲北有他的主意。」

晉導點點頭，「好了，不說他們了。」

一個小時後，周修林要離開。

程影淺笑盈盈地望著他，「周總，我聽莫總私下吐槽你好幾次了，要不是我們瞭解你，真以為你變居家男人了。」

周修林輕笑了一下，「我先走了，改日有機會再聚。」

程影咂咂舌，晉姝言則望著周修林的背影發呆。

程影怎麼會不明白小女孩的心意，拍拍她的肩，「來日方長啊。」

晉姝言臉色倏地就紅了，「影姊，妳說什麼啊？」

程影知道女孩臉皮薄，岔開了話題，「姝言，妳什麼時候有時間？幫我拍一組照片。」

「可以啊。我們過完元宵節才開學，按照妳的時間來。」

「真幸福，還是當學生好，我估計得等到退休才能有假期了。」

晉姝言：「誰讓你們都是拚命三娘啊。」

程影：「不拚怎麼辦？一段時間不出現，就被遺忘了。」

晉姝言：「媽媽以前也是這樣，一開始很不容易。」

程影：「可是梁老師遇到妳爸爸了。」

晉姝言：「所以，影姊妳也加油，到時候我當妳的伴娘。」

程影感嘆：「我就怕妳結婚了，我還沒有男朋友。」

晉姝言：「其實我哥就不錯啊。」

程影：「壞東西，知道和我開玩笑了。」

晉姝言突然想起了什麼，「影姊，妳認識周大哥的助理嗎？」

程影：「曼琪？還是 Tina ？」

晉姝言：「不是，是另一個。」

程影想了想：「姜曉？」

晉姝言：「我不知道她叫什麼名字，不過周大哥好像和她關係不錯。國慶那次，我們在九雲山碰到周大哥和她。」

程影：「姜曉出國進修了，很久沒消息了。她人很上進，一心想當經紀人。」

晉姝言：「那她和周大哥沒有什麼嗎？」

程影倒是被問倒了，她細細想著，「這我就不清楚了。姝言，妳若是喜歡周總，就向他表白。」

晉姝言：「如果他不喜歡我怎麼辦？」

程影：「總比現在好啊。」

晉姝言勾了一抹笑，「那等明年我生日，我向他表白。」

程影心裡微微一嘆，姝言的話倒是提點了一下她。《盛世天下》開拍時，蔣勤的出現其實很突兀。是因為姜曉？可是又不像啊，到底是什麼？她弄糊塗了。

周修林在半路上接到了姜曉的電話。看到螢幕上的名字時，他有幾分錯愕。

「怎麼了？」

『你什麼時候回來啊？』

「在路上，估計半個小時就到家。」

『喔，下雪了。那你注意安全。』姜曉匆匆說完，掛了電話。

一旁的喬阿姨笑著，「你們都是孩子的爸爸媽媽，怎麼還像剛談戀愛的小情侶一樣。」

姜曉心中腹誹，誰讓他們是先上車後補票。

周修林打開車窗，雪花隨風飄進車廂裡，落在他的掌心，一瞬間就化了。

下雪了，他們在一起的第一個冬天，冷冬的第一場雪。

城市的燈光星星點點地亮著。街上賣紅薯的小販正在收攤。

周修林開口，「停一下車。」

司機將車停在路口，周修林下車買了一個番薯，雪花一片一片落在他的肩頭，他說，「幫我包一個。」

「好，幫女朋友買的吧？我幫你挑個又甜又香的。」

周修林接過，沉聲說道，「是我太太喜歡吃。」

周修林到家的時候，姜曉正在做伸展運動。醫生說平常做一些運動，有助於順產。姜曉聽進去了，對此還非常用心。

姜曉看到他，勾了一抹笑，「晉導的生日宴好玩嗎？」

「就這樣。」

「那是不是去了很多人？」

「只請了一些和他們家有交情的。」

「晉導和梁老師很相愛啊。」

上次梁月生日，晉導陪著。這一次，晉導生日，梁月又為他辦了一個小型的派對，還有晉姝言生日，晉仲北當時也在朋友圈發了照片，一個美少女戰士蛋糕。相比之下，姜曉就不是一個賢慧的妻子，今年周修林生日，他們就簡單地吃了一頓飯。而她也只幫他買了一條領帶作為生日禮物，那條領帶還是他所有領帶中最便宜的一條。

姜曉怔，隨即又笑了，「以後小豆芽的生日，每年我都要幫他過。」話語竟難得帶了幾分嬌寵。

周修林突然發現她的眼睛微微泛紅，一副心事重重的樣子，大概是她從小缺乏家庭溫暖，所以更加渴望吧。

「好，我們幫小豆芽過滿月。先不急著吃小豆芽的生日蛋糕，周太太，今晚我請妳吃烤番薯。」

姜曉捧著番薯，滿足地咬了一口，那種甜蜜從嘴巴甜到心尖。前兩天她看電視劇時，劇中女主角正好在吃烤番薯，她念叨了一句：「冬天裡，啃著番薯，喝著奶茶，感覺好幸福啊。」

周修林坐在一旁辦公，抬眼望著她時，就見她咽了咽喉嚨。她孕期吃的東西都是按照營養師的方案準備的，偶爾，她也想喝奶茶、吃零食，不過最後就只是看看，為了孩子還是忍住了。從這些點點滴滴可以看出來，姜曉是一個意志力非常強的人。她還真好養！

兩個人經過這段時間的相處，對對方的了解也越來越多。姜曉遠不是她表面上給人的那種感覺，她善良、堅韌，性格裡又有幾分俏皮，只是這種俏皮只有最熟悉的人才能享受到。她總是看到別人的優點，記得別人對她的好。

兩人在客廳裡，空氣裡都飄滿了番薯的香味，金燦燦的番薯，顏色漂亮極了。

姜曉瞇著眼，「你在哪裡買的啊？」

「你們高中的路口。味道怎麼樣？」

當然很好吃。姜曉點點頭，又咬了一口，又軟又甜。一抬眼見他望著自己，她想了一下，把手中另一半遞給他，「你要不要嘗嘗？」

周修林失笑，望著她幾秒，突然低下頭就著她的手咬了一口，「味道還不錯。」

親密餵食！姜曉假裝不在意，低頭默默吃完了番薯。

周修林笑道，「除夕夜要一起吃團圓飯，今年爺爺奶奶會回來，叔叔他們都會過來。」

姜曉微微沉默，「好啊。」

周修林抽了一張面紙給她，「不用擔心。」

姜曉知道自己不能再當鴕鳥，她已經見過爺爺奶奶，爺爺奶奶是老學者，大學教授，年輕時在德國留學，說得一口流利德語、英語。奶奶還寫得一手漂亮的書法，所以周修林和周一妍的字好看也虧得奶奶的教導。

♀♂

轉眼到了除夕，每一處都透著濃烈的過節氣氛，大紅色隨處可見。

周家一家人都回來了。周修林的二叔一家三口，還有小姑姑、小姑丈和他們的雙胞胎女兒也回來了，這一年可謂熱鬧。

姜曉很喜歡雙胞胎姊妹，漂亮又有禮貌，兩個小女孩才十歲，姜曉根本分不清誰是姊姊誰是妹妹。

周修林作為這輩的老大，雖然很有威信，但是頗受弟弟妹妹喜歡。大概是愛屋及烏，二叔的弟弟周修澤比姜曉大三歲，在讀B大數學系博士，學霸中的學霸，和姜曉也是一中校友。兩人熟悉後，周修澤還無奈道：「明明我是妳的學長，現在倒要喊妳一聲嫂子。妳竟然比大哥小六歲，我以為大哥喜歡成熟款的。」

姜曉尷尬。

今晚的年夜飯，也是姜曉第一次出現在周家。周家人修養極好，都沒有表現得太過驚訝。

雙胞胎姊妹名字特別有意思，姊姊叫周一南，妹妹叫周一北。姊妹倆對姜曉的肚子倒是很感興趣，一直圍在她身邊。

「姊姊，小寶寶什麼時候才能出生啊？」

「等天氣變暖。」

周一南眼睛亮亮的，「姊姊，明年我帶小寶寶去放煙火。」

「好啊。妳們是小寶寶的姑姑，到時候妳們要帶小寶寶去玩啊。」

雙胞胎一聽，自己是姑姑了，那就是大人，鄭重地點頭。「姊姊，妳放心好了。」

周一北又說道：「姊姊，我們可以幫小寶寶取名。」

姜曉笑，「妳們有什麼好的名字？」

周一北認真思索，「我們要好好想想。」

這時候周修林走過來，「一南一北，修澤在樓下，好像拿了一車的煙火。」

兩個孩子激動地一溜煙跑走了。

周修林看著她，「累不累？」

姜曉聳聳肩，「我又不用忙著準備晚餐。」

周修林攬著她的腰，「我們去陽臺看他們放煙火，外面有點冷。」

姜曉歪著頭，「小豆芽的名字你想好了嗎？」

周修林：「妳想知道？」

姜曉忙不迭地點頭。

周修林牽著她的手，緩緩走到陽臺。「再等等，還有五十天，等他出生那天妳就知道了。」

姜曉不滿，氣呼呼地拍了一下他的肩膀。「萬一你取的我不滿意，我不會同意的。」

周修林眉眼的寵溺越發深沉，「當然。」

窗外，一束耀眼的煙火飛上了夜空，五光十色，一瞬間點亮了夜空。院子裡傳來了他們說話的聲音。雙胞胎興奮極了，到底是小孩子。

「一妍姊姊，再給我一根仙女棒。」

「修澤哥，你幫我點一下。」

周修林噙著笑意，「過兩年，我們也可以帶小豆芽去放煙火。」

姜曉微微沉默片刻才開口，「小時候，我幻想過爸爸媽媽和我，我們一家人一起放煙火。盼了很久很久，一直到我上小學我才明白，這只能是一場夢。」後來她再也不想了。

姜曉觸景傷情，周修林無可奈何，他幽幽說道：「可妳不是有了我？」

姜曉突然笑了。失去了，又得到了，老天總有安排。

晚上的年夜飯，周家幾個男人都喝了不少。這一年對周家而言是喜慶的一年，周修林結婚了，又快做爸爸了。姜曉性格乖巧，心胸豁達，和她相處久了，周家奶奶越是喜歡。老人看人總能一眼看出本質。

周一妍對此不以為然，不過她現在拍戲太忙，也懶得再搭理姜曉。見了面，一個眼神就夠了，連話都懶得說。周家小姑也發現了，悄悄問過周母，一妍是不是不喜歡姜曉。

周母尷尬不已，笑說道：「沒那回事。只是修林結婚倉促，一妍和姜曉相處時間短，不是很熟。」小姑有點不相信，不過也沒有再問。

晚餐真正結束，已經九點半了。周修澤扶著喝醉的周修林回到房間，姜曉詫異，「你們到底喝了多少啊？」

周修澤還算清醒，笑說道：「大伯、我爸都醉了。大嫂，大哥就辛苦妳照顧一下了。你們也早點休息啊。」

姜曉哭笑不得，去弄濕一條毛巾，幫周修林擦擦臉。屋裡的暖氣強，周修林扯了扯襯衫領子，解了半天也沒有解開，他抬首望著她。姜曉只好幫忙，她彎腰站在他身前，長髮落在他的臉上，搔得他癢癢的。

「周修林、周修林。」

周修林扯了一抹笑，「嗯。」

姜曉看著他滾動的喉嚨，「這是多少？」她舉起兩根手指頭。

周修林直直地望著她，「姜曉，我的酒量還可以。」

姜曉咕了一聲，「喝醉酒的人都這麼說。」她輕輕摸了摸他的臉，白淨的皮膚，鮮明的五官輪廓，真是好看。「哎呀，乖啊，先睡一會兒。」

周修林握住她的手腕，將她帶到自己的懷裡，氣息浮動。他的眼眸如星辰一般耀眼，「曉曉。」他低喃著，聲音滿是磁性。

姜曉顧忌著肚子，不敢有太大的動作，只是趴在他懷裡安靜地看著他。「周修林，你——你喜歡我嗎？」

周修林撐起上半身，抱著她，讓她坐在自己的腿上，他的唇角滑過她的面頰，「如果我對妳沒感覺，妳能把我睡了？」話語纏綿，字字敲擊著姜曉的大腦，她的思緒一片混亂。

窗外，煙火絢爛綻放，讓這個寒冷的冬夜變得溫暖而多姿。

周修林看著她一副怔怔的表情，笑了。

「那麼多女星想勾引我，都沒有成功，唯獨妳成功了！」

姜曉的眸光閃閃，臉紅耳赤。周修林瞇著眼，唇角尋著她的，吻過她的鼻尖，她的唇角，唇齒交流，他的手滑進她那寬鬆的毛衣。

姜曉明知道自己聽到了什麼，可是大腦好像失去了控制。他是故意的，故意讓自己得逞？難道說他……喜歡自己？

姜曉喘著氣，「周修林——」這是在家裡，爸爸媽媽，爺爺奶奶都在。

周修林嘟囔著，「我在。」

「曉曉。」周母端著一杯醒酒藥推門進來，見到兒子抱著兒媳婦，姿勢親昵到讓她覺得刺眼。她也萬萬沒想到會是這般情景，心裡暗罵著周修林，臉上卻裝作雲淡風輕。

「曉曉，這是醒酒藥，妳讓修林喝掉這個。我看他醉得不輕！」

姜曉紅著臉，「媽媽，我知道了。」

周母咬牙，看著罪魁禍首周修林，恨不得上去抽他兩下，「你們早點休息啊，曉曉這懷著孕呢，都快生了。」

姜曉抿著唇角，羞愧得想要鑽進地洞裡，周修林則突然有點頭痛。

周母一離開，姜曉抬手打了周修林幾下，「都怪你！都怪你！」

周修林揉了揉臉，也滿是無奈。「好了，好了。」

姜曉：「我明天怎麼見媽媽啊！」

周修林笑著，「下次記得鎖門。」

姜曉：「……」

周修林嘆了一口氣，「我只是想親親妳而已，媽媽想多了，嗯？」

她不想搭理他，起身去拿手機，周修林只好去洗澡。

姜曉滑著微信，高中、大學同學都在群組裡傳了祝福，姜曉每個群組都傳了訊息，又在朋友圈發了一條：

『祝大家在新的一年，順順利利，開開心心，大紅大紫。』

很快就有人回覆她了。

黃婭：哈哈哈。

李莉：加油！

趙欣然：大紅大紫！新年快樂！

蔣勤：祝闔家歡樂！

這時，微信又跳出一條訊息，顯示來自：晉仲北。

晉仲北的頭像是一隻大金毛，姜曉猜是他家養的寵物。

晉仲北：聽說妳去美國進修了，回國了？

姜曉看著那一行字，心裡突然一陣緊張，踟躕了片刻才回道：明年暑期回來。

晉仲北：好！新年快樂！

姜曉咧著笑著：新年快樂！

她的心裡滿是溫暖。晉家的人很好啊。

周修林洗完澡出來的時候，就看到姜曉捧著手機，嘴角掛著淺淺的笑意，微微失神。

他走過去，拍拍她的肩頭。

周修林擦頭髮的動作一頓，「他？說了什麼？」

姜曉抬首，雙眸又黑又亮，「你知道嗎？晉仲北傳了訊息給我。」

「祝我新年快樂。」姜曉彎著眉眼。

「是群聊吧。」周修林漫不經心地回道。

「不是。」姜曉為了證明把手機遞到他眼前，「你看，這是單獨傳的。影帝其實很親民。」

周修林嘴角淡淡一瞥，「我看是別有居心。」

姜曉不以為意。她對晉仲北的印象非常好，在她眼底，晉仲北是正派的象徵，還是有點小粉絲感情在裡面。她覺得晉仲北會傳訊息給她，那就是看中她的實力。

姜曉又看了一會兒，晉仲北在朋友圈傳了一張煙火的圖片。她點了一個讚，就去和林蕪私聊了。

晉仲北的微信周修林也有，他自然看到了姜曉的點讚。

十點半左右，周修林也傳了一張圖，下午奶奶寫的「福」字，當時奶奶讓他幫忙拍的。只可惜，這張圖有莫以恒、蔣勤、晉姝言點讚，就是沒有姜曉的。

次日一早，姜曉下樓的時候，在樓下餐廳碰到周一妍。

長輩們都還沒有起床，客廳裡只有他們，氣氛有點尷尬。周一妍端起杯子喝了一口水，目光落在她的肚子上。她看了很久，久到姜曉都覺得有些害怕。

「我沒想到妳竟然和晉仲北成了朋友，還加了微信。」

姜曉有些後悔，昨晚一時衝動。

周一妍扯了一抹笑，「不過妳本來就厲害。」說完，起身拿著包包出了門。

姜曉感覺到周一妍的變化，她依舊不喜歡她，不過人卻變了，不再像以前那麼浮躁。演藝圈真的能改變一個人。姜曉唏噓不已。

過完春節，轉眼到了春天，春暖花開，天氣暖和了不少，離姜曉生產的日子越來越近。姜曉還是有些害怕，只是她嘴上什麼也沒有說。這段時間，周母對她也很好。周修林也把三月的工作計畫都調開了，儘量留在晉城。

早上他出門前特意囑咐阿姨，讓她好好照顧姜曉。他今天上午要出席電影《年華》的記者會。

《年華》已經開始宣傳，大概五月一日上映。梁月和一眾主演坐在舞臺中間，記者的問題層出不窮，關於她的復出、關於電影等等。

直到娛樂週刊的記者問道：「梁老師，上一次我們拍到的照片，照片中的女孩子和您是什麼關係？不知道方不方便透露一下？」

主持人立馬接過麥克風，「抱歉，請——」

梁月盈盈一笑，「她是我的女兒。謝謝大家關心，也請大家不要過度關注，讓她有一個普通的成長環境。」

記者會現場瞬間就炸開了。

「梁老師，您和晉導保密得真好。」

梁月笑著，「我也是一個普通母親，不論如何，只是希望我的女兒能夠平安快樂。」

這則新聞馬上上了各大頭條。一時間，演藝圈都熱鬧起來，所有人都在討論晉家的女兒。上輩子一定是拯救了銀河系，這輩子才能出生在這樣的家庭。很快地，有些微博知名帳號傳出了一組晉姝言的攝影作品，一瞬間又掀起了一波熱潮。人家不僅出生好，更是攝影大師。

姜曉也看到了今天的微博熱搜——梁月女兒。她看了很久，每一條微博都沒有放過。肚子隱隱作痛時，她才反應過來，連忙叫了喬阿姨。

喬阿姨吃驚地喊了一聲，「這是要生了！」

姜曉也隱約猜到了，她上過課，知道這時候的種種反應，應該是小豆芽要提前出生了。肚子一抽一抽地疼，疼得她緊緊地扣著沙發。她咬著唇角，一直強忍著。

竟然提前一週，上天保佑小豆芽平安出生。

喬阿姨趕緊打電話給周修林，一邊安慰姜曉，「沒事的，沒事的，我現在就打電話。」

心情混亂又糟糕，姜曉慢慢平復自己的情緒。

電話是蔣勤接的，他一聽到喬阿姨說的話，臉色瞬間一緊。也顧不得裡面的情形，趕緊進去找周修林，周修林正和幾個大電影公司的老闆商討下半年即將要開拍的電影。

蔣勤走到他身邊，壓著聲音，「周總，夫人要生了。」

周修林原本平靜的一張臉瞬間萬變，他倏地起身，「各位，我還有點事，先走一步。」

眾人面面相覷，只看著他匆匆而去的背影。

東都影業的衛揚開口：「我還是第一次見周修林慌亂的樣子，真是有趣。噯，你們誰知道到底發生什麼事了？」

華麗影業的趙總看了一眼他右側的莫以恒，「莫總，有什麼消息？」

莫以恒抬抬眼皮，「估計是他女朋友找他吧。」

眾人：「周修林什麼時候有女朋友的？」周修林簡直是他們圈子裡的一朵「奇葩」，出去玩都獨身一人，即使有美人投懷送抱，他也是冷冰冰地把人打發掉了。

莫以恒搖搖頭，「地下戀情。」

於是乎，關於周修林女友的這條八卦就這樣傳來了。

周修林邊走邊打著電話，聲音低沉，「曉曉，我現在就回去，很快，妳不要害怕。」

姜曉還有力氣，咬牙說道：『我不怕。』聽到他的聲音，她莫名地感到了安穩。沒事的，她現在有周修林，以後會有孩子，她再也不是一個人了。

周修林緊握著手機，步伐急促，一路走過似有疾風掠過。蔣勤第一次發現，原來他們的周總，也會緊張到手抖。

這時，梁月正在接受東方週刊記者的獨家採訪，餘光看到了周修林的身影，她稍稍一頓。

「抱歉，稍等一下。」

她連忙追上去，「周總。」

周修林的腳步沒有停下，他一直聽著手機裡的動靜。

梁月加快腳步，攔下了他。

周修林擰著眉頭，對蔣勤說道，「司機的車開過來了嗎？」

蔣勤回道：「剛聯繫過，一分鐘就到門口。」

周修林看著梁月，「梁老師，抱歉，我現在有急事。」

梁月微微詫異，「需要幫忙嗎？」

「謝謝，我自己能處理好。」

「那好，改天我再找你。」

周修林點點頭，大步而去。

二十分鐘後，周修林趕到家中，姜曉的情況還好，他暗自鬆了一口氣，擦了擦她的額角，他的下巴繃得緊緊的，說話的語氣比平時要僵硬，「小傢伙真是調皮！害我們這麼緊張。」

姜曉朝他扯了扯嘴角，「你怎麼這麼快就回來了？」

周修林低下頭吻了一下她的鼻尖，「妳別說話，省著一點力氣。」

姜曉笑了，一手摸著肚子，「小豆芽是等不及想出來了。」

周修林應了一聲，「別怕，我會一直陪在妳身邊的。」

淚水悄然滑落，原來她並不如表面那麼堅強，她緊緊地靠在他懷裡。

周修林第一次在她身上看到了脆弱，是那麼的無助。他的下巴蹭了蹭她柔軟的髮旋，安撫著她。

到了醫院，經過一番檢查後，姜曉沒有那麼快生，還需要等待。她在之前就和周修林商量過，能自然產就自然產。周修林諮詢過醫生，姜曉的身體體質很好，孕期又一直有在鍛煉，自然產沒有問題。只是她必須忍著疼，直到宮口張開十指左右，孩子就可以生下來了。

周父周母接到消息後也立馬過來了，兩人都有些緊張。這個時候，姜家沒有人在，也只能靠他們了。

周母：「前兩天檢查時不是還好好的嗎？怎麼突然提早了？」

周修林擰著眉，「醫生說可能是姜曉太緊張引起的。」

周母嘆了一口氣，「好了，我去陪她說說話。」

周母生過兩個孩子，她說的話，姜曉倒是能安心一點。女人生孩子就像經歷一次鬼門關，這話不假。姜曉是稀有血型，醫院也早早準備好了一切。不怕一萬，就怕萬一。

一直到傍晚，暮色降臨，姜曉終於進了產房，周修林也換了衣服陪產。他說他會陪著她，便不會食言。

周母拍拍她的手，「孩子，別怕，我們都在外面。不會有事的，張醫生是最好的婦產科醫生。」

姜曉眼角濕潤，深深地望著周母，一串淚水突然從眼角滑過，冰冰涼涼的。她想說一聲「謝謝」，可終究沒有說出口。

♀♂

新的一年，新的開始，新的人生。

醫生抱著小豆芽，告訴他們，「三點一公斤，是個男孩。」

姜曉眨眨眼，喉嚨哽得難受。她從來沒有想過，二十三歲就當了媽媽。

媽媽，一個很溫暖的詞，可是也意味著責任。周修林一直握著她的手，他緊繃的臉色終於緩和，眼底淨是心疼。他細細擦著她臉上的汗水，聲音低沉又夾雜一絲喜悅，「曉曉，謝謝妳。」他不再是平日的雲淡風輕，亦或者嚴肅冷厲的形象。他只是一個普通的丈夫，一個普通的父親。

醫生讓他們看了一眼孩子，就抱著孩子去清洗了。

姜曉的精神終於鬆懈下來，身體被汗水濕了一遍又一遍，全身的力氣都被抽光了，倦意重重襲來，卻緊張地叮囑他，聲音沙啞，「你看好小豆芽，不要讓人抱錯了。」

周修林忽然想笑，握緊她的手，輕輕吻過她眼簾處未乾的淚痕，堅定地說道：「好。」

小豆芽哪需要他看，他的爺爺奶奶會看好的，現在他只想一寸不離地守著他的女孩。

這一覺，她睡得迷迷糊糊，身上痠痛。她似夢似醒——又夢到媽媽了，這一次她看清了她的臉，那張臉讓她怔住了。

她喊了一聲，「媽媽。」

可是，媽媽卻冷冷地看著她，「我不是妳的媽媽。」

「媽媽——」她用力地喊著。

「我不是妳媽媽。」說完，媽媽就走了。

她著急地想追，可是她怎麼也跑不動。耳邊有個溫潤熟悉的男聲喊她，曉曉、曉曉。

姜曉慢慢睜開眼，周修林站在床頭，雙眼通紅。四目相視，他的眼神是那麼溫柔。「妳作夢了。」

夢是冰冷的，可現實卻是滿滿的幸福。一夜之後，當她醒來時，她的先生守著她，她的兒子睡在她的身旁，姜曉從未有過的滿足。

小豆芽穿著藍色的嬰兒服，小小軟軟的，巴掌大的臉，嘟著小嘴巴呼吸著。

一瞬間，她的心像被什麼戳了一下。

周修林倒了一杯溫水，「先喝點水，再吃點東西。」

姜曉只看著小豆芽，細長的眼睛，小小的嘴巴，小腳丫可愛極了。她忍不住親了一下孩子的額頭，生命真新奇。她實在不敢想像，小豆芽在她肚子了待了九個多月，眼淚不受控制地掉下來。

周修林看到了，「怎麼哭了？還疼？」

姜曉吸著鼻子，是很疼，可是她覺得值得，心中滿是感動。這個與她骨血相連的孩子，她終於明白了當母親的心情。

——怎麼能狠心不要自己的孩子呢？

周修林拿著水杯餵她喝了一些水，又細心地餵她吃了一點東西。

姜曉的心全在小豆芽身上，「周修林，你看小豆芽一點也不像我們啊。」

周修林一夜未睡，不是看她，就是看小豆芽。「像妳。」

姜曉詫異，「哪裡像我？」

周修林抬手點了點她的嘴巴，一臉認真，「嘴巴像妳。」

姜曉倒是沒有看出來，「怎麼會這麼小啊？你看他的手。」她輕輕伸出自己的手去觸碰小豆芽的，小豆芽好像感覺到了什麼，突然抓住了她的手指。

「呀！你看他抓我了，還挺有力的。」姜曉笑著，眼底滿是歡喜。

周修林斂了斂神色，「好了，妳先好好休息。」

姜曉搖搖頭，「我一點都不累。」

「聽話。」

姜曉乖乖地躺下來，目光定在他的身上。平時衣冠楚楚的周大老闆今天的襯衫皺了，髮型也亂了。「你是不是還沒有睡啊？」

周修林理了理她額角的碎髮，「我不睏。」

姜曉彎著嘴角，「周修林，我真的很高興。真高興，小豆芽是我們的孩子，好像我人生所有的缺失都不重要了。」

周修林嗯了一聲，他也很高興，因為小豆芽是她為他生的孩子。

姜曉沉默了片刻，忍不住問道：「他要睡多久啊？」

周修林唔了一聲，「餓了自然會醒，現在除了吃就是睡。」

姜曉噗哧一笑，「真好。周修林，名字你想好了嗎？」

周修林望著她，「思慕，思念的思，愛慕的慕。周思慕。」

窗外陽光正好，春風暖暖地吹拂著，鳥兒在枝頭嘰嘰喳喳地叫著。一切都是剛剛好。

姜曉眼底一熱，輕輕念著名字，「周思慕，思慕啊，很好聽，我很喜歡。」

她盯著他，舔了舔乾澀的嘴角。難道他發現了她思慕他？

周修林的嘴角浮過一抹笑意，疲憊一掃而光，「妳喜歡就好。」

周父周母對周思慕的名字沒有太大的意見，反正是孩子的爸爸取的，爺爺奶奶能有什麼意見。

♀♂

三天後，姜曉出院回家，周母請了一位專業的月嫂來照顧姜曉和孩子，加上順產的關係，姜曉恢復得很快。每天和孩子作伴，倒也不會覺得時間過得快。小孩子一天一個樣，周思慕小朋友真的越長越好看，她簡直對小思慕愛不釋手。

半個月後，周一妍過來看孩子。一年了，這是她第一次到他們的住處。她戴著墨鏡口罩，保密工作做得很嚴，表情依舊冷若冰霜。姜曉看到她略微詫異，她以為她不會來。

周一妍開口，「我不是來看妳的。」

姜曉：「我知道。」

周一妍彎下腰，靠近小思慕。小思慕正在熟睡，樣子十分乖巧。她伸出手，剛要摸摸小思慕的臉蛋，被姜曉叫住了。

「噯，妳的指甲會戳痛思慕的。」

周一妍的手懸在空中，姜曉的目光緊盯著她。哼，不就是生個兒子嗎！她還不想碰呢，她迅速收回手，從包包裡拿出一個禮盒，隨手放在床頭。「給思慕的禮物。」

「謝謝。」

「我是他的親姑姑。」

姜曉點頭，她沒否認過。

周一妍深深地看了她一眼，「我聽說妳還要回華夏工作？當經紀人？」

「是的。」

「我真不明白，妳到底圖什麼？嫁給我哥哥，妳什麼都有了。」

「妳不也什麼都有了，妳為什麼要演戲？」

周一妍被她問倒了，「這是我的夢想。」

「那也是我的夢想。」她淺淺回道。

周一妍皺了皺眉，她不再多言也不便久留，轉身就走了。

姜曉對周一妍對她的態度一點都不在意。經歷過生產，她也看透了一些事。人與人之間的感情很奇特，很多事改變不了，就不如不去在意，過好自己的人生才是最重要的。這個世界總有不喜歡你的人，也會有愛你如生命的人。

小思慕睡覺的時候，她便開始忙自己的工作。

喬阿姨見她在工作，還詫異了一下。「思慕這麼小，妳真的要去上班？」

姜曉說道：「大部分女性都這樣啊？產假也就三個月。」

喬阿姨：「可妳不一樣啊。」

姜曉笑著：「我和她們一樣，我們都是母親。」她知道喬阿姨的意思。可是周修林再有錢，那也只是他的錢。她對錢沒有太多追求，更在意的是自己精神上的滿足。當然，她會把工作和家庭的時間都處理妥當，儘量多抽時間陪思慕，她從小缺少的東西，她不會讓思慕缺少的。

周母聽說她準備六月開始工作，第二天過來時，就找機會和姜曉談了談。

周母的意思是，希望姜曉能等思慕一歲時再去工作。

姜曉沉默片刻，「媽媽，我和修林已經商量過了，我不會因為工作疏忽思慕的。」

周母見她態度堅決，「你們啊，個個都這麼有主見，隨便你們吧。」

姜曉回道：「媽媽，很抱歉。」姜曉感覺得到周母有點生氣。

晚上，周修林回來，脫了衣服，洗了手去看小思慕。

小思慕剛洗完澡，姜曉在幫他抹痱子粉。小傢伙睜著一雙大眼睛，眼珠轉來轉去，大概是姜曉的手法讓他很舒服，他哼哼唧唧的。

周修林看著小傢伙一臉享受的模樣，也幫忙抹痱子粉。「思慕的皮膚好像變白了。」

姜曉忙不迭地點頭，「對啊，眼睛也變大了。」她思量著該怎麼和周修林說。

周修林察覺到她的變化，「想說什麼？」

「媽媽知道我要去上班的事了。」

周修林逗著小思慕，「她怎麼說？」

姜曉聳聳肩，「她有點生氣。」

周修林側首，「過一段時間就好了，不用在意，代溝問題不可避免。」

姜曉沉默了片刻，「你會不會覺得我太狠心了？思慕還這麼小。」

周修林失笑，「思慕又不是妳一個人的，妳這麼說，我也該不上班，在家陪著他？」

姜曉沒想到他會這麼說，她突然笑了。「讓你當個家庭主夫，且不說是大材小用，圈子裡不知道會有多少小花傷心。」

周修林還是第一次聽她這麼說，他展開雙臂，把她圈在懷裡，「什麼小花？」

姜曉張了張嘴巴，話語咽了下去。

周修林揚聲問道：「吃醋了？」

姜曉才不會承認，「還沒有幫思慕按摩啊。」

周修林唔了一聲，嘴角貼著她的耳邊，「還有半個月思慕就滿月了。」

姜曉一抬頭，就對上他深沉的目光，她的心隨之震了一下。臥室裡突然升起了一抹曖昧的氣息。燈影下，她和他的影子交疊在一起，親密無間。姜曉推了推他。誰知道，他的手禁錮住她的腰，低下頭，直接封住她的唇。

「哇——」一聲洪亮的哭聲瞬間響徹臥室。

第九章　有你在我身旁

周思慕滿月那天，只請了周家的近親。姜屹在敦煌，原本要回來，不過後來又被一些事打斷了原來的計畫，終究沒辦法回來。姜曉傳了小思慕的照片給他，姜屹看到後，熱淚盈眶，久久無語。一個月後，他寄來了一幅畫給姜曉，名《新生》，送給思慕。

思慕的滿月酒人不多，但也是熱熱鬧鬧一堂。親戚們都要抱抱他，小傢伙樂呵呵的，誰抱都不鬧，惹得長輩們直誇讚，「這孩子像極了修林小時候。」

只是周母還是有些不高興，畢竟有了孫子，還不能熱熱鬧鬧辦一場，她是個愛熱鬧的人，心裡或多或少覺得有點可惜。而且啊，還不能告訴外人！姜曉又不是藝人，有必要保密嗎？

大概是婆婆和兒媳總有一些說不清道不明的小嫌隙，縱使是周母這種書香門第的婆婆也避免不了。

周修林在周家有很大的發言權，他決定的事基本上沒人可以左右他。既然他決定不對外公布，周父周母也不好再提什麼意見。不過，站在周修林的立場細想一下，不公布思慕的身分也是好事，也避免外人的窺探。

周一南和周一北特別喜歡小思慕，一直圍著嬰兒車。兩個孩子被教育得很好，不吵不鬧，規規矩矩。

一南：「小寶寶這麼能睡啊。」

一北：「思慕的小腳丫好軟啊。」

一南：「我也想要個小弟弟了。」

一北：「媽媽不會生的，妳別想了。」

姜曉好笑，現在的小學生真會聊天。

一南又把話題轉向姜曉：「姊姊，妳和哥哥什麼時候再生個小妹妹啊？」

一北接著說道：「我也喜歡小女孩，這樣我可以送她很多娃娃。」

雙胞胎一臉期望地看著她，姜曉笑容的凝滯了。「這個大概要等思慕再大一些，我和哥哥再計畫生個妹妹。」

雙胞胎點點頭，「好，那你們要加油啊！」

姜曉的嘴角抽了抽，坐在一旁的周修林嘴角翹起了一抹弧度。

周修澤問道：「大哥，你笑什麼？」

周修林睇了睇眼，沒說話。

周修澤順著他的目光望去，姜曉正在逗思慕，光影籠罩在她周邊，那麼的溫柔美好。「大哥，為單身狗留條活路吧。」

周修林收回視線，看了一眼堂弟，「你不是有很多學妹傳訊息給你？」這是一南一北拿周修澤手機玩遊戲發現的，後來小女孩說漏了嘴，全家人都知道了。

周修澤抽了抽嘴角，「大哥，爺爺奶奶在叫我，我過去一下。」

周修林起身走到姜曉身邊，「修澤說要幫我們拍全家福。」

姜曉應了一聲，嘴角浮出一抹微笑，心裡滿是幸福。

思慕咿咿呀呀地哼著，小手揮來揮去。周修林伸出手，思慕的眼睛立馬轉向爸爸。周修林抱起他，姿勢標準。姜曉抿嘴一笑，現在的他，奶爸的氣質渾然天生，不知道要是讓演藝圈的人看到會是怎樣的情景。她怔怔地看著他，周修林回頭正好對上她的視線，氣氛一片寧和。

他說：「走吧。」她跟在一旁。

晚上，在回去的路上，思慕已經熟睡了。姜曉抱著小思慕，周修林坐在她的旁邊。車子平穩前行，紅燈時，姜曉瞥過頭，看到路邊的招牌上正是《盛世天下》的宣傳海報。

《盛世天下》已經在黃金時段熱播中，同時，也在網路平臺同步直播。首播第一天的收視率達一點八，第二天二點一，一週後，收視率已經躍居第一了。晉仲北和程影隨著劇集播出，人氣直線上升。無疑《盛世天下》對兩人來說，又是一部錦上添花的好劇。

「晉仲北和影姊真的很配。」姜曉感慨。

周修林倒是不以為然，「程影對晉仲北有好感，但是晉仲北只是把她當知己。」

姜曉也看得出來，「不知道晉仲北喜歡什麼樣的女人？」

周修林不感興趣，他轉開了話題，「妳來帶宋譯文怎麼樣？」

姜曉微微吃驚，「宋譯文？」

「以妳現在的資歷，華夏的一線藝人是不會要妳當經紀人的。」周修林直說道。

姜曉眼角一抽，「每個經紀人都是一步一步走出來的。張瑜（程影的經紀人）也不是靠著自己的實力，才有如今第一經紀人稱號嗎？」

周修林抿嘴一笑，「妳不知道她先生是徐臺長？」

姜曉：「……」

周修林隱忍笑意，「姜大經紀人，期待妳的表現。」

姜曉思索片刻，「周修林，我回到工作崗位之後，你不用特別照顧我。」

「妳的特別照顧具體是什麼？」

姜曉唔了一聲，「不用讓我走後門。」

周修林挑眉：「我的後門可不是那麼容易走的。」

姜曉睨了他一眼。

周修林微微低下頭，「其實，我想要個女兒。」

姜曉：「……」

周修林壓著聲音，「不知道什麼時候能幫思慕添個妹妹。妳說等思慕大了，是幾歲？」

姜曉臉色頓時漲得通紅，「你偷聽我們說話？」

車裡光線昏暗，周修林一臉愜意自得，當時聽到她說的那句話時，他心底軟得一塌糊塗。

「我當真了。姜曉，希望妳早日兌現，要給孩子們做好榜樣啊。」

他握緊了她的手，溫暖有力。

窗外萬家燈火，如今終於有一盞是她的。她望著他，目光流轉，情意綿綿。夜色在一盞盞白玉蘭燈的照應下，那麼溫柔。

時光最美的安排，是將你送到了我身旁。

♀♂

三年後，又一年三月，晉城的春天比往常要溫暖了許多。

而演藝圈的今天，當紅小鮮肉宋譯文和周一妍被狗仔爆出一組深夜街頭相擁的照片，短短半個小時就已經刷爆了各大平臺。姜曉看到新聞後，她的心跳直線加速。三年來，她用盡了資源才把宋譯文推上了一線流量小生。如今被狗仔爆出照片，真是讓她措手不及。

宋譯文怎麼會和周一妍在一起？這到底是什麼時候的事？這兩人竟然在她眼皮底下暗度陳倉。

宋譯文上一次發的微博評論轉眼已經過了二十萬條，粉絲們都在問這是不是真的，有的粉絲憤怒地跑到周一妍的微博下留言辱罵。總之，這一對被爆出來，並沒有受到大家的祝福。

姜曉氣得想立刻衝到宋譯文面前，狠狠地把他罵一頓。在這時候鬧事，她好不容易幫他談到的下一部男主，他是不打算要了！

姜曉趕緊召集工作室的人開會。

「以工作室的名義發一則說明，宋譯文和周一妍是好朋友，兩人沒有談戀愛。」

「和一些媒體聯繫一下，讓他們不要轉發。」

「另外，通知譯文假期結束，讓他明天回來。」

交代完一切，姜曉揉了揉眉心，疲憊地坐在沙發上。周一妍真的和她扛上了嗎？她手裡帶的幾個藝人，目前發展最好的就是宋譯文了。

這時她的手機響起來，是周修林打來的。

一直以來，她都用 John 來代替周修林。他們一直以為 John 是她在國外留學的男友。

接通電話，那邊傳來了一個軟軟的小奶音。

『媽媽，妳什麼時候到家啊？』

姜曉的嘴角瞬間彎起來，所有煩躁一掃而空，「媽媽馬上就回去了，四十分鐘好不好？」

『媽媽，慕慕在家等妳，妳慢慢開車。』

姜曉的心都軟了，「爸爸呢？」

『爸爸在榨果汁給慕慕喝，媽媽，有妳愛喝的草莓汁喔。』

姜曉笑著又和思慕說了幾句才掛電話。

時間過得真快，一轉眼都三年了。今天是思慕的生日，她先開車去蛋糕店取了蛋糕，到家的時候晚了十分鐘。

思慕幫忙開門，小小的人兒一眨眼就從一個小嬰兒長大了。他像周修林，又像姜曉。穿著早上姜曉幫他選的衣服，V領針織衫配著黑色的哈倫褲，十足的小帥哥。

「媽媽～」

周修林從她手中接過蛋糕，「慕慕已經問了我十幾遍媽媽什麼時候到家。」

姜曉彎腰抱起思慕，一直走到客廳的餐桌才將他放下來。

周修林意味深長地問道：「忙壞了吧。」

姜曉嘆了一口氣，「算了，天大的事，今天都不管，慕慕的生日最重要。」

周修林今天一天都沒有去公司，他是大老闆，想怎麼樣就怎麼樣。姜曉可是幫他打工的，可不能像他這樣自由。

思慕甜甜地笑著，指著桌上的果汁，「媽媽，喝果汁。」

姜曉喝了一口，味道純正，周修林做什麼都好。她看著周修林，問道：「你們上午去遊樂園，人多嗎？」

周修林：「工作日不多，不過也就玩了幾個項目。妳兒子說遊樂場的項目太幼稚。」

姜曉眼角抽了抽，「小孩子不喜歡玩這些，那玩什麼？」

周思慕仰著大腦袋，一臉認真地說道：「要和媽媽一起看電視劇。」

姜曉：「……」

周修林似笑非笑。

思慕每年生日，姜曉和周修林都陪著他。這一天，他們會拍照。周修林負責下廚，姜曉買蛋糕。周修林和姜曉的工作都很忙，不過，兩人都儘量抽出時間陪周思慕。

姜曉今年幫周思慕買的是一個小書包。她和周修林商量好了，思慕過完生日，就送他去上幼稚園。當然，兩人也徵求了周思慕的意見。

周修林買了兩份禮物，一份給思慕的，是一套兒童版的世界百科大全。另一份給姜曉，是一個精緻的禮盒。

姜曉好奇：「是什麼？」這三年，每年她都會收到周修林的禮物，思慕的生日，她也跟著沾光。

周思慕抿了抿嘴巴，「我猜是項鍊。」

周修林的眼角微微抽了一下。

姜曉慢慢打開，果然是一條項鍊，一看就價值不菲。「慕慕真厲害。」

周思慕咯咯笑著，「因為昨天，我看到爸爸拿出來看。」

姜曉望著周修林，眼底笑意漸深。「周修林，慕慕的眼力很好喔。」

周修林抬手揉了揉周思慕的小腦袋，「思慕，過完生日，你就三歲了，三歲是小男人了。」

「嗯。」周思慕挺直小身板。

「以後要一個人睡了，知道嗎？」

周思慕眨著眼睛看著周修林，「可是我是小孩，小孩會怕黑。」

「兒童房有燈。」

「可是我想和媽媽一起睡。」

姜曉嘻嘻一笑，「我不反對。」

周思慕得意洋洋，「媽媽，我愛妳。」

姜曉親了他一口，「媽媽也愛你，寶貝，我們插蠟燭唱生日歌。」

晚上，姜曉為小朋友講了兩個睡前故事，周思慕甜甜地進入夢鄉。

周修林從書房回到臥室，思慕睡在大床中間。那張床很大，三個人睡在一起都不嫌擠。周修林輕輕抱起思慕，將他放到一旁的小床上。小床四周都有圍欄，很安全。安頓好小傢伙，他才上床，將迷迷糊糊的姜曉往懷裡帶。

他吻了吻她的額角，「怎麼這麼睏？」

姜曉意識混沌，懶洋洋地問道：「一妍怎麼會和宋譯文在一起？」

周修林也是今天才知道這件事。「不清楚。」周一妍這三年演了很多劇，電影、電視劇都有，可始終沒有大紅，也只是混一個臉熟，大概沒有紅的命。

姜曉推了一下他，「熱。」

周修林沒有再給她說話的機會，熟練地解了她的睡衣釦子，又褪下了白色蕾絲內褲。

♀♂

姜曉一直覺得自己和周修林結婚，是她占了大便宜。有了帥氣多金的老公，還有俊俏聰明的兒子，一個幸福的家庭，事業蒸蒸日上。不謙虛地說，她已經是人生贏家了。

晚上，一家三口睡在一張大床上，小豆芽躺在中間，非得靠著姜曉才肯睡。

周修林問道：「睡著了？」

姜曉輕輕應了一聲，抬手摸摸小豆芽的臉蛋。

周修林的眸子蒙上了一層細碎的光澤，「明天開始讓他一個人睡，好不好？」

姜曉心有不捨，「他還小啊。」

周修林起身把小豆芽抱到了床邊，床沿有護欄，也不用擔心小豆芽會掉下來。

平時高冷的周修林，也只有她知道他的這一面。有時幼稚起來也不比他兒子好多少。

夜越來越深，姜曉累極了，後面的事都交給周修林處理了。洗澡的時候，她連眼皮都睜不開。軟綿綿地靠著他，反正已經不是第一次了。

她想，明天還是讓小豆芽開始獨立吧，不然她的腰都要直不起來了。

忙完之後，周修林抱著她回房間，聽見她迷迷糊糊地說，「你明天自己和小豆芽說啊。」

他吻了吻她的嘴角，什麼話都沒有說，安頓好她，他又走到小豆芽那邊。小傢伙四仰八叉地睡著，憨憨的模樣，越發讓人疼愛。

有妻兒相伴，還有什麼比這更好的呢？他已經三十一歲了，圈子裡對他的私生活越來越關注。什麼樣的傳言都有，他從不解釋。不久的將來，他會帶著姜曉和小豆芽一家三口出現在公眾場合的。

第二天，周修林先把周思慕送到父母家，以後思慕上學放學就交給周父周母了。

周修林幫思慕找的是晉城一所國際雙語幼稚園，教學環境各方面都非常先進，重點是幼稚園非常注重孩子家庭的隱私。周母周父教育孩子有他們的一套，不過，對周思慕到底不像對周修林那樣嚴苛，隔代親真的不假。

「爸爸，你幫我拍張照。」

「拍照做什麼？」

「傳給媽媽啊。我上幼稚園了，媽媽會想我的。」

周修林暗笑，拿出手機。

「爸爸，你要幫我拍得帥帥的。」周思慕舉起手，比了一個傻萌萌的剪刀手。

周修林拍好了照片，「滿意嗎？」

周思慕認真地看著照片，「慕慕真帥！」小傢伙不知道什麼時候學會用微信的，自己傳給了姜曉。

傳完照片，他揹上他的小書包，乖乖地和周修林揮揮手。「爸爸，掰掰。」

周修林不禁搖頭，臭小子小時候半夜不睡覺，可都是他抱著哄。等長大了，心裡完全沒把老父親放在心上。他抬手理了理他的衣服，「在幼稚園要聽話。」

「知道啦。」小傢伙嘀咕著。

姜曉來到工作室，宋譯文也連夜回來了，臉色灰暗，精神略顯疲憊，還是受到了戀情曝光事件的影響。

姜曉望著他，問道：「你和周一妍是怎麼回事？」

宋譯文一身休閒裝，他身形高大，五官俊美。儘管演藝圈從來不缺俊男美女，但是他這種外在條件在圈內也是數一數二的。

「男女朋友。」

他倒是承認得坦然。姜曉呼吸一緊，「你看到網路上的消息了嗎？」

宋譯文點點頭，「看了。」

姜曉突然覺得有幾分疲憊，「你知不知道，這時爆出你戀愛的消息，對你的影響有多大？」

宋譯文當然明白，他一手插在口袋裡，語氣淡淡的，「抱歉，我也沒想到會被拍到。」

姜曉頭疼，「我讓人查了，是東華那邊找記者拍的。」宋譯文下一部戲是正劇，男主的競爭對手是東華一哥，最終姜曉幫他談下了角色。東華氣不過，找人爆了宋譯文和周一妍的事。

宋譯文擰了擰眉，「爆就爆了吧，我本來就打算過一段時間要公開。」

姜曉：「……」真是皇帝不急，急死太監！

宋譯文抿了抿嘴角，「一妍都和我說了，妳和她以前是高中同學。」頓了頓，「妳和她關係不好。」

姜曉簡直不敢相信自己的耳朵，她輕笑一聲，「是不好，言歸正傳。」她不想在這上面浪費時間，「工作室已經發了聲明，你要是再承認，不是打自己的嘴巴嗎？」

宋譯文態度堅決，「我二十六歲了，有女朋友也很正常。」

「可你是藝人，你在這行就要遵守這個規矩。」姜曉亦是堅決，「宋譯文，你可以談戀愛，以後也可以結婚。但是你現在是華夏的藝人，你想就這麼放棄你這三年的努力？」

宋譯文抿了抿嘴角，沒說話。又是一個被愛情衝昏頭腦的人。

姜曉乾澀地說道：「不是讓你們分手。」

「妳的意思我明白，可我怎麼能為了自己，就不顧她的感受。」

每個人都有每個人的立場，似乎誰都有自己的理由。

兩人沉默了片刻，姜曉平靜地開口，「你休息兩天，記得下週你要作為嘉賓參加《助跑兄弟》，準備一下。你和一妍的事，我尊重你的選擇。」自己要走什麼樣的路，應該是自己的事。

宋譯文勾了一下唇角，「好。」

姜曉一個人坐在辦公室裡，突然間心裡一陣疲憊。宋譯文走後沒多久，姜曉接到了周一妍的電話。周一妍約她見一面，姜曉欣然答應。

這三年來，兩人在各路場合見過面，每一次都如同陌生人，沒有任何言語交流。

姜曉從一個不知名的小助理，如今成了圈內著名的美女經紀人。而周一妍演過很多劇，始終都無法大紅大紫。私下不少人嘲笑她，白費了那麼多好資源。

兩人在咖啡廳見面。姜曉先到，她幫自己點了一杯水，她怕喝了咖啡，晚上回去會更加睡不著。周一妍比約定的時間晚了十分鐘，她進來時戴著大墨鏡。

姜曉看著她摘了墨鏡，微微一愣，目光定在她臉上，幾秒過後她看出來了，周一妍開了眼頭，眼睛比以前更大了，雙眼皮也更寬了。相比喜歡素顏的她，周一妍現在的化妝技術更加精緻了。原本就好看的五官，在化妝技術的修飾下更好看了。

周一妍望著她，開門見山，「我看到譯文工作室發的聲明。接下來妳準備怎麼處理我和譯文的事？」她的姿態讓姜曉明白，周一妍心裡根本不擔心。

「我想宋譯文應該都告訴妳了。」

周一妍聳聳肩，她摸索著食指上的戒指。「妳不問問我，為什麼會和他在一起？」

姜曉勾了勾嘴角，「年輕男女相識擦出了火花，也是正常。」

周一妍輕笑，「嗳，我發現我真的無法喜歡妳。」

姜曉不動聲色：「但妳喜歡上了我的藝人。」

周一妍被噎住了，「妳以為我想嗎？要不然妳和譯文解除經紀人關係？」

姜曉臉色一冷，「可以啊，那就讓宋譯文和華夏提出解約，違約金照付。」

周一妍嗤笑，她從來就沒有把她放在眼裡，姜曉的話她自然也不會在乎，只是她在乎宋譯文。她來見姜曉，也只是想試探她一下。她必須有所準備，如果姜曉逼宋譯文和她分手，她肯定不會坐以待斃。「我也不打算公開，誰知道我和他以後會怎麼樣。」在這個圈子待久了，見過了太多分分合合，她對愛情也沒有太多的幻想。

「《我們戀愛吧》節目組找我，我打算和譯文一起去參加。」

姜曉皺了皺眉，「我不同意譯文參加。他現在的人氣根本不需要參加這種節目。」

周一妍挑眉，「如果他自己同意呢？」

姜曉暗暗握緊了手，「妳到底是喜歡他，還是想藉著他抬高妳的人氣？」

周一妍望著她，「那妳呢？妳嫁給我哥，到底是喜歡他，還是為了妳的目的？」

兩人針鋒相對，氣氛越來越凝重。

姜曉沉默片刻，「愛一個人不需要掛在嘴邊，不需要讓全世界知道，我和他知道就行了。」

周一妍皺了皺眉，「姜曉，我們握手言和。我和譯文的事，妳不要插手，我哥那裡我會去處理。」

姜曉從來沒有想過，有一天，周一妍會屈服於她。

周一妍：「譯文昨晚一夜未睡，妳知道他能走到今天不容易。」

姜曉扶額，那她就容易嗎？宋譯文現在是她手中最大的王牌。「其實問題不在我這裡。一妍，我從來不會要求我的藝人必須按我的要求做。路從來都是他們自己選的，而我只是盡我的力量去幫他們爭取適合他們的資源。」

周一妍怔忪片刻，忽而一笑，「姜曉，能跟著妳的藝人真幸運。因為妳什麼都不需要，妳能純粹地幫他們。」

她什麼都不需要嗎？

兩個人第一次心平氣和地說了四十分鐘的話。周一妍因為下午還要去拍寫真，時間到了她還得趕下一場。反正該說的話她都說了。

兩人一同從咖啡廳走出來。周一妍的車停在對面馬路旁，姜曉是搭計程車過來的，周一妍自然也不會提出要送姜曉回去。

離開了咖啡廳，姜曉打開手機正準備叫車，周一妍一抬頭就看到對面停著一輛黑色轎車，裡面的人正拿著相機對他們拍。

她咬牙說道：「有記者。」

姜曉沒想到記者會跟著這麼緊，「快走吧。」

周一妍的臉色很不好，大概是這兩天一直被拍。她轉身往車上走，七八公分的高跟鞋加上步履急促，腳下一下趔趄，突然間歪了一下，跌倒在地。記者連忙拍了下來，火速開車離開。

姜曉連忙上前，扶著周一妍，「妳有沒有事？」

周一妍咬牙，「沒事。」

姜曉看了一眼她的腿，「先去醫院。」

周一妍沒有硬撐，她知道自己大概是扭傷了腿。「姜曉，我不會因為這樣感激妳。」

「即使不是妳，換作任何一個人我都會這麼做，妳也別自作多情。」

周一妍心裡堵得難受。姜曉開著周一妍的車，一路沉默。周一妍先打電話給經紀人，告訴她剛剛的事，讓經紀人趕緊去處理，她不想再看到自己的照片被爆出來了。後來她打電話給助理告知她受傷的事，讓助理到醫院來。最後一通電話，姜曉以為她會打給宋譯文，沒想到卻是晉姝言。

「姝言，抱歉，我剛剛扭傷腳了，今天拍不了照片。妳不用來了，我處理好就回去。」

姜曉目光直直地看著前方，手不由得握緊方向盤。

到了醫院，醫生讓周一妍先去照X光。姜曉一直沒有走，等她的助理過來。沒想到，倒是先等來了晉姝言。看得出來，晉姝言和周一妍的關係真的不錯。

此時的晉姝言已經大學畢業，這兩年她在著名的《視覺雜誌》拍照，在圈子裡已經小有名氣。加上當年被爆出她是晉導和梁月的女兒，每一次只要她有作品上市，都會引起不少關注。

而姜曉向來低調，也是在這一年藉著宋譯文的名氣，讓她的名字傳開了。

晉姝言一步一步走來，遠遠地看到了她，「妳好，我是晉姝言，一妍的朋友。」

姜曉回道：「妳好，我是姜曉。」

晉姝言打量著她，遲疑道：「妳是周大哥的助理？」她還記得。

姜曉怔愣了片刻，彎起一抹笑意，平靜地說道：「以前是，現在我是宋譯文的經紀人。」

晉姝言微微一驚，隨即明白了什麼。「難怪這幾年都沒有看到妳。」

姜曉也沒有想到，晉姝言對她還有幾分印象。他們不過只有兩面之緣，「妳記得我？」

晉姝言面色溫柔，淺淺一笑：「三年前的夏天我們見過，當時妳和一妍他們家一起出來。」

姜曉莞爾，「妳和妳哥哥很像。」

提到晉仲北，晉姝言表情明顯又軟了幾分，「妳認識我哥哥？」可她怎麼從來沒有見哥哥提過她呢？

姜曉點頭，「我以前當過助理，在片場見過晉老師。」

「原來如此。」

兩人不著痕跡地打量著對方。晉姝言早已放下了當初那個想法，只是把姜曉當成華夏一個普通員工。安靜的走廊上，兩人簡單地交談了五分鐘。

姜曉說道：「晉小姐，公司還有點事，我先回去了。」

晉姝言點點頭，「有機會再見。姜小姐——」她還是叫住了她。

姜曉的腳步稍稍一頓，迎著她的目光。

晉姝言眸子微微沉了一下，「我覺得妳很眼熟。我沒有別的意思，只是覺得妳看起來很親切，第一次見到妳的時候就有這種感覺了。」

姜曉沉默了幾秒，突然笑了，笑容如春風一般溫和，「也有人說我長得很像夏嵐。」

晉姝言一愣，「妳這麼說，是有點像。」

姜曉：「再見。」

晉姝言進去找到周一妍，知道她沒什麼事就放心了。

「我剛剛在外面遇到妳哥以前的助理了。」

周一妍面色一緊，「妳們說了什麼？」

「沒什麼啊。妳怎麼都沒有告訴我，她現在是宋譯文的經紀人啊？」

「我們這個圈的人事本來就變來變去。」

晉姝言沉默了一下，「她為什麼不繼續當妳哥的助理啊？」

周一妍皺了皺眉，「姝言，我哥他……我哥他都三十一了。」

晉姝言點頭，「我知道啊。」

周一妍簡直想撞牆，「我的意思是，我哥他對妳來說，有點老了，妳才二十四歲。」

晉姝言那張白皙的小臉瞬間染起了兩抹紅暈。「一妍，妳和宋譯文談戀愛後，怎麼說話這麼直接啊？」

周一妍也不想說，雖然她不喜歡姜曉，但是總不能看好友跳進坑裡吧。這三年，她是看出來了，她哥和姜曉不可能分手，尤其是家裡現在還有個寶貝蛋周思慕，兩人更是不可能離婚。除非，他哥出軌或者姜曉出軌！這個可能性也很小。

「反正周大哥又沒有結婚？我現在也不急啊。」晉姝言輕輕說道。

周一妍重重地呼了一口氣，這真是一個難題。「妳爸媽就沒有催妳談談戀愛？」

晉姝言笑著，「妳忘了我哥嗎？他和妳哥一樣大啊，也是沒有女朋友。」

「沒有女朋友，不代表沒有女人。」

晉姝言微愣，「我大哥沒有，妳的意思是妳哥有女人？」

周一妍心中腹誹，何止是有女人，連兒子都有了。

晉姝言臉色沉了幾分，「周大哥不是這樣的人。」

周一妍搖搖頭，「伯母真是把妳保護得太好了。」也可能是她這幾年自己成熟了。「姝言，別這麼天真。我哥三十一了，他是個正常的男人。」

晉姝言咬牙，「妳最近是不是又和妳哥吵架了，怎麼都在抹黑他啊？」

周一妍：「……」

姜曉從醫院直接去了華夏。作為華夏當紅藝人宋譯文的經紀人，這一年，公司上下都知道她。尤其是去年公司年會，姜曉還得到一個優秀經紀人大獎。

那是周修林親自頒的獎。站在舞臺中央，周修林握著她的手，姿態優雅，面含鼓勵，簡單地說了四個字，「恭喜，加油。」

有眼界的人依稀看出了苗頭，姜曉經紀人前途無量，現在一切都印證了！

姜曉走到總裁辦公室，曼琪正要拿檔案給周修林，見到她微微一笑。「姜大經紀人，好久不見。」

姜曉為了避嫌，確實很少上來找周修林。

「周總沒在開會？」

曼琪：「剛剛有個視訊會議，應該結束了。妳怎麼上來了？是不是為了周公主的事？」到底是跟著周修林的人，總能眼觀六路耳聽八方，什麼都知道。姜曉無奈一笑。

曼琪聳聳肩，「周公主的初戀，妳這回可要辛苦了。」她猜姜曉肯定是為了周一妍的事而來。雖然她們認識也有幾年了，不過對姜曉，她始終有些不明白。當年她只當了周修林幾個月的助理，突然又去國外進修，再回來當了經紀人。

她和 Tina 當初還把姜曉當成競爭對手，現在也覺得好笑。Tina 當年蹚了周一妍的渾水，這也是後來他們才明白。周總向來不喜歡助理干涉他的私事，Tina 一不小心越界了，所以曼琪這幾年一直以 Tina 的事警惕自己。

姜曉敲了敲辦公室的門，「我先進去了，有時間再聊。」

周修林還在視訊會議的尾聲，他抬首看了一眼姜曉，又繼續。

姜曉沒有出聲，輕輕走到辦公桌前，只是看著他。周修林打扮如常，淺灰色的襯衫，打著黑色的領帶，這麼多年，她也沒有看厭。

周修林沉聲說道：「暑期電影加大網路宣傳，和各大院線溝通好。還有，陵南影視城的營業時間延遲一個月。」

等他一一說完，會議結束。

姜曉微微一笑，「影視城為什麼要延遲一個月？」

周修林起身，「把附近居民安排好。」

姜曉想了想，「影視城一對外營業，陵南的經濟也會被帶動起來，到時候他們可以做些小生意。」

周修林點頭，「是啊。你們以前的房子，我讓人在原地重新建了兩層樓。」

姜曉驚訝不已，那是她從小生活的地方。雖然房子早已不住了，不過總歸還是有感情在。

「其實我不是陵南人。我幾個月大時，爸爸帶著我搬到陵南，確切地說我並不是陵南人。」

周修林問道：「倒是沒有聽妳提過，怎麼會搬到陵南？」他走到她身邊，牽著她的手一起站在落地窗前。

「我猜是我爸想遠離傷心地吧。」

周修林也想起來，這幾年，姜曉似乎從來沒有提過幫她母親掃墓的事。姜曉呼了一口氣，轉身抱住他的腰，臉在他的衣服上蹭了又蹭。她能感覺到他的胸口傳遞而來的溫度，她越來越貪戀他的懷抱了。

「怎麼了？」

「心煩。」

「因為一妍和宋譯文的事？」

她揪著他的衣服，沒有說話。

周修林攬著她的肩頭，「一妍下午去找妳了？」

姜曉抬起頭，什麼都瞞不過他。「是啊，網路上都是她和譯文的事，現在譯文的粉絲鬧得很凶。」

「妳準備怎麼做？」

「這是他們的事，我只能把譯文的工作做好。關於兩個人的戀情，就看他們自己怎麼處理了。只是，我沒有想到這兩個人的選擇。多少人為了名利不擇手段，愛情早就是虛無縹緲的東西了。一妍被宋譯文的粉絲罵得很慘，這一次她竟然沒有反擊，唉～」

周修林挑挑眉，「別想得那麼複雜。」好像自從她生完孩子，反倒變得多愁善感了。

姜曉聽著他的話，「你有辦法？」

周修林從桌上拿出一份紅色喜帖，姜曉疑惑，「誰要結婚了啊？」

周修林示意她打開看看。

姜曉慢慢打開，掩不住驚訝。「莫以恒訂婚？女方沒有聽過名字啊。那他和欣然不是？」

周修林順著她的話說道：「後天在水晶飯店。」

姜曉微微嘆了一口氣，「欣然和莫總糾纏了三年，沒想到最後新娘不是她。」這新聞要是爆出來，宋譯文和周一妍的事倒是可以分散一些注意力。

周修林握緊她的手，「後天晚上一起去。」

「我——」

「難道妳讓我帶蔣勤去？」

「我以什麼身分去？莫以恒並沒有發喜帖給我。」

周修林笑道：「妳說呢？當然是我的女伴。」

姜曉眉眼抽了抽，「周先生，我不想和你傳緋聞。」

快下班的時候，曼琪進來，姜曉還沒有走，在沙發上看華夏最近要投資拍攝的幾部劇。

曼琪把檔案交給周修林。

周修林交代道：「後天我要去參加婚禮，明天幫我準備一份禮物，還有幫姜曉準備禮服，她陪我去參加。」公司有這樣的置裝費，周修林這麼公事公辦，別人倒也想不到兩人的關係。

姜曉收拾好劇本，「曼琪，我和妳一起走。」

兩人出來的時候，曼琪說道：「周一妍的事解決了？」

姜曉聳聳肩，「妳看我都來找周總走後門了。」

「所以周總讓妳陪他參加婚禮？不容易啊。話說是誰的婚禮啊？」

「莫以恒。」

「莫總？新娘是趙欣然？」

姜曉搖搖頭，曼琪嘴角露出一抹嘲諷，「莫以恒那個花花公子，果不其然！趙欣然這次還是竹籃打水，一場空。不過她也不虧，莫以恒這三年幫她拉了不少資源，不然她能輕易走到今天的一線地位嗎？」

姜曉沒有發表意見。她已經很久沒有和趙欣然聯繫了，趙欣然這幾年的演藝之路發展得越來越好，但感情最終沒如她的願。

晚上，姜曉和周修林一起先去了父母家。小豆芽已經從幼稚園接回來了。這孩子今天第一天上幼稚園，一點情緒都沒有。回來開開心心地吃了幾塊點心，就是問了幾次：「奶奶，爸爸媽媽什麼時候來接我啊？」周母趕緊打了電話給周修林，讓他們早點回來。

周思慕坐在沙發上，他已經會自己開電視了。自己摸索到一個頻道，正好電視上在播一部校園劇，周一妍是女主。周思慕指著電視說：「姑姑。」

周母笑著，「姑姑漂亮嗎？」

周思慕點點頭，「漂亮。」

周母親了親他的大腦袋，「姑姑沒白疼你。」周一妍每次出去，都會為周思慕帶很多禮物回來。她是不喜歡姜曉，可是對這個大侄子卻喜歡得很。

周父拿著詩詞書過來，「思慕啊，我們不看電視劇，爺爺教你念詩好不好？」

周思慕滑下沙發，跑過去，一副很好學的樣子，「好啊。」

周母搖頭，「這孩子剛放學，你別逼得那麼緊。」

周修林和姜曉回來的時候，就聽到小豆芽稚嫩的聲音。

「床前明月光，疑是地上霜。舉頭望明月，低頭思故鄉。」一字不漏！

姜曉臉上滿是笑容，「小豆芽會念詩了！」她和周修林對小豆芽的教育很寬鬆，堅決要依照小豆芽的興趣培養他。

周思慕發現自己的爸媽回來了，突然間，眼裡的淚花就冒出來了。「媽媽～爸爸～」畢竟是個三歲的孩子，第一天上學，近八個小時沒有看到自己的家人，他還是委屈了。

這一哭，姜曉的心都揪起來了，她把小豆芽抱在懷裡，就差抹眼淚了。母子倆好像受盡了委屈。一旁的周父收起了書，默默嘆了一口氣，又看了眼周修林。

周修林失笑，走到母子倆前，「寶貝，這是怎麼了？」

小豆芽吸著鼻子，「想媽媽～」勉強又加了一句，「也想爸爸。」

姜曉紅著眼，周修林則摸了摸兒子的小腦袋，「那今天我們出去吃飯？」

小豆芽的眼淚止住了，「可不可以去上次媽媽帶我去的那家店啊？」

姜曉解釋道：「是市中心一家兒童主題餐廳。」半年前，姜曉帶小豆芽去吃過一次，沒想到他還記得。

周修林抽了幾張衛生紙擦了擦他的眼淚，「那就出發吧。」

小豆芽的臉上立馬掛起了笑容，小手牽起了姜曉和周修林的手。

周父和周母相互看了看，親爺爺親奶奶再好，也不上親爸親媽啊。

周父幽幽地道：「要不然，今晚我們也去吃餐廳？」

周母一臉嫌棄，「……幼稚。」

難得他們一家三口出去吃飯，姜曉在路上預約了座位。

正值下班時間，他們到達時已經六點多了，好在人不像週末那麼多。姜曉先幫小豆芽點了一些吃的，把他餵到七八分飽才讓他去玩。

主題餐廳裡，食物都是符合兒童的胃口，還配備了各種玩具、各種情景模擬。小豆芽去玩了，兩個人才開始吃點東西。周修林餘光看著小傢伙，「小人精一個。」

姜曉回頭，小豆芽也看到他們了，對他們彎起了嘴角，笑容純真。姜曉失神地凝望著，她把自己小時候缺少的一切，都彌補在小豆芽身上了，有了小豆芽，她好像重新經歷了一次童年。

周修林輕聲說道：「再吃點東西，妳剛剛什麼都沒吃。」

姜曉突然說道：「等這段時間忙完，我想帶小豆芽出去旅遊。」

周修林似笑非笑，「就帶妳兒子，不帶妳老公？」

姜曉：「……」

不一會兒，小豆芽跑過來。「爸爸，要尿尿～」

姜曉說道：「洗手間在外面，出去右轉。」周修林起身，牽著小豆芽的手往外走去。

當晚，小豆芽一直玩到八點才肯走。出來的時候，周修林帶著小豆芽先去了停車場，姜曉有意避開，在路邊的月臺等他們。

結果第二天，娛樂週刊上突然爆出了一則新聞，標題聳動！

——華夏總裁周修林懷抱三歲孩童，疑似其私生子。

第十章 ✳ 謝謝你的喜歡

周修林帶周思慕上個洗手間，就被記者拍下來了。幸好周修林平時的警惕性高，抱著思慕的時候，思慕的臉被他擋住了。娛樂週刊的記者也算有點職業道德，刊登的照片上幫周思慕的臉打了馬賽克。

消息一出，圈內一片譁然。有人覺得這肯定是不實的消息，抱著孩子怎麼了？也可能是親戚家的孩子。隨著消息的傳播，一時間，看戲群眾眾多。

畢竟周修林作為華夏影視的總裁，加上他英俊的外在形象，關注的人越來越多。周修林抱孩子的動作太帥了！甚至有粉絲喊，讓周修林帶著兒子參加某親子節目。華夏公關部也很為難，大家一大早看到了報導，卻不知道該如何處理。這對他們來說真的是迄今為止最巨大的考驗。

辦公室的電話沒有斷過，Tina忙得焦頭爛額，最後沒辦法只得聯繫蔣勤。照片中老闆是真的，可這孩子到底是不是周總的兒子，他們不知道啊，因而不敢隨意回覆。

『蔣特助，我這是真的不知道該怎麼辦，所以來拜託你了。』Tina這三年在公關部負責華夏和周修林的個人形象宣傳，主要工作是針對華夏的，畢竟周修林一向低調。

蔣勤看到消息時也是怔愣了片刻，「你們先不動，等我消息。」

Tina眉心一緊，『蔣特助，這難道是真的？』

蔣勤沉聲回道：「無論是真是假，和我們又有什麼關係。我們只要做好我們的本職工作。」

Tina輕輕一笑，『我怎麼會不明白呢。』撂下電話，她終於明白，為什麼當初她和蔣勤一起進華夏，蔣勤卻是第一特助。

蔣勤斂了斂心情，趕緊打電話給周修林。這時候才七點，周總應該還沒有出門。

電話是姜曉接的，『蔣特助。』

蔣勤清清嗓音，「夫人，娛樂週刊曝光了周總和思慕的照片。」

姜曉的眼角直跳，『怎麼回事？』

蔣勤回道：「我把新聞傳給妳，現在公關部不知道該怎麼處理。」

姜曉咽了咽喉嚨，深吸一口氣，才平復好心跳，『好，我知道了。等我看了之後，再給你答覆。』掛了電話，她快速地瀏覽了這條新聞。

她的臉色一沉再沉。這是哪家週刊啊！什麼私生子？小豆芽才不是私生子！

「私生子」這三個字狠狠地戳痛了姜曉的心，她強忍著心中的那股酸澀。周修林和小豆芽從洗手間出來時，就看到姜曉坐在那裡看著手機。他語氣微緊，問道：「怎麼了？」

姜曉朝他扯了一抹笑，看了看小豆芽，「小豆芽，吃早飯。」

周修林把他放到椅子上，周思慕乖乖地自己喝起了牛奶。「媽媽，妳的眼睛怎麼紅了？」

「媽媽手機玩多了，你也不能老玩手機、看電視，不然會像媽媽這樣。」

周思慕默默不說話了。姜曉臉色不對勁，周修林怎麼會看不出來。兩人來到廚房，姜曉把手機遞給他，無奈地說道：「沒想到你和小豆芽一起上新聞了。」

周修林看完，知道她擔心什麼。他扯了扯嘴角，竟然還能笑出來。

姜曉擰著眉心，心情沉甸甸的，「該怎麼辦？」

周修林沉吟道：「小豆芽沒有被拍到不會暴露什麼，不過——」

「不過什麼？」

「不過這樣也好。」

姜曉不解，「你什麼意思？」

「我會去解釋。」

「那大家不是都知道小豆芽的存在了？」

「知道也是好事，至少以後我會清靜很多。」

姜曉瞬間明白了他的意思，「你是想讓小豆芽當你的擋箭牌。」公開了，就不會再有人覬覦她老公了嗎？

周修林摟著她，下巴低著她的頭頂，語氣平靜，「思慕已經三歲了，以後我們一家人總要一起出去的，總不能為了躲記者就不出門吧。」

姜曉呼了一口氣，周修林吻了吻她的臉頰，定定地看著她，一字一頓，「我會以公司的名義公開思慕的身分，他不是私生子，是我光明正大的兒子。媒體那邊也會打好招呼，以後凡是涉及到思慕的消息都不會被公開。」

姜曉噗哧一笑，「周先生，委屈你了。」雙手圈在他的脖子上，心裡的那些陰霾瞬間散去，主動在他的唇上輕輕親了一下。

客廳裡又傳來小豆芽的聲音，「媽媽、媽媽，我喝完牛奶了。」姜曉和周修林趕緊回去。

小豆芽吃完早飯，坐在兒童安全座椅上看著爸爸媽媽。姜曉幫他擦嘴角，溫柔地叮囑他，「如果要尿尿，要和老師說，和小朋友要友好，對女孩子要謙讓。」

小豆芽點點頭，「我知道啦。媽媽，那妳什麼時候帶我去上班啊？」

他眨了眨那雙大眼睛，眼含期待，拒絕他真是讓人於心不忍。姜曉心想你都曝光了，我哪能帶你去上班啊。周修林不參與他們母子間約定的事，把小豆芽抱下來，小豆芽蹭到姜曉腿邊。

「媽媽，我想和妳去影視城。我會乖乖的。」

「那你為什麼不和爸爸去上班？」

「爸爸的辦公室不好玩。」

姜曉後悔，上次被小豆芽看到她去H市影視城的照片，知道那邊有真的宮殿，還可以穿古代的衣服，小豆芽記住了，對此一直很好奇，心心念念想過去。

「我們之前不是說好了，等林蕪姨姨從國外回來，媽媽帶你去北京看真正的宮殿。」

「可是姨姨要好久才回來呢。媽媽～」

周修林慢悠悠地回道：「妳就當帶他去社會實踐。」

姜曉睨了他一眼，「那我怎麼解釋小豆芽的身分啊？讓他叫我姊姊嗎？」

小豆芽已經抱著姜曉的大腿了，「媽媽妳看起來就像我的姊姊，我不會讓妳暴露的。慕慕會乖乖聽話的。」

周修林挑眉，不禁失笑。姜曉則硬著頭皮，「等媽媽下次帶你去。」

「下次是什麼時候？」

「下次就是……」姜曉考慮著該怎麼回答，小豆芽大了，越來越難唬弄了。

周修林提醒道：「媽媽下週要去影視城。」

「周修林！」

小豆芽露出乳白色的小牙，「那就下週吧。我不上學的話，要和老師請假的。」

周修林：「好的。周思慕同學，爸爸會提醒奶奶幫你請假。」

姜曉：「……」她已經完全不是這對父子的對手了。

周修林拍拍她的肩頭，「就說小豆芽是親戚家的孩子。」這樣的話，以後姜曉帶他回去也不會惹人懷疑。「放心，妳兒子看了那麼多電視劇，很會演戲。假以時日，影帝非他莫屬。」

周思慕重重地點了點頭。

這時，周修林的手機響起來，是周母打來的。顯然他們也看到新聞了。

周母的語氣有些焦急，問道：『怎麼回事？』

周修林回道：「媽，沒事的。」

周母擔心，『那今天要送慕慕去幼稚園嗎？』

周修林：「一切照常。媒體那邊我會處理好的。」

周母嘆了一口氣，『人真矛盾。現在曝光，我又擔心了。行了，你們趕緊把慕慕送過來。你和姜曉也注意一點。』

周修林笑笑，「放心。」

華夏公關部的精英們收到蔣勤的指示後，整個公關部都振奮了。誰也不敢相信，周修林已經有個三歲大的兒子了。這到底發生了什麼事？可是孩子的母親是誰？周修林結婚了？誰也不知道。Tina 寫好了一份聲明，又去蓋了公司的章。

『介於網上傳播有關周修林先生「私生子」一事，並非屬實。周修林先生確實有一子，而非「私生子」。希望大家關注華夏影視的作品，給周修林先生的私人生活留有一定的空間，讓小朋友在一個平靜的環境中成長。』

說明發出去後，礙於華夏影視，各大媒體並沒有再肆意評論，水花小之又小。只是這件事還是讓演藝圈的藝人們震驚了。一時間，很多人都在討論能為周修林生孩子的這位到底是誰。

總之，這也成了演藝圈未解之謎之一。

那一天，周修林的手機訊息不斷。和他相熟的人紛紛發來訊息，目的就是一個——讓他把兒子照片放出來。眾人只看到一張馬賽克照片，不甘心。

周修林沒理他們。那些人心被撩得癢癢的，最後讓莫以恒來問。

莫以恒想到以前他嘲笑過周修林沒女人，好吧，人家不聲不響地，兒子都三歲了。

『修林，有個事要和你商量一下。』

周修林皺了皺眉，淡淡地應了一聲。

『我訂婚儀式需要一個花僮幫忙拿戒指，我看你兒子形象挺好的，明晚一起過來吧。』

周修林笑了一聲，「不行，已經有人預約了。」

『誰啊？你說出來，我和他談。』

「談不成。」

『周修林，你也太小氣了。這麼大的兒子要藏到哪天？』

「我也想帶他出來，可是你們幾個都沒有孩子，我兒子過去和誰玩？」

一句話，直接秒殺那群人。

周修林掛了電話，隨後打開抽屜，拿出了一張照片——一家三口的合照。他的嘴角微微上揚，周思慕要當花僮，第一次當然要當他爸媽的花僮。

他還欠姜曉一個婚禮。

♀♂

姜曉早上晚了半個小時才到工作室，一到就聽到大家在聊這件事。作為當事人，她一言不發。周修林的影響力竟然這麼大。

「不知道小朋友長什麼樣？看樣子很萌啊。」

「肯定不會再曝光了。」

「我敢保證，小朋友一定很好看，周總那麼好看。」

「你說，周總是和誰生的？」

「看照片有兩三歲了。快查查三年前，周總和誰走得近？」

「程影？周總和程影關係很親密，當時程影不是還休息了很長一段時間嗎？」

「天哪，有可能是程影。」

姜曉真是無話可說。她輕輕咳了一聲。「小雨，幫我沖一杯咖啡，謝謝。」

「姜姊，妳看到新聞沒有？」

「看到了。」

「姜姊，妳有沒有聽到什麼消息？周總到底有沒有結婚啊？大老闆不愧是大老闆，保密工作做得真好。」

姜曉笑笑，「譯文的事你們處理好了？有時間在這裡挖老闆的事，不如快點把譯文的事解決。」

「姜姊，今天周總這件事一出來，現在大家的視線也吸走了一部分。我們懷疑，周總是不是為了妹妹，才爆出孩子的事啊？」

姜曉感嘆，「佳人最近怎麼樣了？」

「拍戲狀態還不錯。」

姜曉沉思了一下，「要助理多拍一些她拍戲的互動影片，有備無患，宣傳時可以用。」

「姜姊，佳人想去面試《長汀》。」

「《長汀》？」姜曉緩緩念道，語氣悠然，那是梁月近期在準備的新電影，她表情淡然如初，「梁老師那邊有什麼消息？」

「他們也在挑女主角，打算用新鮮的面孔。」梁月的劇一貫如此，喜歡用新鮮面孔。當年趙欣然憑藉《年華》中的女兒一角獲得了最佳新人獎，從此順風順水。所以誰不想去拍梁月的電影呢？

許佳人是姜曉去年剛簽下的藝人，佳人比趙欣然的目標性更強，她想紅，現在自然也想要爭取這樣的機會。和老一輩的演員在一起，總能在無形中被感染，提升演技。

姜曉沉默了片刻，「你先把佳人的資料傳給梁老師的工作室。」

「好的。」

這三年，她幾乎不把手裡的藝人往梁月那邊推薦。三年了，她現在也夠強大了，一切就順其自然吧。一個人的時候，她也問過自己——姜曉，這些年，妳到底還要什麼？

♀♂

莫以恒訂婚當天，賓客雲集。空運過來的鮮花含苞待放，顏色鮮豔。大廳的每一處都是精心布置過的，洋溢著浪漫與幸福。

這不是姜曉第一次陪周修林參加宴會。今天她穿了一件白色連身裙，很適合她。這兩年，她的著裝風格已經提高了不是一點兩點。所謂人靠衣裝，一點也不假。不是說姜曉不好看，只是衣服又加分不少。

周修林挽著她的手，「手怎麼這麼涼？」

三月，溫度還不是很高，儘管室內開了暖氣，一進來還是有點冷。

姜曉深吸一口氣，「美麗凍人，一會兒就好了。」她突然看到了前面幾個男人，「咦？那不是天寶的徐總嗎？」

周修林順著她的目光望去，「是他。」

姜曉狐疑道：「莫總和徐總去年不是鬧過？」

周修林側首，「商界就是如此，沒有永遠的敵人。」

姜曉想到那場混戰，不由得一笑，「我以為他們這輩子都老死不相往來了。」

說著，兩人一同去見了今晚的新人。

莫以恒的未婚妻姓韓，不是圈內人，家世背景非常強悍。新娘很漂亮，和莫以恒站在一起真是天造地設的一對。

莫以恒和周修林握了握手，目光卻看著姜曉。「周總，您也太低調，夫人不帶出來，總拿著我們姜大經紀人當擋箭牌。你讓我們姜美女怎麼找男朋友啊？」

周修林扯了一抹笑，「放心，姜大經紀人的婚姻問題，我會認真考慮。」

莫以恒笑道，「姜曉，今天我和韓蕊可是見證人，妳放心大膽地去戀愛。」

姜曉硬著頭皮，臉上還要帶著漂亮的笑容，「那就多謝莫總和莫太太了，我會好好把握。」她已經不想去看自己先生的那張臉了。

嗯，肯定很冷。

果不其然，見完新人，周修林帶著她陸陸續續和幾位圈裡的老總、製片人打了招呼，便牽著她的手來到一處隱密之地。姜曉端著一杯雞尾酒，淺嘗一小口，「真甜，像汽水的味道。」

周修林抿抿嘴角，「少喝一點，這酒後勁強。」

她今天特意做了頭髮，長髮微捲，脖子上戴著他上次送的項鍊，鑽石熠熠生輝。他送的飾品也只有平時參加活動才用得到。他從她手中拿過酒杯，不再讓她繼續喝。

姜曉撇撇嘴角，「不會醉的。」

周修林可不依，「小豆芽很可能會發現妳喝酒了。」

姜曉輕嘆一口氣，嘴角浮起一抹很無奈的弧度，「他才三歲啊，周修林，你說再過幾年，我是不是要被他吃得死死的？」母子倆在家經常有碰撞，周思慕太有想法，總能頭頭是道地說出自己的理由。姜曉私下常吐槽，這孩子一點都不像她。

姜曉拿著指尖戳戳他的胸口，「喂，莫以恒說的話你別放在心上。」

周修林挑挑眉，「妳剛剛不是很贊成他的話嗎？」

姜曉嬉笑，「周先生，你不會是吃醋了吧？」

周修林撇開眼，看著月色，表情有點不自然。他當然知道，這兩年不斷有人向她獻殷勤，想追求他太太的人也不少。

姜曉靠近他，「周先生，只愛你一個人，好不好？」

周修林剛想摟過她，後面有人走來，一個聲音從身後傳來：「修林。」是個中氣十足的男人聲音。姜曉和周修林同時回頭，姜曉臉上的笑意都沒有退去。

晉導和他的夫人梁月走過來。

周修林伸出手，「晉導、梁老師，你們好。」

晉導點點頭，「修林，恭喜你，兒子都三歲了。」聽到消息時，他心裡挺不是滋味的。

周修林淺笑著，「謝謝。」

梁月盈盈地站在那裡，目光在周修林和姜曉身上打量了片刻。「確實讓我們大吃一驚。」

周修林不禁搖搖頭，一臉歉意，「抱歉，一直想給孩子平靜的環境，就沒有公開過。」

梁月點點頭，表示理解。晉家為了晉姝言，何嘗不是呢。「姜曉，好久不見了。」

姜曉望著梁月，語氣平靜，「梁老師，您好。」

是真的好久不見。三年過去了，這是她們第二次見面。上一次是在晉導的電影首映會上，周修林帶著公司裡的幾大經紀人一起出席。

那一天，姜曉翩翩有禮地走到前面和梁月打了招呼，至今畫面歷歷在目。

「梁老師，您好，我是姜曉。」她不叫Angela，她坦然地說出自己的名字。

梁月望著她，目光平靜，「妳好，我是不是見過妳？」

姜曉彎著嘴角，笑容卻融不進喜悅，「梁老師，我以前是周總的助理。」

梁月那張精緻的面龐浮現出一抹恍然大悟，「我想起來了，那很久以前了。年紀大了，以前的事都不是記得很清楚了。」

一旁的張瑜笑著，「梁老師，您可不要說自己年紀大，我們怎麼活啊。您這保養得像二十幾歲似的。」

梁月失笑，「看到一波又一波的新人，我不服老不行。」

張瑜也感嘆，「是啊。姜曉他們這批出來，我也感覺到自己老了。」她今年不過三十五歲，在圈內享有第一經紀人之名。雖然現在她已經出走華夏，創辦了自己的公司，不過和華夏的情誼也在，對華夏的幾位經紀人頗為照顧。

梁月像是想起什麼，「字怎麼寫啊？」

姜曉回道：「姜子牙的姜，拂曉的曉。」語氣平和，字字清晰。

梁月點點頭，柔聲道：「這個姜啊，我以為是江水的江。」

如今在莫以恒的訂婚典禮上又再次相遇，梁月倒是多看了姜曉幾眼。

細細想著，姜曉這一路的成長軌跡，從一個明星小助理到周修林的助理，再到如今的炙手可熱的經紀人，以她的年紀有這樣的成績確實難得。這一切順利得讓人有些不敢相信。

周修林和幾個老總去聊天了，姜曉一個人悠閒地吃著點心。正好，手機響起，她一驚，擔心又是哪個藝人出了狀況，最近她都有點過度緊張了。幸好，是她家小豆芽。

小豆芽已經躺在家中的大床上，穿著一套天藍色的小熊睡衣，對著手機鏡頭。『媽媽，妳和爸爸什麼時候回來啊？』

「快了啊。爺爺奶奶送你回來的？」

『對。還有一南一北姑姑也到我們家玩了，姑姑送了我玩具。』

「那你有沒有謝謝姑姑？」

『我說了啊。我邀請姑姑去我的幼稚園玩，姑姑說功課忙，不能去。』他一臉遺憾。

姜曉笑，小豆芽剛上幼稚園，覺得新鮮，幼稚園已然成了他的第三個家。她一邊聽兒子說話，一邊吃了一口蛋糕。

『蛋糕啊！曉曉，妳不是說晚上要減肥？』

姜曉：「……媽媽很胖嗎？」

小豆芽認真地想了想，『媽媽就算胖了，我也愛妳！』

姜曉覺得她兒子以後肯定很討女孩子喜歡。甜言蜜語說起來，一句一句的，不知道像誰？

周修林也會說，每每情動時，他總會在她耳邊喊著她「寶貝」。

她掛了電話，正準備去洗手間，正好看到了梁月。

梁月朝她點點頭，「今天上午我們收到了許佳人的資料，《長汀》是個悲劇電影，許佳人的形象我看了，妳讓她四月初來試鏡，我們再看看。」

姜曉神色如常，「梁老師，麻煩您了。」

梁月望著她，「姜曉，聽張瑜說，妳是陵南人？」

雞尾酒的後勁漸漸上來，她的神經也放鬆了，警惕隨之放下。「是啊，我從出生就在陵南生活，一直到念高中才到晉城來。」

梁月悵然，「陵南是個好地方，人傑地靈，華夏把陵南影視城弄得很好。我們以後也可以去陵南拍戲了。」

姜曉點點頭，「周總很有想法，也很有眼光。」

是啊，周修林確實是個不可多得的人才，各方面都無可挑剔。梁月想到了自己的女兒，在知曉周修林已經有兒子後，姝言哭了一下午。一個人關在房間裡，不吃不喝，誰去勸她都沒有用。感情的事勉強不來，他們為人父母都希望子女幸福，只是唯獨感情，他們幫不了。

周修林的行事風格，梁月這麼多年來也摸不準。

她淡淡一笑，心情略微沉了幾分。「妳很厲害，簽約的幾個藝人再琢磨琢磨都會起來的。」

姜曉：「我只是運氣好。」

梁月知道她是謙虛，「我的女兒只比妳小兩歲，與妳一比，差遠了。」

儘管她這麼說，語氣裡對女兒的寵愛仍毫不掩飾。那是一個母親對外人一貫的說法。

姜曉咽了咽喉嚨，「晉小姐很厲害，她的攝影風格很獨特。」晉姝言有攝影天分，也少不了優渥的家庭條件支持。

「她啊，隨便玩玩，我也不指望她有什麼成績。」

姜曉笑笑。她知道晉姝言的作品《天空》、《家》在三藩市亞洲藝術博物館永久收藏。

又有人過來和梁月打招呼，姜曉見了便找一個理由離開了。她一步一步地往前走，背脊挺直，步伐堅定。

周圍滿是歡聲笑語，此刻她卻有種遺世獨立的感覺。

周修林回來的時候看到她單獨地坐在一角，臉色緋紅。他擰著眉。

姜曉對他勾了一抹笑，雙眼迷糊，「你怎麼才回來啊？我等你很久了。」

周修林不禁搖搖頭，「走吧，回家。要我扶妳嗎？」

姜曉起身，「不用。你要是扶我，明天我就和你一起上報了。」

「妳倒是記得很清楚。」

她並沒有喝醉，只是有些疲憊。一上車就窩在他身上，找一個熟悉的姿勢睡了。到家後，周修林一路把她抱回去。把她放到大床上，就看到一旁的小傢伙睡在中間，枕著自己的小枕頭。

姜曉嚷嚷著要喝水，周修林去倒了一杯水。姜曉喝了一大杯，精神漸漸清醒。她突然抱著周修林，雙眸濕漉漉的，嗓音微啞，「周修林，你有祕密嗎？」

周修林摸著她的臉，「有。」

姜曉嘟了嘟嘴，「什麼祕密？」

周修林低下頭親了親她的嘴角，「等妳清醒再告訴妳。」

姜曉不滿，靠近他，把頭埋在他的胸前，聞著他身上好聞的味道。「你不告訴我！」她抱著他的脖子不肯撒手，「那我告訴你我的祕密。我有很多祕密，很多，很多。」她謹慎又小心地過了這麼多年，每每沮喪不安的時候，都咬牙過來了。

「喔？有多少？」

「我第一次見到你的時候，就喜歡你了。」她說著就笑了，「你好帥啊！那時候我真的好羨慕周一妍。」

周修林眸色怔愣，目光灼灼，「喜歡我？嗯？」他尾音上揚。

姜曉重重地點頭，眼底深藏著愛意，「喜歡你很多年，你是我的目標，可是我又怕，你不喜歡我。你看你那麼好，我什麼都沒有，我什麼都沒有……我是個麻煩，我會為你帶來麻煩的……」說著，她默默流下眼淚。

周修林輕拍拍她的後背，安撫著她，「妳是我老婆，什麼麻煩。換件衣服，先睡一會兒。」

幫姜曉換了睡衣，他又看了一眼睡在中間的小豆芽，猶豫了一下還是將他抱起來，準備讓他去睡小床。只是周修林剛抱起軟軟的小團子，小團子突然開口，「爸爸，你又要將我偷偷轉移嗎？」

周修林這心突然揪了一下。周思慕睜著大眼睛望著他，「爸爸，你每天晚上都把我一個人放到小床上。我還是個小朋友。」

周修林眼角抽了抽，「裝睡？」

周思慕哼哼唧唧，「我一直在等你們回來，爸爸，我等很久了，可你竟然要把我抱走。」他扁著嘴。「為什麼要這麼對我？我想和爸爸媽媽一起睡，我們班的小朋友都是和爸爸媽媽一起睡的。我還這麼小，爸爸，你怎麼能這麼狠心，讓一個小朋友孤零零地一個人睡？」

周修林看看姜曉，姜曉抬手捂住了臉——周家小戲精上線了。

周修林想了一個理由，「爸爸媽媽怕睡著了，不小心壓到你。」

周思慕若有所思地點點頭，「那你換一張更大的床，這樣就不會壓到我了。唉，難怪你老壓到我媽媽身上。」他轉身拍拍姜曉的肩頭，又抱抱姜曉，「媽媽，我們換大床就好了。」

姜曉強忍著，堅決不睜開眼，周修林則起身去了浴室。

那晚，周思慕半夜還是被他親爸偷偷轉移了，而且是轉移到隔壁兒童房。也是從那一天開始，周修林要徹底斷了他和父母睡覺的「壞習慣」。沒辦法，誰讓他年紀小，沒有反抗能力。

翌日，演藝圈喜事連連。上午八點，星美影視發出聲明，莫以恒和圈外女友訂婚，並且附上了一張婚紗照。趙欣然的粉絲怒了，一批到星美官博大罵莫以恒這個負心漢，一批去趙欣然微博安慰她，讓她撐住。

這幾年，趙欣然拍了幾部高收視率的電視劇，電影也是少而精，演技上線，俘獲了不少粉絲。加上平時和善低調，也就和莫以恒談了一場戀愛，結果落到這樣的結局。連看戲群眾都紛紛站在她這邊，覺得莫以恒玩弄趙欣然的感情。

不久之後，趙欣然主動發了一條微博。

『和莫先生相愛時雙方都是真心實意，不能走到最後，是緣分未到。祝福莫先生幸福！同時也祝願自己找到幸福。』

趙欣然實在太聰明，分手後當不成情人，但還是可以當朋友。她毫無背景，日後年紀漸長，總還要繼續在演藝圈打拚。現在她這麼做，以後莫以恒也對她心存顧念。不得不說，趙欣然的情商相比幾年前真的像換了一個人似的。而此時，姜曉卻收到一條訊息，是趙欣然傳來的。

『姜曉，我們抽個時間見一面吧，我想和妳說說話。』

一句話，心酸可見。姜曉再看那條微博，什麼感覺都沒有了。真真假假，只有當事人才清楚。

隨後上午十點十分，宋譯文微博公布和周一妍的戀情。

『很高興遇見妳，餘生都是妳@周一妍』

周一妍轉發。一瞬間，微博炸了。雖然之前早已爆出新聞，也不抵當事人親口證明來得更猛烈，工作室早早就在等著這一刻了。

「評論破十萬，點擊破三十萬了，天啊……」

「我怎麼進不去……」

這條微博的轉發、評論量越來越高。姜曉撫了撫額角，宋譯文堅持，她不會反對。她也打從心裡祝福他和周一妍。許久後，她說了一句，「工作室轉發祝福。」

「好的，不過估計要等一會兒了，微博癱瘓了。」大家不由得失笑，「心疼技術小哥。」

雖然兩人公布了戀情，但宋譯文的粉絲並不是很買單。許多粉絲跑到周一妍的微博留言，希望他們早點分手。

宋譯文的一些瘋狂粉絲成立「反宋周戀聯盟」，開始挖周一妍的糗事。比如，她高中成績平平，高考分數一般，哪是什麼學霸，只是去國外留學而已。聯盟還上傳了一段周一妍高二參加學校歌唱比賽的影片，影片長達十分鐘。前半段是周一妍演唱《成全》，後半段是她和林蕪合唱的《Tonight I feel close to you》，兩個穿藍白校服的女生紮著馬尾，聲音優美，音準一絲不差。前後對比鮮明，話題一瞬間就被帶歪了。

『後面兩個女生好漂亮！』

『唱得好好聽！』

『好可愛！羨慕這樣的友情！』

隨後有人回覆：『厲害了！這是XX屆B大醫學院的院花。』

『高中學姊！以前在學校碰過！說一句，兩位學姊人超美，唱歌爆好聽。』

姜曉看到的時候，那個影片已經有一萬條轉發了。可以想像，周一妍估計要氣炸了。她的大好之日，又被她和林蕪搶了風頭，姜曉只覺得神經直跳，是緣還是債啊！

看到這個影片的人很多，連晉仲北都傳訊息問她：姜曉，妳是不是考慮轉戲路了？

姜曉回了一個無奈的表情：晉老師，你回來了？

晉仲北前陣子忙著拍一部獻禮電影，網路上說他已經殺青了。

晉仲北：是啊。今天很熱鬧，有機會我要邀請妳來唱主題曲了。

姜曉：晉老師，我這業餘水準的，怎麼能唱主題曲。

晉仲北：姜曉，妳什麼時候請吃火鍋？

這頓火鍋是她當初的一句客氣話，沒想到他還記著。

姜曉有些不好意思：下週我要去影視城，等我回來再約你？

晉仲北：可以。

姜曉：市圖書館那邊開了一家火鍋店，是一個重慶老闆開的，味道很正宗。

晉仲北：那我很期待。

姜曉和晉仲北之間關係很奇妙，亦師亦友。當年《盛世天下》短暫的緣分倒是促成了他們今後的關係。

♀♂

晉仲北從樓上下來，晉姝言還在客廳。小丫頭這幾天心情一直悶悶不樂，工作都停擺了。

「言言。」

「哥哥～」

晉仲北走到她身邊，「在做什麼？」

晉姝言沒有隱瞞，這是她為周修林做的簡報，上面全是周修林的新聞。

晉仲北感嘆，「傻丫頭。」

晉姝言垂下腦袋，眼淚滴答滴答地落下來。「哥哥，我真的很難受。我一直以為他是忙著事業才不戀愛的，哪想到他都有孩子了。程影姊之前鼓勵我，早點向他表白，我要是早一點，是不是會有希望啊？」

晉仲北攬著她的肩頭，「言言，妳還小，很多事妳還不懂。」

晉姝言搖搖頭，「我懂，我和周大哥是不可能了。」

晉仲北拍拍她，「傻丫頭，只能說妳和周修林沒有緣分。」

晉姝言嗚嗚地哭著，像小時候弄丟了心愛玩具一樣悲慘。「我之前還以為他和他的助理姜曉有曖昧。」

晉仲北一愣，「妳認識姜曉？」

晉姝言抽抽鼻子，「上次遇見過。」

晉仲北舔舔嘴角，「聊了什麼？」

晉姝言委屈地道：「隨便說了幾句，她現在都不是周大哥的助理了，再說什麼都沒有用。」

晉仲北揉揉她的腦袋，「別難過了，我抽空陪妳出去玩幾天。爸爸和梁姨看到會傷心的。」

晉姝言不情不願地應了一聲。「哥哥，你有沒有覺得姜曉很像媽媽年輕的時候？」

晉仲北挑眉，「嗯？怎麼說？」

晉姝言咬了咬唇角，「就是媽媽年輕的時候啊。嗳，你知道的，媽媽的臉不是動過嗎？我之前看到媽媽年輕時的照片，感覺姜曉有點像媽媽。不過呢，姜曉又有點像夏嵐。」

晉仲北眉心一蹙，「演藝圈長得像的人很多。」

「是啊。可惜姜曉不當演員，不然可以找她演媽媽年輕的時候。」

晉仲北沒再說什麼，催她趕緊去洗臉。

♀♂

下午，蔣勤到辦公室給周修林簽完字，問道：「周總，您看到影片了嗎？」

「什麼影片？」周修林很少玩微博，自然不會知道。

「周小姐和夫人年輕時的，沒想到夫人唱歌這麼好聽。」蔣勤感慨，再看周修林的表情，他驚訝，「周總，您不會沒有聽過夫人唱歌吧？」

周修林只聽過姜曉唱兒歌。他打開微博，這是幾年前微博剛流行時註冊的，零個關注，六個粉絲，這粉絲估計是微博隨機分配的假粉。他在搜索打上周一妍的名字，很快就找到了影片。從頭到尾聽了一遍，嘴角不知不覺浮出笑意。現在終於知道，家裡的小戲精唱歌好聽是遺傳自誰了。

可惜啊，三年多了，她好像從來沒有在他面前正正經經地唱過歌。

周修林輕笑，拿出手機，打了通電話給她。

姜曉忙得焦頭爛額，接了他的電話。

周修林：『周太太，妳準備什麼時候為我唱一首歌？』

姜曉知道他肯定看過影片了，她睇著眼睛，看著花瓶裡那束紫色的勿忘我。突然想到了一首詩——在僻靜的一隅，它為你向我說話。（徐志摩《勿忘我》）

姜曉噙著嘴角，淺淺吟唱：

喜歡你

那雙眼動人笑聲更迷人

願再可輕撫你

那可愛面容挽手說夢話

像昨天你共我

是粵語，周修林並不知曉歌詞的意思，只是他知道她唱歌很好聽，『很好聽，雖然我聽不懂。這首歌叫什麼？』

姜曉舔舔嘴角，心怦通怦通跳著，真是奇怪，明明他們都老夫老妻了，為什麼她還會心跳加速？

「《喜歡你》。」

『嗯？』

「《喜歡你》啊，歌名。」

周修林笑：『謝謝妳的喜歡。』他揚起聲音，『妳到底還有多少我不知道的祕密？嗯？』

電話的另一端，姜曉沉默片刻，哼了一首歌，「我有許多小祕密，就不告訴你，就不告訴你……」

周修林笑了，這是周思慕喜歡唱的一首歌，經常在家搖著小尾巴，來來去去就是這首歌，他清清喉嚨，『姜助理，今天方便一起去接周思慕嗎？』

姜曉斂了斂神色，「等我十分鐘，我還有點工作。」

周修林應了一聲，『老地方，不見不散。』

姜曉：「……」怎麼有種私奔的感覺？

周修林開著自己另一輛不常開的車，兩人出發去了幼稚園。姜曉下去接小豆芽。

這是她第二次來幼稚園，上一次是挑選幼稚園的時候來參觀。

他們今天來得有點晚，大部分孩子都被接走了。姜曉走進去，透過大片玻璃牆看到小豆芽和一個小女孩坐在一起，小豆芽捧著書，振振有詞地念著，小女孩認認真真地聽著。姜曉和老師打了一聲招呼，輕輕走進去。走進去後，聽到她兒子清脆的聲音。

「小蝌蚪一見到四條腿的青蛙，嚇得哇哇大哭。青蛙媽媽和他一點都不像啊！肯定不是他們的媽媽。弄錯了，弄錯了。小蝌蚪游啊游，找不到媽媽怎麼辦？他們傷心地唱起了歌——世上只有媽媽好，有媽的孩子像個寶……」他的小手還指著書上的字，好像那些字他都認識。明明不識幾個字，到底是誰給他的自信？

姜曉輕咳一聲，兩個小朋友回頭，周思慕的小臉上滿是驚喜，「朵朵，我找到我媽媽了。」

那個叫朵朵的小朋友害羞地看著姜曉，「周思慕，恭喜你。」

周思慕抱著她的腿，「媽媽，我找了妳好久好久，我真的好想妳。」

姜曉：「寶貝，媽媽終於找到你了，我們回家吧。」

周思慕點著小腦袋，「朵朵，我先走了。等我學了新故事，再講給妳聽。」

朵朵小朋友配合地嗯了一聲。

姜曉笑著，「那我們先回去了，以後有時間到我們家來做客好不好？」

朵朵乖巧：「阿姨，我要問問我媽媽才能告訴妳。」

「好啊。」姜曉摸摸她的小辮子，女孩真可愛。周修林說過，他想要個女兒。

周思慕牽著她的手，一路蹦蹦跳跳的。

「媽媽，妳怎麼來接我了？」

姜曉笑著：「媽媽今天提早下班啊。」

周思慕揚起小腦袋，「我喜歡媽媽來接我。」

姜曉嘴角露著笑意，「媽媽工作不忙就來接你。」

小時候，她幻想過無數次，有一天，她的媽媽能來接她，哪怕一次也好，終究她這一生都沒有這樣的機會。

上車後，小豆芽又和周修林甜言蜜語了幾句，「爸爸，老師說小朋友要分養（分享）。」

周修林問道：「你要分養（分享）什麼？」

小豆芽咧著嘴角，「我想分養湯瑪斯小火車給每個小朋友，我們就可以一起開火車了。」

周修林瞥了他一眼，「是你想要吧。還有，你們老師說的是分享，不是分養。」

姜曉抿嘴笑著，對周修林說：「小豆芽的語言能力好像特別好，上學幾天，感覺又不一樣了。」

小豆芽突然扯了扯姜曉的手，「媽媽～」

「嗯？」

「妳以後到幼稚園不要叫我小豆芽了啊。」

姜曉不解。

「我們班教室的盤子裡養了一盆豆芽，我不要當豆芽了，小朋友會笑我的。」他眨著自己的眼眸，聲音軟軟的。

姜曉忍俊不禁，「好的，媽媽只在家裡叫，保證不讓別的小朋友知道。」臭小子，知道羞恥了。小豆芽的名字怎麼了？明明很可愛啊！

小豆芽高興地哼起了歌，不一會兒又說道：「媽媽，朵朵說她星期六要去她阿婆家玩，她阿婆會買小雞給她。她說，回來要送我一隻小雞。阿婆家好像很好玩，媽媽，我也想去阿婆家裡玩，可我怎麼好像沒有見過我的阿婆？我的阿婆去哪裡了？」

姜曉臉上的笑容瞬間就凝滯了，一時間不知道該說什麼。

前面是六十秒的紅燈。周修林側首，剛好注意到姜曉的表情，很奇怪。他輕輕喊了一聲，「曉曉。」

姜曉斂了斂神色，輕輕說道：「你的阿婆去世了，去了另外一個世界。」

小豆芽皺起了眉頭，「阿婆什麼時候去世的啊？」

姜曉的聲音悵然，「生媽媽的時候。」

小豆芽又問：「阿婆生病了嗎？」

姜曉攬著他的腦袋，「嗯，阿婆生病了，就離開了。」

小豆芽聽了也很傷心，「阿婆真可憐。」他的小手拍拍姜曉的肩頭，「原本我不想當醫生，現在我可以考慮一下。」他怕打針，每次都用各種理由不想去。可是他也知道，醫生能救人。

姜曉的悲傷情緒慢慢被沖淡。「這個等你長大了，看你自己的興趣吧。不管你做什麼，爸爸和媽媽永遠支持你，只要你喜歡。」

小豆芽的臉在她的胸口蹭了蹭，「媽媽妳真好。」

晚上回去之後，趁著周修林幫小豆芽洗澡的空隙，姜曉又去書房處理工作。經紀人的工作瑣碎又繁重，要考慮的問題很多。華夏影視簽約的藝人有上百個，姜曉手裡就帶了四個，她現在主要精力都在宋譯文和許佳人身上，另外兩人還在磨練期。

前兩天，有個製片人說要寄一部劇本給她，有意讓宋譯文主演。姜曉和宋譯文討論過，宋譯文也希望能演一些優質的劇本，現在姜曉對他要接的劇本都是精挑細選。姜曉大概地看完了故事概要。男主是民國實業家，在那個動盪的年代，一方面發展起家族產業，另一方面盡力搶救流失的文物，在這過程中與女主角相識相愛。她覺得劇本還不錯，傳了微信給宋譯文，約他下週和她一起去見製片人。

等她忙完回到臥室，發現那對父子都不在才想起來，小豆芽現在已經開始學習獨立了。

到兒童房一看，小豆芽坐在床上一手抱著他的奶瓶，一手擺弄著他的玩具。他除了喜歡看書，就喜歡玩具汽車，而周修林正在收拾衣服，見姜曉走進來，問道：「工作做完了？」

姜曉點頭，「這麼早就收拾了？我們週末才出發呢。」

周修林看了床上的小人，「有人等不及，洗個澡說了兩遍。」

姜曉抿嘴一笑，「我小時候很安靜的，爸爸說你小時候也不愛說話，你說他到底像誰啊？」

小豆芽喝完牛奶，放下玩具在床上滾了滾，滾到姜曉那邊，趁機抱住姜曉，「我像媽媽。」

姜曉看向周修林，「我小時候嘴巴可沒這麼甜。」

周修林把小豆芽的行李整理好，似笑非笑地看著她，目光落在她的嘴角，低聲說了一句，「現在很甜。」溫熱的氣息從她的臉頰微微而過。

姜曉臉一熱，推著他，「你快去忙吧，我先哄他睡覺。」

姜曉好不容易把小豆芽哄睡，回到臥室後說：「小豆芽的問題好多，我都快回答不了了。」

周修林闔上書，信步走到她跟前。「晚上我收到爸爸的訊息。」

姜曉一陣緊張，「爸爸是不是也看到網路上的影片了？他們有沒有說什麼啊？」

周修林嘆了一口氣，「是岳父大人的消息。」

姜曉神色略微放鬆了，「爸爸說什麼？他都好久沒有回來了。」

「他準備五月一日回來，傳了幾張照片給我。」周修林打開微信。

「爸爸好像瘦了很多。」姜曉皺了皺眉，「人也黑了。」

周修林也是這麼認為的，「可能是那邊生活條件艱苦，他又不太會照顧自己。」

姜曉涼涼地動了動嘴角，「我爸是在自我放逐，他……」話沒有說下去，「總覺得我爸爸這輩子太辛苦了，不是物質上的那種苦。」

周修林了然，美術界有人曾分析過姜屹的作品，他的作品表達的東西很矛盾，絕望和希望並存的矛盾體，自己的心靈。很多人說，可能是姜屹的愛人離世在他心裡造成了巨大的創傷。

姜曉眸色暗了幾分。周修林知道她擔心姜父，可是姜父的個性是誰都勸不了。周修林也覺得姜屹和姜曉的父女相處模式不是正常父女的相處模式，不是說姜屹不愛姜曉，只是姜屹似乎不能坦然面對姜曉。他把錢都留給姜曉，但怕姜曉從來要的都是不是錢。現在小豆芽出生後，姜屹每年會多抽點時間回來看外孫。

「別太擔心了。」

姜曉嘆了一口氣，「對了，爸媽有沒有說一妍和宋譯文的事？」

周修林直接說：「不太看好。他們一直以為一妍進演藝圈不過是一時興趣，何況這幾年她的工作並沒有太大的起色，媽媽一直希望她退出。」

姜曉了然，「演藝圈的誘惑太多，媽媽是擔心宋譯文。」母親都一樣，捨不得自己的孩子吃一點苦。有了小豆芽，她越發明白了這個感受。

周修林抱著她，「妳怎麼看？」

姜曉沉默了一下，「我希望一妍幸福。」說實話，這幾年周一妍也不容易，大概是秦珩在她心裡留下的印記太深，她好像一直沒有走出來。其實，宋譯文和秦珩在某些時候，側面有幾分相似。她能感覺到，周一妍必然也能感覺到。

周修林拍拍她的肩頭，「一妍別人勸不動，她的事只能她自己處理。」

姜曉笑，「你們周家的人都挺倔的。」她想了想，「當初我說不要小豆芽，那天手術，如果我不反悔，你真的會讓我做手術嗎？」

周修林望著她的眼睛，定定地說道：「不會。」

姜曉挑眉，「周修林，你什麼時候看上我的啊？」

周修林輕笑，「妳先告訴我妳的小祕密。」

姜曉鼓起了嘴巴，踮起腳尖主動吻住了他的嘴角，「我以後慢慢告訴你。」

做到最後，姜曉累極了，渾身無力，熟練地抱著他喃喃說道：「老公，再給我一年時間，我就不當經紀人了。找一份朝九晚五的工作，等你有時間，我們帶小豆芽出去玩。」

周修林有片刻的愣怔，理了理她的髮絲，「好。」

一年時間，姜曉把她手裡另外兩個人的路鋪好，之後再由別人接手，她才能放下心來。從此以後，再也不踏足演藝圈。

♀♂

轉眼到了週末。小豆芽第一次和媽媽出差，非常激動，一路坐在車上，都好奇地打量著外面的世界，時不時問一句：「媽媽，還有多久到啊？」

等終於到了影視城，小傢伙那一臉驚訝的樣子，讓人萌化了。

「哇，媽媽這裡好——」

好什麼？三歲的小朋友詞窮了。姜曉替他說完，「好壯觀。」

小豆芽忙不迭地點頭，「媽媽，古代人就住在這樣的房子裡嗎？為什麼古代人和我們住的房子不一樣？」姜曉一一和他解釋，小豆芽似懂非懂地點點頭，總之，這裡的一切對他來說都是新奇有趣的。

下午，姜曉要去見節目組的導演。導演助理來接待她，還問起來，「姜姊，這是妳從哪裡找來的小天使？」

小傢伙今天穿了一件淺咖啡色的風衣，姜曉過來時的路上怕風大，幫他圍了一條薄圍巾。這樣子確實讓人喜歡。

「小包子，你好啊！」

「姊姊，你好。我叫小豆芽，三歲了。」

「哈哈，姜姊，他是不是妳剛簽的小童星啊？」

姜曉簡單地解釋了一下，小豆芽是她親戚家的寶寶，想到影視城來看看，她這次有時間便帶他來玩兩天。周思慕很聰明，爸爸媽媽叮囑過他的話他都記得很清楚，他在外人面前只喊姜曉為曉曉。

姜曉問道：「這一集黃導請誰來？」

導演助理：「是夏嵐和梁月老師。」

姜曉一愣，「梁老師也來參加節目了？」

導演助理有些無奈：「第一集收視率不夠，黃導和梁老師有些交情，請她來救場。」

姜曉好奇：「夏嵐怎麼也來了？」夏嵐和程影現在是同一個等級，圈子裡的大花，本身實力強悍，資源都是頂尖配置，一般綜藝節目很少能請得動她。

「本集有個主題，演藝圈相似的臉。」

姜曉輕輕一笑，「我先去和張導談一下，麻煩妳幫我看一下小傢伙。」

「妳放心好了。」

後臺人不多，而且這間化粧室都是給來錄節目的大神用的，一般人進不來。

姜曉悄悄又囑咐了一句，「媽媽進去和導演伯伯談一點事，很快就出來。你一個人不要亂跑，有事和助理姊姊說。」

小豆芽晃著小短腿，「知道了。曉曉，妳去忙吧。」

「真乖。晚上帶你去吃好吃的，明天我們再去逛逛，帶你去看古代房子。」

小豆芽高興地用小手捂著嘴巴樂著。姜曉一走，他安靜地坐在沙發玩了一會兒玩具車。

助理接了一通電話，「小朋友，姊姊出去一下下，一會兒就回來。別亂跑知道嗎？」

「嗯。」小豆芽玩了一會兒，被化妝室的配置吸引，他好奇地打量著化妝室，一雙眼睛骨溜溜地轉動著。等他對環境熟悉了，他滑下椅子在房間走動。

門外一陣急促的腳步聲，一個年輕的女孩子衝進來，一手拎著咖啡，一手拿著一大袋別的東西。女孩子風風火火的，差點撞到小豆芽。她把咖啡放在桌上，袋子掉了好幾樣東西。

「姊姊，我幫妳撿——」

女孩子看了一眼小豆芽，「咦！哪來的小孩啊！」

小豆芽回道：「我來旅遊的。」

女孩子喔了一聲。小豆芽興沖沖地拿起盒子，個子太小，他只要踮起腳尖往桌上放。哪知一不小心就碰倒了咖啡，一杯咖啡直接灑了下來，而下方正擺著一雙皮鞋。

女孩子叫了一聲，「天啊！」她趕緊撿起鞋子，可還是為時已晚。白色皮鞋沾上了咖啡，瞬間就毀了。女孩子看著鞋子，快要哭了，她的半年工資都賠不起吧。

小豆芽知道自己做錯事了，緊張地站在一旁，眉毛都皺起來了。

就在這時，錄影棚的節目已經錄完了。梁月和夏嵐來到後臺化妝室，一進來兩人就看到了這幕，一個漂亮的小男孩站在那裡，表情委屈。

梁月看到助理手裡拿著的鞋子，問道：「怎麼回事？」這雙鞋是姝言特地從法國帶回來送她的禮物。去年，她拿了獎只穿過一次。因為珍惜，所以捨不得穿。

「梁老師，對不起，是我沒看好。不知道哪裡來的小孩子，他撞倒了咖啡——」

梁月看向小豆芽，「這是誰家的孩子？怎麼能讓孩子隨隨便便進化粧室？」她向來對一切要求嚴苛，表情已然冷了幾分。

夏嵐作為晚輩，這時候也不便說話，她打量著小豆芽，朝他露出一抹笑意。「是不是劇組的孩子？」

小豆芽咬咬唇，「對不起，我不小心的。」媽媽教過他，犯錯要主動認錯才是好寶寶。

梁月斂起表情，擺擺手，「找人把這孩子領走吧。」

小豆芽眼眶紅了，強忍著淚沒落下來。

這時，姜曉正在和副導演說話，助理急匆匆地來找她：「小朋友毀了梁老師的鞋子。」

她去拿東西的期間就發生了這種事，真是雙方都得罪了。

姜曉臉色一緊，和副導演打了一聲招呼，「抱歉，我過去看一下。」

她根本沒有心情再聽助理說什麼，只想快點過去。等她大步衝進化粧室，看到小豆芽站在中間，孤零零的。那一刻，她的心好像被什麼狠狠地抽了幾下。

梁月、夏嵐，還有兩個助理一言不發地站在那裡，大家都在看著小豆芽。

姜曉趕緊走過去，蹲下身子，雙手握住小豆芽的手上下檢查，聲音輕顫，「有沒有燙到？」

小豆芽抽抽鼻子，「曉曉，我做錯事了，可是我不是故意的。」

姜曉心頭一酸，把他抱在懷裡，「嗯，你是不小心的。」

小豆芽強忍的淚水落下來了，「嗚嗚～」

姜曉抱起他輕輕哄著，「沒事的，沒事的。」

小豆芽的臉埋在姜曉肩頭，再也不肯抬頭了。姜曉慢慢冷靜下來，她看到助理手中的那雙皮鞋，名牌的，一雙幾萬塊，不便宜，而且是限量版的。

小助理看到她，弱弱地開口：「這是晉小姐送梁老師的生日禮物，老師平時都捨不得穿。」

姜曉的喉嚨上下滾了又滾，心裡說不出什麼滋味，一雙鞋子啊。她迎著梁月的目光，冷靜得如同千年的湖水。她暗暗呼了一口氣，「梁老師，真的很抱歉，是我疏忽了。您的鞋子我照價賠給您。」她抱著小豆芽，朝她略微彎了彎腰。「真的很抱歉。」

誰也沒有想到小豆芽是姜曉的親戚。姜曉早已不是當年的小助理，她現在是華夏影視的首席經紀人，誰也不能小看她。夏嵐看著氣氛詭異，打著圓場，「姜曉，梁姊剛準備讓人找這小帥哥的家人呢，沒想到是妳家的啊。」

梁月表情也不像剛剛那麼清淡了，嘴角微微一動，「小孩子調皮，沒什麼事。」

姜曉舔了舔嘴角，輕聲問著小豆芽，「你怎麼碰倒咖啡了？」

小豆芽抽泣了幾下，「姊姊的東西掉了，我想幫姊姊的忙，放東西時不小心碰倒咖啡的。我不是故意的。」

姜曉的心一抽一抽地疼，拍拍他的肩頭，「沒事沒事，你看，梁老師沒有生小豆芽的氣。」

小豆芽委屈，「我要打電話給爸爸，我要爸爸～」

姜曉微微一笑，「好，一會兒打電話給爸爸。慕慕，雖然你是不小心的，但這是好心辦了壞事。你明白嗎？」

小豆芽轉了轉眼睛，「我知道。」

「那你要怎麼做啊？」

「要道歉！」他堅決地回道，說完又軟下聲音，「可是，我剛剛已經道歉了。」

姜曉摸摸他的腦袋，滿是憐愛。「慕慕做得真棒！」

在場的人聽到都了解了始末，小助理也是尷尬不已，「是我的錯，我沒有把鞋子收好。」

小豆芽怯生生地看著梁月，眼睛濕漉漉的，他馬上轉回頭。

梁月嘴角輕輕揚起，打量著小豆芽，「這孩子的語言表達能力真好。好了，收拾一下吧，我們也該回去了。姜曉，鞋子的事別放在心上。」

姜曉扯了扯嘴角，「好的，梁老師。」話雖這麼說，該賠的她還是會賠的，反正這筆賬找豆芽爸報銷。

梁月走後，夏嵐又和她說了幾句話。

「一場誤會，別放在心上。」夏嵐寬慰道。

「嵐姊，謝謝妳。」

「謝我什麼？我什麼都沒有做。」夏嵐看著她，感慨道，「他們說妳長得像我，其實現在看看，還真有點像。」

姜曉淺笑：「確實有點像，不過我的身材可沒嵐姊好。」

夏嵐也笑了，「我們的姜大經紀人真會說話。我也要走了，趕飛機，晚上要去西北。」

姜曉了然，夏嵐接了香港著名導演的電影，預計要拍八九個月的時間。

「嵐姊，祝妳拍攝順利。」

「謝謝！」夏嵐抬手摸了一下小豆芽的腦袋，「小帥哥，以後有機會來演戲吧。」

小豆芽眨著眼睛，「好的，姊姊，我會和我爸爸商量的。」

夏嵐一時驚了，饒是她這樣的演員，被這麼可愛的小萌娃叫聲姊姊，她的心也酥了。隨即開心地笑了幾聲，「小機靈鬼。姊姊下次帶禮物給你，掰掰！」

小豆芽做了一個飛吻，「姊姊，掰掰。路上注意安全啊！」

晚上，姜曉帶著小豆芽去吃了附近的小吃，彌補他今天受傷的心靈。姜曉恨不得把他喜歡的東西統統搬回家，可惜她沒那個力氣。

「要是你爸爸在就好了。」

「不好不好，我想和媽媽兩人世界。」

姜曉：「……你知道什麼是兩人世界嗎？」

小豆芽哼哼：「爸爸說過他想和妳過兩人世界，不帶我！爸爸還偷親妳，我都看到了。」

姜曉不說話了。

街上有各種各樣的小吃，炸洋芋片、烤魷魚、烤魚丸……琳琅滿目，香氣四溢。小傢伙吃得肚子鼓鼓的，最後走不動，央求姜曉抱他。

姜曉哪抱得動他，只好談條件：「你走十分鐘，媽媽抱一分鐘。」

小傢伙搖搖頭，堅持著，「走五分鐘，抱一分鐘。」

姜曉瞪著眼睛，妥協了，「走八分鐘，抱一分鐘。」

母子倆相互看著，最終小豆芽同意了。他聳聳肩，「好吧。要是爸爸在就好了，爸爸是大力士，媽媽比我胖，爸爸都能抱得動。」

姜曉：「……周思慕你這個小壞蛋。」

小豆芽抱著她，「媽媽妳最好了。」

偏偏姜曉就吃他這套。就這樣半走半抱，母子倆才回到飯店。

姜曉先幫他洗澡，小傢伙平時大多都是周修林幫他洗，現在洗澡，小手還擋著自己的重要部位。姜曉哭笑不得，心想你是從我肚子裡生出來的，你什麼樣子我沒看過。

周思慕瞇著眼睛，「媽媽，我的小鳥不能給妳看了，因為妳是女生。」

姜曉：「……」她正幫他抹著沐浴乳。

周思慕哼起了歌，「我是一條小青龍，小青龍，我有許多小祕密，小祕密，就不告訴你，就不告訴你！」

姜曉拍了拍他肥肥的小屁股，「小歌神，自己抹泡泡。」

終於洗完澡，姜曉抱他上了床，幫他套上睡衣，又把手機給他，他自己摸出微信，去騷擾他爸了。

周修林今晚有飯局，他喝了不少酒，臉色微微泛紅。一桌人，個個美女相伴，唯有他孤家寡人一個。

東都的衛揚說道，「雨彤，妳還不敬周總一杯，《麗妃傳》可是周總投資的。」

鄒雨彤是東都影業旗下的藝人，去年也是憑著一部古裝劇女二紅了一陣子。她長得清純，五官精緻，透著一股學生氣。「周總，我很喜歡《麗妃傳》，這杯我敬您。」

周修林臉色寡淡，端起酒杯，「鄒小姐，客氣了。」他一飲而盡。

幾位老闆在討論接下來要投資的電影，下半年打算投資一部懸疑電影。周修林覺得不錯，也考慮參與投資。

鄒雨彤不著痕跡地打量著周修林。她早有耳聞，這位周總向來不近女色，具體原因不明。她起身拿起酒瓶，「周總，我幫你倒酒。」她的身子一點一點靠近他，倒酒時，鄒雨彤微微彎著腰，長髮灑在他的肩膀。

周修林擰了擰眉，「鄒小姐，不用。」如果說一開始是客氣，現在他的語氣已經冷了幾分。

鄒雨彤柔聲一笑，手微微一晃，酒水灑了一半出來，一下子都灑在了周修林的襯衫上。

「周總！」鄒雨彤一臉緊張、歉意地望著他，楚楚可憐的樣子讓人於心不忍。

周修林起身，英俊的臉在光影下有幾分清冷，「我去一下洗手間。」

衛揚一手搭在身旁美人的腰間，卻看著鄒雨彤，「雨彤，心急吃不了熱豆腐。」

眾人笑了起來。鄒雨彤一臉無辜，「周總不會生氣了吧？」

「一件衣服而已。」

鄒雨彤站起來，「我去看看吧。」

周修林處理好自己的衣服，褲子和襯衫兩處微濕。他走出房間來到走廊，喘了一口氣。

鄒雨彤問了服務生才找到周修林，她踩著高跟鞋，放輕腳步走過去。

「周總，剛才的事很抱歉。」

周修林緩緩回頭，目光冷寂，「鄒小姐，妳還是不要把心思放在我身上。」

鄒雨彤沒想到他這麼直接，嘴角抽了抽。「周總，您可能誤會什麼了。」

周修林涼涼地說了一聲，「這套用在你們衛總身上應該可行。」

鄒雨彤錯開身子，對他彎起了嘴角。兩人這副姿態在外人眼底，就像是一對在竊竊私語的情侶。「周總，我只是和衛總打了賭，如果我能和你在一起，衛總就讓我當下一部劇的女一，看來我這次的女一要泡湯了。」

周修林臉上一點表情也沒有，對女性他向來有風度，只是對他圖謀不軌的女性，那就另當別論。他早早離席而去，到家就收到小豆芽的視訊邀請。

兒子捧著手機，一張大臉占滿了螢幕。『爸爸～』

周修林問道：「媽媽呢？」

周思慕說道：『媽媽在洗澡。』

周修林：「今天做了什麼？」

周思慕一一說道，重點強調姜曉帶他吃的那些小吃，他又強調了三遍，很好吃。最後加了一句，『爸爸，下次你也來玩吧。』周修林點頭，心想，兒子還沒有忘記他。誰知道，周思慕加了一句，『這樣的話，我就又可以來吃一次了。』

周修林揉揉眉心，「媽媽工作時，你乖乖聽話。」

周思慕：『我很聽話的。』說完，他想起了今天鞋子的事，一陣委屈。周修林自然看得出來，哄了一下，周思慕就全盤托出。周思慕抽了抽鼻子：『爸爸，鞋子好像很貴，我媽媽沒有那麼多錢。』

周修林挑眉，「那怎麼辦？」

周思慕：『爸爸，還是你給錢吧！我媽媽很窮的。』

周修林有時候真的不知道該怎麼接小豆芽的話。他老婆到底哪裡讓小豆芽感覺很窮了？

姜曉正好洗完澡，她一邊擦著頭髮，一邊走到床邊。「慕慕，牛奶可以喝了。」

小豆芽對鏡頭說道：『爸爸，我去喝牛奶了。』

姜曉拿過手機，『周先生，你竟然這麼早就回家了？沒有活動嗎？』

周修林挑眉，「有人約我，我沒去。」

姜曉咯咯直笑，周修林問道：「鞋子的事是怎麼回事？」

姜曉的笑容淡去，『慕慕不小心的，梁老師說不要我們賠，我想了一下，還是把這筆錢轉給她吧。』

她臉上的表情，周修林看得真切，他沉默了一下，「什麼鞋子？等等我讓人去買一雙。」

姜曉搖搖頭，『我們買的不一樣，還是給錢吧。那雙鞋子是徹底廢了，直接給她，她肯定不要。回去我會讓助理轉到她工作室的帳戶，我不想欠她。』欠誰都可以，她不想欠她。

周修林見她這麼堅持，沉吟道：「怎麼了？」

姜曉嘆了一口氣，『我小時候也會犯錯，那時候特別害怕，我特別理解那種無助。今天我不在，小豆芽就受了這樣的委屈，我難受。』

周修林皺了皺眉，「鞋子的事我去處理。」

姜曉呼了一口氣，『別，我自己來。你出面反而不好。』

周修林笑道：「明天回來吧。」

姜曉哼了一聲，『才不要！我要和小豆芽過兩人世界。』她頓了一下，『周先生，你不會又突然跑過來吧？』

周修林這次是真的沒時間，他明天上午全是會議。「周太太，這次恐怕要讓妳失望了。」

周思慕喝完了牛奶，『周寶寶要睡覺了。媽媽，掛電話吧。爸爸，晚安。』

周修林搖搖頭，「生個兒子就是來和我搶妳的。」

姜曉有幾分好笑，『周先生，晚安啦。等我回去再陪你睡啊。』說完，她意識到有什麼不對的地方。

周修林噙著笑意，「周太太，這可是妳說的。」

周思慕高興地唱起來，『今晚我可以和媽媽睡了！爸爸不在太好了！』

周修林想，沒關係的，等她回來，總要慢慢還的。只是姜曉為什麼這一次會這麼堅持？梁月不會在乎一雙鞋子。他抬手撫了撫額角，一絲想法湧上他的心頭。只是不對，梁月的年齡不合。他坐在沙發上好久，恍惚間，突然想到了什麼。他立刻拿起手機，打了一通電話給蔣勤。

「查一下梁月的資料，所有資料，儘快給我！」

只是第二天，周修林沒有想到，自己上了娛樂新聞。

『周修林女友曝光，戀上新人鄒雨彤。』

這些藝人為了曝光，真是不擇手段。

蔣勤翻著新聞，照片上的周修林表情清晰。鄒雨彤只拍到了一個側面，不過也能讓人認出來。蔣勤看看周修林，「周總您看起來好像很開心，和鄒小姐相談甚歡。」

周修林冷冷地掃了他一眼，「讓公關部儘快去處理。告訴Tina，殺雞儆猴。」以後他不想再被捆綁上這類無聊的消息了。

蔣勤點頭，「周總您的魅力依舊。不過，都三年了，您和夫人準備什麼時候公開啊？」

周修林略略沉吟，「今年。」

—未完待續—

高寶書版集團
gobooks.com.tw

YH 025
你好，我的一見鐘情（上）

作　　者　夜　蔓
責任編輯　陳凱筠
封面設計　鄭婷之
內頁排版　賴姵均
企　　劃　方慧娟

發 行 人　朱凱蕾
出　　版　英屬維京群島商高寶國際有限公司台灣分公司
　　　　　Global Group Holdings, Ltd.
地　　址　台北市內湖區洲子街88號3樓
網　　址　gobooks.com.tw
電　　話　(02) 27992788
電　　郵　readers@gobooks.com.tw（讀者服務部）
　　　　　pr@gobooks.com.tw（公關諮詢部）
傳　　真　出版部(02) 27990909　行銷部 (02) 27993088
郵政劃撥　19394552
戶　　名　英屬維京群島商高寶國際有限公司台灣分公司
發　　行　英屬維京群島商高寶國際有限公司台灣分公司
初　　版　2021年 2 月

本著作物由北京晉江原創網絡科技有限公司授權出版。

國家圖書館出版品預行編目(CIP)資料

你好，我的一見鐘情 / 夜蔓著. -- 初版. -- 臺北市：高寶國際出版：高寶國際發行, 2020.02
　面；　公分. --

ISBN 978-986-361-996-3(上冊：平裝). --
ISBN 978-986-361-997-0(下冊：平裝). --
ISBN 978-986-361-998-7(全套：平裝)

857.7　　109020422

凡本著作任何圖片、文字及其他內容，
未經本公司同意授權者，
均不得擅自重製、仿製或以其他方法加以侵害，
如一經查獲，必定追究到底，絕不寬貸。
版權所有　翻印必究

GOBOOKS
& SITAK
GROUP